O que se perdeu

Catherine O'Flynn

O que se perdeu

Tradução
Julián Fuks

EDITORA RECORD
RIO DE JANEIRO • SÃO PAULO
2009

CIP-Brasil. Catalogação-na-fonte
Sindicato Nacional dos Editores de Livros, RJ.

O27q
O'Flynn, Catherine, 1970-
O que se perdeu / Catherine O'Flynn ; tradução Julián Fuks. - Rio de Janeiro : Record, 2009.

Tradução de: What was lost
ISBN 978-85-01-08235-0

1. Romance inglês. I. Fúks, Júlian. II. Título.

09-1749
CDD: 823
CDU: 821.111-3

Título original inglês:
WHAT WAS LOST

Copyright © Catherine O'Flynn 2007

Editoração eletrônica: Abreu's System

Todos os direitos reservados. Proibida a reprodução, no todo ou em parte, através de quaisquer meios.

Direitos exclusivos de publicação em língua portuguesa somente para o Brasil adquiridos pela
EDITORA RECORD LTDA.
Rua Argentina 171 - Rio de Janeiro, RJ - 20921-380 - Tel.: 2585-2000
que se reserva a propriedade literária desta tradução

Impresso no Brasil

ISBN 978-85-01-08235-0

PEDIDOS PELO REEMBOLSO POSTAL
Caixa Postal 23.052 - Rio de Janeiro, RJ - 20922-970

EDITORA AFILIADA

Sumário

1984
Investigações Falcon, 7

2003
Vozes estáticas, 83

1984
Ficando na cidade, 261

2004
A espreita, 269

1984

Investigações Falcon

I

O crime estava à solta. Indistinto, despercebido. Ela desejava que não fosse tarde demais. O motorista mantinha o ônibus a constantes 25 km/h, freando a cada vez que se aproximava de um sinal verde até que ficasse vermelho. Ela fechou os olhos e continuou o trajeto em sua mente o mais devagar que podia. Quando os abriu, ainda assim o ônibus se demorava muito além de sua projeção mais pessimista. Os pedestres os acompanhavam, o motorista assobiava.

Observou os outros passageiros e tentou deduzir suas atividades naquele dia. Na maioria eram aposentados, e ela contou quatro ocorrências da mesma grande sacola azul de compras, quadriculada. Anotou o fato em seu caderno; não era boba de acreditar em coincidências.

Leu as propagandas espalhadas pelo ônibus. A maior parte era propaganda de propaganda: "Se você está lendo isto, seus clientes também poderiam estar." Pensou se algum passageiro alguma vez teria utilizado esse espaço de publicidade, e o que cada um anunciaria se o fizesse.

"*Venha aproveitar minha sacola azul de compras, grande e quadriculada; está cheia de comida de gato.*"

"*Converso com qualquer um sobre qualquer coisa. Também como biscoitos.*"

"*O Sr. e a Sra. Roberts, oficialmente reconhecidos como aqueles que tomam o chá mais forte do mundo: 'Espremémos o saquinho.'*"

"Meu cheiro é estranho, mas não é desagradável."
Kate pensou que gostaria de encomendar um anúncio a essa agência. A imagem seria uma silhueta dela e de Mickey entrevista através da lente de uma lupa. Embaixo estaria escrito:

INVESTIGAÇÕES FALCON
*Pistas encontradas. Suspeitos perseguidos.
Crimes detectados.
Visite nosso escritório aparelhado com
o mais moderno equipamento de investigação.*

Anotou no caderno o número da agência de publicidade, a ser contatada numa data posterior, quando o escritório estivesse em pleno funcionamento.

Por fim o ônibus chegou aos gramados ajardinados e às miseráveis bandeiras agitadas da zona industrial que cercava o recém-inaugurado Shopping Center Green Oaks. Prestou especial atenção à unidade 15 do distrito de Langsdale, onde certa vez testemunhara o que parecia ser uma discussão entre dois homens. Um deles tinha um grande bigode, o outro usava óculos escuros e nenhum agasalho num dia bastante frio — pensara que ambos eram figuras suspeitas. Depois de alguma reflexão seguida da observação de uma grande van branca estacionada bem ao lado da unidade, chegara à conclusão de que os dois traficavam diamantes. Hoje tudo estava quieto naquela unidade.

Quinze minutos mais tarde, Kate andava através do ar processado do mercado do Green Oaks. O mercado não era propriamente um mercado. Era a parte subterrânea do shopping, próximo aos terminais de ônibus, reservada às lojas mais baratas e sem prestígio: lojas de acessórios decorativos, farmácias, vendedores de perfume falso, de roupas inflamáveis, açougues fedorentos. Os odores se misturavam com o cheiro de poeira queimada que saía dos aquecedores superiores e fazia com que ela se sentisse mal. Era só até aí que a maior parte dos companheiros de ônibus de Kate se aventurava no shopping. Era o que havia de mais parecido com a velha e desgastada High Street, que sofrera uma rápida decadência desde que o shopping abrira as portas. Agora, quando o ônibus chegava à High Street, ninguém queria olhar para as vergonhosas calçadas de tapume repletas de folhas e restos de fast food.

Percebeu que era quarta-feira e que havia se esquecido de comprar o exemplar de sua HQ favorita, *Bingo*, na loja habitual. Não tinha outra opção senão ir até a banca suja do shopping para comprá-la. Parou e analisou mais uma vez as revistas *Detetive de verdade* empilhadas na prateleira. A mulher da capa não parecia uma detetive. Vestia capa de chuva e chapéu de feltro... nada mais. Parecia uma caricatura de algum programa humorístico de TV. Não dava para gostar.

Pela escada rolante chegou ao segundo andar, onde começavam as lojas melhores, as fontes e as palmeiras de plástico. Era época de férias escolares, mas ainda cedo demais para que estivesse cheio. Nenhum de seus colegas estava autorizado a ir ao shopping desacompanhado. Às vezes ela se deparava com um grupo familiar que continha um de seus pares, e aí tinha de trocar cumprimentos constrangidos. Conseguira perceber que os adultos tendiam a não gostar de suas viagens solitárias para cima e para baixo, então agora, quando questionada por algum vendedor, segurança ou parente alheio, sempre dava a entender que algum familiar não especificado tinha ido a outra loja e já voltava. Na maior parte das vezes, no entanto, ninguém perguntava nada; na verdade, ninguém nunca parecia sequer vê-la. Às vezes Kate pensava que era invisível.

Eram 9h30 da manhã. Retirou do bolso de trás o cronograma arduamente datilografado:

9H30-10H45	Tandy: pesquisar walkie-talkie e microfones
10H45-12H	inspeção geral do shopping
12H-12H45	almoço no Vanezi's
12H45-13H30	Midland Educational: procurar tinteiro para impressões digitais
13H30-15H30	inspeção dos bancos
15H30	ônibus de volta para casa

Apressou-se até as lojas Tandy.

Ficou aturdida quando chegou ao restaurante Vanezi's uns vinte minutos antes do previsto. Não era assim que um profissional operava. Era um descuido. Esperou na porta até que alguém a conduzisse para se sentar, embora pudesse ver mesas livres. A mesma jovem de sempre a levou à mesma mesa de sempre, e Kate deslizou pela cabine laranja de plástico que oferecia uma visão privilegiada do átrio central.

— Quer ver o menu hoje? — perguntou a garçonete.
— Não, obrigada. Você me traz um especial infantil com um milk-shake de banana? E será que o hambúrguer podia vir sem pepino, por favor?

— Não é pepino, querida, é picles.

Kate anotou em seu caderno: "Picles / pepino — não são a mesma coisa: pesquisar diferença." Odiaria ter seu disfarce descoberto por um erro besta como esse.

Olhou o grande frasco de ketchup com formato de tomate que ficava em cima da mesa. Era uma de suas coisas favoritas, fazia todo o sentido.

Na escola, no semestre anterior, Paul Roberts havia lido sua redação "O melhor aniversário de todos os tempos", que culminava com seus pais e avós levando-o para jantar no Vanezi's. Falou sobre comer espaguete com almôndegas, o que, por alguma razão, tanto ele quanto o resto da classe achou engraçado. Contava excitado sua história de tomar milk-shake e pedir o Glória Nova-Iorquina. Disse que era extraordinário.

Kate não conseguia entender por que ele simplesmente não ia sozinho até lá num almoço de sábado, já que tinha gostado tanto. Ela podia até levá-lo na primeira vez e indicar o melhor lugar para sentar. Podia mostrar a ele o pequeno painel na parede que você podia afastar para ver todos os pratos sujos desfilando numa esteira. Podia contar-lhe como algum dia pretendia acoplar à esteira algum tipo de câmera automática capaz de viajar por todo o restaurante tirando fotos de ângulos nunca vistos, até retornar a suas próprias mãos. Podia apontar o homem que lavava louça e que ela pensava ser um assassino, e talvez Paul pudesse ajudá-la na investigação. Talvez até pudesse convidá-lo a entrar para a agência (se Mickey aprovasse). Mas não disse nada, só imaginou.

Averiguou se ninguém em volta estava olhando, enfiou a mão na mochila e tirou Mickey. Sentou-o ao seu lado encostado na janela, de maneira que a garçonete não percebesse e que ele tivesse um bom panorama das pessoas lá embaixo. Estava treinando Mickey para ser seu parceiro na agência. Geralmente, Mickey só fazia trabalho de vigilância. Era pequeno o bastante para ser discreto, apesar de seu visual diferente. Kate gostava da roupa de Mickey, embora significasse que ele não podia se misturar à multidão tão bem quanto deveria. Usava um terno de gângster listrado e polainas. As polainas diminuíam um pouco o efeito Sam Spade, mas Kate gostava mesmo assim; na verdade, até queria um par para ela própria.

Mickey havia sido feito a partir de um kit de construção chamado "Crie seu próprio gângster Charlie, o chimpanzé", dado a Kate por uma tia. Charlie havia definhado por aí junto a todos os outros bonecos de Kate durante a maior parte da infância dela, mas quando, no ano anterior, ela resolveu abrir a agência de detetives, pensou que ele podia tomar parte do processo. Charlie, o chimpanzé, não era bom o bastante. Em vez disso passou a ser Mickey, o macaco. Kate repassava o cronograma com ele todas as manhãs, e ele sempre viajava com ela dentro da mochila de pano.

A garçonete trouxe o pedido. Kate comeu o hambúrguer e foi lendo atentamente o primeiro *Bingo* do ano, enquanto Mickey fixava os olhos em alguns adolescentes suspeitos lá embaixo.

2

Kate morava a uma viagem de ônibus de distância do Green Oaks. Sua casa ficava no único quarteirão de casas vitorianas que restava na área, um brotamento de três andares feito de tijolos vermelhos que parecia desconfortável em meio aos cuboides cinza e branco construídos pelo governo. A casa de Kate ficava espremida entre uma loja de revistas, de um lado, e um açougue e uma quitanda do outro. Claramente, sua casa também fora uma loja, mas agora uma cortina cobria toda a vidraça da frente e o que havia sido loja era uma sala onde a avó de Kate passava as tardes assistindo a programas de auditório.

A casa era a única no quarteirão que não era comercial (deixando-se de lado os conhecidos empenhos de Kate em criar sua agência), e também era a única utilizada como moradia. Nenhum de seus vizinhos comerciantes morava em cima de suas lojas; todo dia, por volta das 18 horas, todos fechavam as portas e partiam rumo a seus semitrailers no subúrbio, deixando o silêncio e o vazio a toda volta do quarto de Kate.

Ela conhecia bem os comerciantes e gostava deles. A quitanda era de Eric e sua mulher, Mavis. Não tinham filhos, mas eram sempre gentis com Kate, dando-lhe todo ano um presente de Natal surpreendentemente bem pensado. No ano anterior havia sido um espirógrafo, que Kate usou para fazer um logo mais profissional em seus cartões pessoais de negócios. Agora que seu tempo estava tomado pela agência e pela constante atividade de vigilância, Kate tinha menos chance de visitar o casal, mas ainda assim, uma vez por semana, aparecia para tomar uma xícara de chá e, sentada num banco alto e balançando as pernas por debaixo do balcão, escutava a rádio 2 e observava os clientes comprando grandes quantidades de batata.

Ao lado de Eric e Mavis trabalhava o Sr. Watkin, o açougueiro. Era um homem velho, provavelmente de 78 anos, na estimativa de Kate. Era um sujeito legal e tinha uma mulher legal, mas muito poucas pessoas ainda compravam carne dele. Kate pensava que isso podia ter algo a ver com a maneira como o Sr. Watkin ficava por trás da vitrine de sua loja matando moscas e cortando a carne com um enorme facão. Talvez fosse uma situação que se autoperpetuava, uma vez que, quanto menos clientes o Sr. Watkin tinha, menos carne ele estocava, e quanto menos carne oferecia, menos parecia um açougueiro e mais parecia um velho que colecionava nacos de carne e os punha à mostra na vitrine. Na semana anterior, Kate havia passado por essa vitrine e visto que exibia apenas um coelho (e tinha certeza de que a única pessoa viva que ainda comia coelho era o próprio Sr. Watkin), alguns rins, um frango, um pedaço de porco e um cordão de linguiças. O fato em si não era nada surpreendente em se tratando do Sr. Watkin, mas o que a fez parar e prestar atenção era algo que parecia ser uma nova iniciativa de marketing do açougueiro. Evidentemente, ele passara a envergonhar-se um pouco da pobreza dos produtos em exposição e então, talvez para fazer parecer menos estranho, havia arranjado os itens em um vistoso quadro. Assim, parecia que o frango estava levando o coelho para um passeio valendo-se das linguiças como coleira, sobre uma pequena montanha de porco e sob um sol de rins vermelho-escuro. Kate ergueu os olhos da cena horrenda e encontrou o Sr. Watkin balançando a cabeça assertivamente, admirado dentro da loja e com os polegares apontando para cima, como se estivesse maravilhado com seu próprio talento.

Do outro lado da casa de Kate ficava a loja de revistas do Sr. Palmer. Trabalhava com seu filho, Adrian, que era quem mais se aproximava da condição de melhor amigo de Kate, e também era o primeiro e, até o momento, único cliente das Investigações Falcon. Adrian tinha 22 anos e já havia cursado faculdade. O Sr. Palmer desejava que seu filho trilhasse uma "carreira decente" depois da formatura, mas Adrian não compartilhava tais ambições, e estava feliz em passar os dias lendo atrás do balcão e ajudando o pai em seu pequeno negócio. A família Palmer morava em um moderno semitrailer na periferia da cidade, sendo que a mãe e a irmã raramente visitavam a loja — a doce labuta era relegada aos homens da casa. Adrian tratava Kate como uma adulta, mas também era assim que tratava qualquer um. Não era capaz de assumir feições diferentes para clientes diferentes, como fazia seu pai. O Sr. Palmer podia passar em segundos de um familiar "Diga lá, meu jovem" a um totalmente sincero "Uma manchete terrível, não é, Sra. Stevens?".

No entanto, fosse qual fosse a disposição de Adrian, ele tendia a pensar que era compartilhada por todos, ou ao menos que assim seria se ele a espalhasse. Passava as tardes enterrado em revistas musicais ou lendo livros sobre músicos. Recomendava discos aos consumidores com entusiasmo, aparentemente cego ao fato de ser muito improvável que a Sra. Docherty resolvesse de repente largar

Foster & Allen e passasse a ouvir MC5, ou que Debbie Casey e seus sorridentes amigos adolescentes dessem algum valor a Leonard Cohen. Assim que o Sr. Palmer o deixava sozinho na loja, o programa de rádio de Jimmy Young era desligado e Adrian punha para funcionar o toca-fitas. Pensava que, se ninguém nunca lhe perguntava o que estava sendo tocado, era por um excesso de timidez, de modo que sempre colocava um papel rabiscado sobre o balcão: "Agora tocando: Captain Beefheart, *Lick My Decals Off, Baby*. Para mais informações, fale com um funcionário."

Com Kate, contudo, Adrian gostava de conversar sobre desvendar crimes, sobre filmes clássicos de detetive, sobre quais clientes podiam ser assassinos e onde teriam escondido os corpos de suas vítimas. Adrian sempre imaginava os lugares mais criativos para desovar cadáveres. Às vezes Kate acompanhava Adrian até as lojas de atacado, dando-lhe conselhos sobre quais balas e chocolates devia comprar para a loja, e ficavam ambos observando os musculosos carregadores, especulando sobre quais deles teriam antecedentes criminais.

Adrian sabia das Investigações Falcon, mas não de Mickey. Mickey era ultrassecreto. O Sr. Palmer estava ficando cada vez mais irado com os constantes furtos de doces por parte de crianças locais, e por isso Adrian contratou as Investigações Falcon para elaborar um plano de segurança para a loja. Kate informou que seu preço era 1 libra por dia, mais despesas. Disse que estimava que o plano estaria pronto em meio dia, sem que houvesse outras despesas, já que ela morava ali do lado, de modo que o serviço ficou por 50 centavos. Kate ficou exultante com essa comissão "adequada". Até saiu e comprou um caderno mais apropriado, com folhas duplas, que custou 75 centavos e provocou um déficit, mas era um investimento no futuro. Ela pediu a Adrian que agisse como se estivesse trabalhando normalmente enquanto ela fazia o papel de larápio. Disse que era essencial descobrir os pontos fracos. Depois de vinte minutos, deixou a loja e voltou ao escritório para escrever seu relatório. Apresentou-o a Adrian algumas horas mais tarde, junto com os doces no valor de 37 centavos que ela conseguira furtar. O relatório continha duas partes, a primeira detalhando o tempo que ela passou na loja, a segunda fazendo recomendações de como "reprimir o crime". Estas consistiam na reorganização de alguns doces menores e mais soltos, uma revisão completa da prateleira de salgadinhos e a colocação de dois espelhos em pontos estratégicos.

Adrian recebeu o relatório com a mesma seriedade com que fora preparado e seguiu as recomendações à risca. O Sr. Palmer ficou encantado com os resultados, e os furtos foram virtualmente suspensos. Kate pediu ao Sr. Palmer que anotasse qualquer comentário positivo que tivesse sobre o serviço, já que ela havia visto outros negociantes utilizarem testemunhos pessoais como material promocional. Imaginou seu anúncio no ônibus enfeitado com clamores sinceros:

"*Recebemos um serviço rápido e profissional por um preço muito razoável.*"

"*Nossa agente foi confidencial, educada e, acima de tudo, EFICIENTE.*"

"*As incidências de crimes despencaram desde que chamamos as Investigações Falcon.*"

Decepcionou-se um pouco, então, ao receber em vez disso o seguinte bilhete do Sr. Palmer: "Valeu, Kate! Você é mesmo uma garota de ouro!!"

3

Toda vez que visitava Green Oaks, Kate não deixava de passar na Midland Educational, a grande papelaria. Hoje, a razão ostensiva de sua ida era examinar a variedade de tinteiros, mas Kate sempre encontrava alguma desculpa para gastar mais tempo na loja. As horas voavam.

Embora Sam Spade, em *O falcão de Malta*, nunca seja visto comprando em papelarias, Kate sabia como era importante para um verdadeiro investigador ter material de escritório de ponta. Na verdade, esse tipo de material era uma questão que a preocupava cada vez mais. No início do último semestre, fora levada pela primeira vez ao gabinete de papelaria da escola. A Sra. Finnegan determinou que Kate seria monitora de almoxarifado e fez uma apresentação completa de quais eram seus deveres e responsabilidades. Ficou surpresa ao constatar como a sempre atenta Kate parecia perdida num mundo que lhe era tão próprio.

Sra. Finnegan: É vital que, para cada novo livro de exercícios entregue, você pegue de volta o anterior, já preenchido e com as abas triangulares destacadas. Eles devem ser guardados neste recipiente e, ao fim da semana, o número de livros acumulados nele deve corresponder exatamente ao número de novos livros de exercícios anotados no registro de saída. Está entendendo, Kate?

Kate: ...
Sra. Finnegan: Kate?
Kate não estava preparada para a quantidade de bens existentes no gabinete de papelaria. Em primeiro lugar, não era um gabinete, era uma sala. Em segundo, era evidente que todo o material que ela e seus colegas haviam usado até então eram gotas muito insignificantes no vasto oceano do gabinete. A sala continha itens de luxo como canetas multicoloridas, apontadores de metal, pacotes inteiros de canetinhas, lado a lado com itens sérios e de tecnologia avançada como fichários espiralados e imensos grampeadores. Kate não ouvia uma palavra do que a Sra. Finnegan dizia porque estava em verdadeiro estado de choque.

A partir daquela tarde, o gabinete ficou dando voltas em sua mente. Ela sabia que era importante para um investigador entrar na mente do criminoso, mas suspeitava dos motivos que levavam a interminável inventividade de seu cérebro a fazê-la dar voltas em torno de uma caixa registradora. Temia estar sendo impelida à corrupção.

Hoje, na Midland Educational, passara meia hora observando os carimbos, tentando imaginar uma razão para a necessidade deles e não conseguindo. Agora Kate realizava sua ronda habitual pelos bancos e construtoras. Vinha fazendo essa análise havia mais de uma hora. Dois bancos e três construtoras situavam-se no segundo andar do shopping, próximo à área de diversões das crianças. Entre eles havia um oásis de plantas artificiais cercado por cadeiras de plástico laranja. Kate sentou-se numa delas, com Mickey despontando discretamente pela lateral da mochila.

Sempre pensara que, se algum crime fosse ocorrer no shopping, teria de ser ali. Tinha certeza. Os seguranças estavam ocupados demais combatendo pequenos furtos e travessuras, mas Kate conseguia ver o quadro geral e algum dia as horas que estava investindo dariam frutos. Às vezes se permitia pensar sobre o tipo de ovação cívica que receberia quando frustrasse um grande roubo pela primeira vez. No *Bingo*, boas ações eram recompensadas com uma "esplendorosa refeição" que invariavelmente consistia em uma montanha de purê de batata salpicada de salsichas. Kate esperava algo mais, como uma medalha ou um distintivo, ou talvez um convite para trabalhar com detetives adultos.

A rádio Green Oaks tagarelava ao fundo enquanto ela observava os rostos neutros das pessoas que entravam e saíam dos bancos. Com um certo deslumbramento, via que retiravam centenas de libras. Um casal jovem, cada um carregando cinco ou seis sacolas de lojas de roupas, sacou 100 libras cada e em seguida retornou ao setor de compras. O semblante impassível de ambos era parte de um sentimento irreal mais amplo que imperava no shopping. Ninguém parecia ter um objetivo; entravam no campo de visão de Kate e a bloqueavam, parecendo nem sequer se dar conta disso. Às vezes era assustador. Ela se sentia o único ser vivo no Green Oaks. Outras vezes pensava que ela própria era um fantasma assombrando os corredores e as escadas.

Sabia que algum dia veria alguém perto dos bancos com um olhar diferente estampado no rosto. Ansiedade, perspicácia, ódio ou desejo, ela saberia quando se tratasse de um suspeito. Por isso examinava os rostos à procura de qualquer vacilo ou desvio. Seus olhos correram até a área de lazer onde algumas crianças de sua idade pareciam pouco impressionadas com os brinquedos. Eram velhas demais para a falsa floresta ou para a piscina de bolas, mas, diferentemente de Kate, não pareciam perceber que o shopping inteiro era um enorme parque de diversões. Sentiu a desagradável pontada de solidão em seu estômago, mas seu cérebro não a registrou. Era coisa antiga.

O livro favorito de Kate, *Como ser detetive* (da coleção O Investigador Mirim), era bastante explícito quanto à necessidade de pés cansados e uma boa dose de tédio para se resolver um crime. Era preciso dedicar todas as horas do dia, todos os dias:

Os melhores detetives estão sempre alertas — de dia ou de noite. A qualquer hora podem ser chamados para investigar crimes ou seguir suspeitos. Malfeitores são perspicazes e adoram o véu da escuridão.

Era uma informação classificada como ultrassecreta, mas Kate já passara uma noite no Green Oaks. Forjara uma carta em casa sobre uma falsa excursão da escola e partira com Mickey, uma garrafa térmica e seu caderno. Chegou ao shopping pouco antes que fechasse e se escondeu na pequena casa de plástico da área de brinquedos infantis. Esperou lá até que todos os funcionários fossem embora e a música de fundo fosse desligada. Tentou ficar acordada a noite inteira, observando os bancos de dentro da casinha, saindo de vez em quando para dar uma olhada mais de perto e para esticar as pernas. Devia ter caído no sono pouco antes do amanhecer; quando acordou, os bancos estavam abertos e os primeiros clientes já estavam lá. Por sorte, Mickey, profissional como sempre, havia permanecido alerta, de modo que nenhum detalhe se perdera. Ainda assim, ela se decepcionou com sua falta de empenho. Estava determinada a tentar de novo e da próxima vez ficaria acordada a noite inteira.

O homem sentado a duas cadeiras de distância se levantou e se afastou, e Kate se aborreceu ao perceber que ele havia ficado ali por bastante tempo e que ela não vira seu rosto. Talvez ele estivesse analisando o banco Lloyds, talvez seu rosto mostrasse uma expressão concentrada. Levantou-se e foi atrás dele, mas mudou de ideia quando se deu conta de que deveria ir para casa. Fez uma breve anotação sobre a vigilância em seu caderno, colocou a cabeça de Mickey de volta dentro da mochila e dirigiu-se ao ônibus.

4

ULTRASSECRETO. CADERNO DE DETETIVE.
PROPRIEDADE DA AGENTE KATE MEANEY.

Quinta-feira, 19 de abril
Homem bronzeado de jaqueta esportiva quadriculada mais uma vez no Vanezi's. Usa óculos escuros com armação de aço. Acho que é americano, parece os homens maus da série Columbo. Suspeito que seja um assassino contratado vigiando alguém. Começo a pensar que possa ser a garçonete sem pescoço. Ele a olhou por muito tempo. Ainda não descobri o motivo do assassinato, mas tentarei puxar conversa amanhã e, se necessário, tentarei alertá-la, mas antes preciso de mais evidências contra o Sr. Bronze.

Quando saiu, deixou cair um isqueiro ao passar pela minha mesa, acho que na tentativa de ver as minhas anotações. Escondi rapidamente o caderno debaixo do cardápio e ele disfarçou sua frustração. Talvez esteja começando a perceber que sou uma oponente respeitável.

Sexta-feira, 20 de abril
Nada do Sr. Bronze hoje; em vez disso, uma mulher com uma peruca malfeita muito suspeita. Estarão interligados??? Era extremamente controlada e não mostrava traços de ansiedade enquanto comia seu bolo Floresta Negra.

Garçonete sem pescoço ausente; perguntei sobre ela à garçonete que me atendeu e parece que é o "dia de folga" dela. Interessante.

Sábado, 21 de abril
De volta ao Vanezi's. O Sr. Bronze, como sempre, sentado em seu canto. A Sra. Peruca também presente, mas agora não há suspeita de ligação com Bronze. Pude vê-la tomando muitos comprimidos de vários frascos — a peruca pode ser por razões mais médicas que criminais.

Mulher de capa azul mais uma vez vista no banco em frente à Mothercare. Hoje ela trazia um carrinho de bebê, mas ainda sem criança.

Terça-feira, 24 de abril
Nada a relatar hoje. Homem visto comendo casca de laranja tirada de um saco de papel marrom. Eu o segui por quarenta minutos, mas nenhuma outra anormalidade foi observada.

Passei duas horas do lado dos bancos — ninguém pareceu suspeito.

Quarta-feira, 25 de abril
Homem de meia-idade usando casaco surrado perdeu alguma coisa numa das lixeiras. Pude vê-lo pondo o braço dentro e tirando coisas. Achei que os seguranças vinham ajudá-lo, mas apenas o expulsaram das dependências. Notei que ficou confuso e pôs no bolso um hambúrguer velho que alguém havia jogado fora.

Decidi não continuar a busca para ele.

Quinta-feira, 26 de abril
Homem branco alto visto hoje se escondendo na área de arbustos tropicais do átrio central. Parecia conversar com uma folha. Nenhuma intenção criminal aparente, então Mickey e eu nos afastamos logo.

Sexta-feira, 27 de abril
Enquanto observava os bancos, um homem sozinho marchou à minha frente e entrou bruscamente no Banco Barclays. Não tive dúvida de que seria um assalto. Entrei atrás dele com minha câmera, apenas para descobri-lo gritando com o caixa sobre as taxas bancárias. Usou muitos palavrões, mas estava desarmado e parecia desinteressado em assaltar o banco. Um treinamento útil, contudo — pegou-nos dormindo.

5

A Sra. Finnegan havia implementado um regime de assentos inovador na quarta série. Não era por ordem alfabética, como fizera o Sr. Gibbs; não era o sistema "mesa azul, mesa vermelha...", preferido da Sra. Cress; e não era, é claro, o sonhado "sente ao lado do seu amigo", favorito de todas as crianças (a Sra. Cress havia descrito a sugestão como "absurda").

Diferente dos outros, era um método que buscava o equilíbrio absoluto. A soma de inteligência, indisciplina, cheiro e ruído em cada par de mesas deveria ser o mais semelhante possível em toda a classe. Uma criança barulhenta era posta ao lado de uma silenciosa, uma bagunceira junto a um dedo-duro.

Sem dúvida, a Sra. Finnegan esperava gerar desconfiança e desespero: uma sala de informantes e briguentos. Para o grosso da classe, no entanto, o sistema permitia sentar-se ao lado dos amigos mais próximos. A alegre maioria não tinha características ou traços tão distintivos e, assim, tinha de ser pareada a outros pupilos aparentemente indistintos, para evitar que ocorresse um domínio perigoso ou um desequilíbrio nocivo.

Para os poucos à margem, o sistema era punitivo. Kate era considerada inteligente, bem-comportada, quieta e limpa, e sua recompensa por isso foi sentar-se ao lado de Teresa Stanton.

No primeiro dia que passaram juntas, Teresa virara para Kate e dissera: "Olha!", pondo na boca rapidamente uma moeda de 5 centavos, para em seguida estender a língua para fora e provar que havia engolido. Kate respondeu qualquer coisa e enterrou o rosto em seu livro de exercícios, mas Teresa passou a emitir uma série de pequenos arrotos repugnantes, até que um particularmente violento resultou no retorno forçado da moeda, saída de uma cavidade muito molhada e indo parar em cima do trabalho de Kate.

Teresa havia entrado na classe no início da primavera, supostamente após ter sido expulsa de sua escola anterior, e sua chegada abalara as hierarquias aceitas e as relações estabelecidas desde a primeira série. Antes uma outra menina era reconhecida como a mais travessa da classe e à frente dela ficava o menino mais travesso da classe. Também havia o menino e a menina mais sujos, e o menino e a menina mais estranhos... Fosse qual fosse a distinção — mais bagunceiro, mais barulhento, mais violento —, os meninos cuidavam de eleger o maior candidato.

Agora esses antigos campeões se limitavam a observar do canto, confusos e desorientados, à medida que Teresa Stanton desfilava para superá-los em todas as categorias. As definições tiveram de ser reformuladas. Trinta crianças haviam crescido desde os 5 anos pensando que o comportamento de Eamon Morgan era o mais bagunceiro que existia. Uma vez, quando a universalmente temida Sra. Finnegan havia deixado a sala para pegar alguma coisa no gabinete de papelaria, Eamon assumira seu lugar na frente da classe e fizera uma imitação dela não absolutamente precisa, mas incrivelmente ousada, e em seguida, para o espanto e uivos de 29 crianças, havia escrito "Puta" no quadro-negro. Kate pensou que ia desmaiar de tanto medo quando a Sra. Finnegan voltou para a sala. Ninguém na classe jamais se esqueceria daquela tarde de terror, investigações gerais e ameaças, culminando enfim na confissão de Eamon que salvou o resto dos alunos, e no sorriso terrível da Sra. Finnegan diante disso.

No primeiro dia de Teresa na classe, evidentemente entediada com a aula da Sra. Finnegan sobre o País de Gales, ela deu um bocejo longo e ruidoso e, aparentemente ignorando o fato de todos os olhos estarem cravados nela, arremessou com espalhafato seus livros sob a carteira, deixou a tampa bater forte e simplesmente saiu da sala. A classe virou um caos. Como uma pequena cultura tribal cuja cosmogonia de repente é destruída pela chegada de uma caixa de cereais, a classe não conseguia assimilar esse ato e encaixá-lo no mundo que conhecia. Ir embora da escola? Eles eram levados até lá todas as manhãs, eram buscados todo fim de tarde, pediam permissão para ir ao banheiro, brincavam em lugares permitidos do playground, faziam fila numa direção específica, sempre andavam pela esquerda. A escola era uma teia intrincada de campos de força invisíveis e barreiras; como ela podia romper uma barreira que os outros nem sequer eram capazes de ver? Nos dias que se seguiram, Teresa bombardeou a quarta série com um choque inimaginável atrás do outro, sendo o maior deles, talvez, sua indiferença à raiva da Sra. Finnegan.

Em seu primeiro dia de aula com a Sra. Finnegan, Kate tomara a decisão muito difícil de molhar as próprias calças, só para não perguntar à professora se podia ir ao banheiro. Por cinco anos vinha ouvindo os gritos furiosos da Sra. Finnegan que ecoavam pelos corredores, e isso interferira em sua decisão. Nada do que vira do temperamento psicótico da Sra. Finnegan desde o início da aula a fizera mudar de ideia. Era difícil que a classe entendesse, mas a Sra. Finnegan de fato parecia desprezar todo mundo. Tudo o que dizia estava embebido em um sarcasmo ácido e obscuro. Todo dia a Sra. Finnegan dizia "Bom dia, crianças", e parecia imbuir esse simples cumprimento de tantas camadas de sentido, provocação e amargura que Kate quase passava mal.

Esse humor cruel era o que a classe desejava na maior parte dos dias, porque a única alternativa, em se tratando da Sra. Finnegan, era o destempero. Nessas ocasiões, só o volume da voz era suficiente para fazer os estômagos se encolherem, sendo permeado de uma maldade raramente vista fora de casa, e muitas vezes havia também violência física. Quando o cabelo de John Fitzpatrick ficou curto demais para ser puxado, ela simplesmente deu um soco nele.

Mas Teresa não se deixava tocar por nada disso. Não se tratava da bravata de Noel Brennan, que mostrara um sorriso afetado quando a Sra. Finnegan lhe deu um tapa na cara; a dela era uma indiferença genuína. Era como se a Sra. Finnegan e todo o resto da classe simplesmente não fizessem parte do campo de visão da menina. Enquanto a Sra. Finnegan gritava alto nos ouvidos de Teresa e a cutucava para enfatizar cada sílaba, Teresa olhava impassível para a frente, como se estivesse assistindo a um desenho animado com o volume baixo.

Até que um dia a Sra. Finnegan finalmente encontrou o controle remoto. Teresa estava olhando pela janela enquanto a Sra. Finnegan esbravejava com ela por ter desenhado rostos monstruosos em todas as páginas de seu livro de exercícios. Ao fim dessa enxurrada de injúrias, parecendo assumir a derrota de um modo que não lhe era nada característico, a Sra. Finnegan disse: "Logo você vai ser expulsa de novo e, da próxima vez, nenhuma escola vai aceitá-la, de modo que você vai ter que passar o dia todo em casa e..."

Antes que tivesse terminado, Teresa pela primeira vez devotou a Sra. Finnegan toda a sua atenção. Seus olhos se encheram de lágrimas e ela chorou descontroladamente por quase uma hora. A Sra. Finnegan observava espantada, tal qual o resto da classe.

No recreio, todos conversavam sobre a capitulação de Teresa e os velhos meninos bagunceiros que haviam sido superados tentaram recuperar um pouco de sua credibilidade alegando que ser forçado a ficar em casa os faria rir, não chorar. E era verdade, essa parecera a mais ineficiente das ameaças da Sra. Finnegan, uma estratégia tão ruim quanto a frequentemente usada "Coma a casca do seu pão ou seu cabelo não ficará encaracolado".

Sentada ao lado de Teresa, contudo, Kate entendeu. Viu hematomas e marcas de queimadura em seus braços e pernas que nunca havia visto antes, e soube por que Teresa queria ficar na escola. Às vezes, à tarde, Teresa se distraía olhando pela janela e Kate entrava quase que num estado de transe, fitando a ponta das manchas pretas e azuladas que transpareciam por baixo das mangas de Teresa.

6

Depois da escola, numa quinta-feira chuvosa, Kate sentou-se à mesa da sala batalhando para encontrar algo interessante a escrever sobre os vikings. Ficou olhando para as fotos sombrias no livro didático, de fragmentos de metal enferrujado e cerâmica despedaçada, e sua mente se pôs a viajar. Lembrou-se de outra ocasião em que trabalhara naquele mesmo lugar, mas em algo que importava. De uma vez em que estava fazendo uma tabela com régua e lápis e, ao fundo, Ella Fitzgerald cantava uma música sobre uma mulher que era uma vagabunda. Seu pai cantava junto na cozinha enquanto preparava iscas de peixe e batata frita para comer com o chá.

— O que é brincar de gato, pai? — Kate perguntou em voz bem alta. Vinha pensando nisso havia certo tempo.

— O que é o quê?

— Brincar de gato. Ela diz "não brinca de gato com barões e condes" — Kate imaginava homens de monóculo e roupão se arrastando sorrateiros.

— Não é "brincar de gato". É "brincar de dado" — ele gritou de volta. — Você sabe, um tipo de jogo de azar. Sempre se fala em "jogar dados". É o que os mafiosos fazem quando não estão atrás de raparigas, ou fugindo dos tiras. Entendeu, querida? — A essa altura o pai estava falando num espantoso sotaque mastigado do Brooklyn.

— Todas as pessoas de Nova York falam assim, que nem pato, pai?

A resposta a essa pergunta foi um pano de prato cobrindo seu rosto, arremessado pela janela entre sala e cozinha.

— É, isso mesmo, falam como patos e andam como gatos. É uma cidade e tanto. Mas, afinal, os resultados já estão esquematizados ou não?

— Não, ainda estou desenhando a tabela — Kate usava as medidas da régua para garantir que as linhas estivessem separadas por espaços iguais.

Acabavam de terminar seu mais recente projeto de pesquisa. O dessa semana havia sido um relatório abrangente sobre balas com sabor de pera. Kate e seu pai compartilhavam a paixão por elas e haviam visitado 15 lojas de guloseimas para comparar tamanhos, se eram lisas ou cobertas de açúcar, preço por quilo, grau de acidez. Frank era estatístico aposentado e ambos passavam a maior parte de seu tempo juntos compilando planilhas e relatórios minuciosos: a melhor casa de chá de Warwickshire, os melhores salgadinhos de sal e de vinagre, a garçonete mais mal-humorada de todos os tempos. Um guia definitivo dos produtos de 10 centavos estava previsto para o mês seguinte.

Aos 61, Frank era bem mais velho do que os pais de qualquer um dos colegas de Kate, mas isso nunca a incomodara. Eles se divertiam muito juntos. Kate estimava que seu pai era ao menos cem vezes mais divertido, interessante e inteligente do que os outros pais que via. Algumas pessoas de sua classe só tinham mãe, mas Kate era a única que só tinha pai. A mãe os deixara quando Kate era um bebê, e ela não guardava qualquer lembrança desse período. Às vezes Kate ficava imaginando como eles jamais conseguiriam arrumar espaço em suas vidas para mais uma pessoa; simplesmente não havia lugar para uma mãe ocupar. Todo fim de semana e feriado eram planejados com antecedência. Passeios a cemitérios interessantes, gasômetros, fábricas, partes esquecidas da cidade. Frank povoando a história local de personagens inventados com nomes bobos e biografias ridículas. Nas noites dos dias de semana, Kate sentava no colo dele e os dois viam televisão juntos, sempre torcendo para que passasse na BBC2 algum velho filme americano em preto e branco: gângsteres, detetives, homens maus, *femmes fatales*, sombras e armas. Adoravam Humphrey DeForest Bogart, e riam toda vez que o viam fazendo Elisha Cook Jr. ou Peter Lorre de bobos. Frank fazia imitações péssimas e Kate tentava apimentar suas próprias frases com aquele carregado sotaque americano.

— Corre, pai. *Arquivo Confidencial* começa em um minuto.

— Correr? Correr? Você quer comer iscas de peixe irregulares? Você acha que é fácil fazer com que elas tenham exatamente a mesma tonalidade laranja fluorescente em cada lado? Sabe como é difícil evitar o "escurecimento da superfície", como se diz nos melhores restaurantes? Por favor me permita governar livremente na cozinha.

— A secretária eletrônica dele está rodando, você está perdendo.

— Esse é o tipo de sacrifício que os grandes artistas têm que fazer. Acho que Michelangelo perdeu alguns episódios clássicos de *Columbo* quando estava terminando a Capela Sistina. Picasso nem chegou a ouvir falar de *Quincy*. E, de qualquer forma, é reprise. Todos são.

Finalmente Frank passou dois pratos pela janela, ambos sentaram à mesa e ficaram acompanhando as descobertas do protagonista Jim Rockford.

Quando o programa terminou, Frank pediu a Kate que fosse olhar o que havia dentro da gaveta da cômoda do quarto. Ela voltou com um pequeno pacote embrulhado em papel listrado.

— O que é?

— Um presente para você.

— De quem?

— Meu, de quem mais?

— Por quê?

— Eu disse que ia dar alguma coisa a você quando a gente encerrasse o projeto das balas de pera.

Kate abriu um largo sorriso. É claro que se lembrava da promessa, mas não parecia certo agir como se já esperasse o presente. Abriu o pacote e deu com um livro chamado *Como ser detetive*. Sorriu de novo. Gostou da cara do livro.

— Pensei que a gente podia resolver alguns crimes juntos. Posso ser Sam Spade e você, meu assistente, como é mesmo o nome... Miles Archer.

— Mas ele morre no começo do filme.

— Bom, é verdade, está certo, mas ele não tinha esse livro. Você vai ser mais esperta. Podemos começar descobrindo quem vem afanando nosso iogurte, que o leiteiro diz entregar toda sexta.

Mas Kate estava compenetrada folheando o livro com os olhos arregalados, encantada com as possibilidades que se abriam para ela.

— Pai, podemos fazer mais que isso. Podemos pegar foras da lei de verdade: ladrões de banco, sequestradores... Olha, mostra como se disfarçar para chegar mais perto do suspeito... Um turista, genial. Ninguém suspeitaria que na verdade você está tirando foto dos criminosos.

— Acho que um turista chamaria muita atenção por aqui. Estamos em Birmingham.

— Ou um limpador de vidros... Pai, é um livro genial. A gente vai combater o crime nas ruas.

Mas não foi assim que aconteceu. Alguns meses depois, Kate acordou com a forte luz do sol que invadia seu quarto. Acordar nunca fora seu forte, e ela gostou de poder pela primeira vez surpreender seu pai, estando sentada e lendo casualmente quando ele lhe trouxesse a xícara de chá matinal. Esperou na cama tentando escutar os ruídos que ele fazia na cozinha, por trás da Rádio 2, que tocava uma suave música *country*, mas não conseguiu ouvir nada. Releu as páginas de *Como ser detetive* sobre como checar álibis e, enfim, decepcionada com o fato de sua surpresa estar arruinada, levantou-se e foi até a cozinha. A geladeira estava aberta e, dentro, um dos tênis de caminhada de seu pai estava em cima da margarina. Chamou por ele, mas não obteve resposta. Na pia da cozinha ela viu uma pilha de documentos meio queimados e colocados debaixo d'água. Ali estavam seu passe de ônibus, velhas anotações, alguma correspondência inútil e um artigo sobre métodos estatísticos. Andando para trás pela cozinha em direção à sala de estar, foi notando cada vez mais coisas fora de lugar, um monte de pequenas coisas erradas. Era uma brincadeira estranha.

Foi encontrar seu pai deitado no chão do quarto. Enquanto ela abria a porta, ele parecia estar chamando por ela com urgência, mas, quando correu até ele e se ajoelhou do lado, ele não parecia vê-la e continuava sussurrando a mesma palavra incompreensível vezes seguidas, sua mão tentando agarrar algum objeto aéreo invisível que o irritava. Kate chorava e o sacudia, dizendo "Acorda, pai, acorda", mas sabia que ele não estava dormindo. Não parecia o pai que ela conhecia. Seu rosto estava irado e ele dava a impressão de que olhava através dela, como se quisesse tirá-la da frente. Ela sabia que devia ligar para alguém, mas não conseguia nem pensar em pegar o telefone. Não sabia como poderia falar sobre ele como se ele não estivesse ali.

Finalmente chegaram as sirenes e também sua avó. Seu pai parecia particularmente intrigado com a gravata do motorista da ambulância, tentando agarrá-la enquanto gritava uma nova palavra que soava algo como "Harry". Foi o último barulho que o ouviu fazer. Ele morreu no hospital quatro horas depois. Sua avó lhe contou que ele havia sofrido um derrame. Kate não conseguia entender. Um derrame podia ser um ato de carinho. Seu pai sempre derramava gotas de água quente sobre sua testa quando ela não conseguia acordar. Ficou sentada no corredor do hospital, os olhos fixos na porta pela qual o haviam levado, esperando ser acordada por aquelas reconfortantes gotas mais uma vez.

Desde então a vida era diferente. A avó de Kate viera morar com ela. Uma viúva cuja única filha havia abandonado o marido oito anos antes em troca de uma vida nova na Austrália, Ivy mantivera o contato com Frank ao longo dos anos, mandando cartões, visitando em ocasiões específicas. Mas basicamente ela e Kate eram, uma para a outra, meras estranhas.

Ivy chegou à casa deles e disse a Kate: "Não deixarei que você seja levada pela assistência. Vou me mudar para que isso não aconteça. Não desejaria isso para ninguém. Vou cozinhar para você e morar aqui com você. Para mim, já não faz diferença onde eu moro. Sinto muito pelo seu pai, sinto muito mesmo. Não é sua culpa que ele fosse tão velho, mas eu também não posso ser sua mãe. Não sou boa nessas coisas. Tentei uma vez e veja no que deu. Sua mãe é uma idiota. Perdoe por dizer isso, mas é verdade. Casou-se com um homem que tinha o dobro da idade dela e depois deixou vocês para trás, e aqui estou eu para recolher os cacos... mais uma vez. Eu sei que você é uma menina muito inteligente, e sei que é uma boa menina, então tenho certeza de que nos daremos bem. A única coisa que precisa saber sobre mim é que gosto de programas de auditório e frequento o bingo."

Kate assentiu e recebeu essa informação com uma grande indiferença.

As noites agora eram longas e vazias, ainda piores na hora de dormir. Ela temia os fins de semana. Aprendera a não pensar em Frank naquela última noite — seu cérebro afetado pela pressão do sangue, confuso e sozinho, desordenando a casa silenciosamente. Aprendera que pensar nisso machucava tanto que podia ser perigoso.

Encontrou o chimpanzé de pelúcia esquecido num armário e criou as Investigações Falcon. Ocupava sua mente com listas, vigilâncias, relatórios, projetos. Trabalhava duro na escola, mantinha-se quieta, sentava-se na loja ao lado com Adrian, movia-se de cômodo em cômodo na casa grande demais.

7

Kate corria pela colina artificial. Atrás dela o céu era roxo e uma ventania arrebatava as árvores feias e finas, dobrando e açoitando os galhos. Detritos escapavam dos arbustos e voavam em pequenos ciclones na entrada dos casebres. Uma tormenta se anunciava e Kate podia sentir o ar efervescente e faiscante enquanto o atravessava. O vento soprava ainda mais forte quando ela saltava ladeira abaixo e corria e corria. Sentia-se inquebrável enquanto passava sobre os estilhaços de vidro do ponto de ônibus, pelas ondulações dos gramados ajardinados e pelos pátios desertos. A água agora explodia loucamente e Kate corria através dela às cegas, inalando a lavanda floral dos lençóis enrolados em seu rosto. Ria e corria, passava a escola, passava a surrada igreja metodista pré-fabricada, saltitando, sentindo-se fora de controle, torcendo para que o vento a levasse. Quando os primeiros pingos grossos de chuva caíram no pavimento, ela corria pela estrada. Queria ir até a janela para ver os raios relampejando por entre os fios e postes.

Quinze minutos depois estava tristemente sentada olhando através da janela as ruas alagadas.

O céu passara de violeta a cinza e a carga de excitação da tempestade iminente perdia espaço para a desagradável realidade de uma tarde molhada. Ela olhava as gotas de chuva que escorriam pelo vidro, embaçando o cenário vazio de trás, e sentia a descida de uma náusea familiar. Ainda seria leve por algumas horas, que ela passaria ali, queimando pela janela.

Não conhecia nenhuma das crianças que moravam por ali. Normalmente não se importava: todas frequentavam a escola da rua Cheatham e pareciam violentas. Era feliz em seu escritório, com Mickey e os arquivos. Mas às vezes, em noites de verão, ficava vendo alguns grupos de trinta ou quarenta crianças brincando juntas. Já conhecia as brincadeiras, de tanto que havia observado. Algumas ela até praticara na escola, como *British Bulldog* e beisebol, mas a que mais lhe interessava era a que eles chamavam de Carcereiro: uma versão estranha e ampliada de esconde-esconde, incluindo chutar latas, prisioneiros sendo soltos e nenhum limite aparente. Uma vez ficara grudada na janela assistindo ao grupo de pegadores que procurava o último menino escondido. Ele persistiu por duas horas, e durante todo esse tempo Kate podia vê-lo claramente no telhado de um casebre. Quando a luz já ia se esvaindo e os pegadores gritavam seu nome cada vez com menos paciência, ele viu sua oportunidade, lançou-se sobre uma escadaria e de lá deu um salto incrível até a copa de uma das árvores menores, que se dobrou com o peso dele e o deixou no chão justo do lado da lata, que ele chutou com vontade para soltar os prisioneiros. Kate compartilhou as gargalhadas e os gritos de alegria. Até vestiu seu casaco para correr e juntar-se a eles, mas perdeu a coragem quando chegou à porta.

Hoje a rua mantinha todos atrás dos vidros. Kate se afastou da janela e tentou se forçar a trabalhar um pouco.

Adorava seu quarto, que a avó a havia deixado redecorar depois da morte do pai. O carpete fora substituído por um piso mais adequado de linóleo com listras brancas e pretas. O velho guarda-roupa de plástico, a penteadeira e as gavetas haviam sido trocadas por armários de arquivos de segunda mão que ocupavam toda uma parede. A frágil escrivaninha de criança dera lugar a uma sólida bancada de madeira, também de segunda mão, com gavetas de um dos lados, e ainda sobrara dinheiro para uma cadeira giratória. A escrivaninha estava posicionada de modo que ela olhasse a porta e desse as costas à janela. Seguindo as instruções de *Como ser detetive*, ela posicionou um espelho angulado em cima da porta para poder ver, da escrivaninha, tudo o que se passava na rua, e em particular para se prevenir contra qualquer falso limpador de vidros que tentasse ler suas anotações. Era difícil conter o impulso de sair deslizando pelo piso liso com a cadeira de rodinhas, mas, depois de passar uma tarde inteira fazendo pouco mais do que isso, Kate agora tentava controlar com rédea curta esse vício. Permitia-se dez minutos por dia, contados no relógio, de diversão com a cadeira, mas depois disso todos os movimentos com ela tinham de ser puramente funcionais. Às vezes se virava para pegar uma caneta numa gaveta e fingia não notar que havia deixado a cadeira girar demais — era difícil não trapacear um pouco dessa forma — mas em geral nenhuma rotação ou giro flagrante ocorria fora do momento prescrito.

Sobre a escrivaninha ficava a máquina de escrever, que ela ganhara de Natal aos 7 anos. Embora fosse apenas um modelo para crianças, de plástico, Kate descobriu que cumpria a função e pensou que nenhum cliente se importaria com isso. Ainda assim, arrependeu-se dos adesivos de pôneis e cachorros que colara na máquina naquele mesmo Natal; Sam Spade jamais teria feito isso. Também em cima da escrivaninha ficava um pequeno porta-cartões em que ela pretendia guardar nomes e detalhes de seus contatos. Por ora, só estavam ocupados três espaços dos duzentos disponíveis. Um do vizinho Adrian, um da delegacia mais próxima e um da agência de tráfego. Em muitos filmes americanos ela havia visto detetives pedindo para verificar carteiras de motorista e "checar placas". Não tinha certeza de como isso funcionava no Reino Unido, mas, por via das dúvidas, para economizar tempo, resolvera manter guardado os dados da agência de Swansea que tirara de uma lista telefônica.

Essa tarde estava empenhada em fazer seu novo livro de identidades. Fizera o primeiro cerca de oito meses antes, seguindo à risca as instruções de *Como ser detetive*. O livro tinha trinta páginas e cada uma era dividida em quatro linhas horizontais. Na primeira linha, em todas as páginas, Kate havia desenhado uma série de cortes de cabelo, na segunda sobrancelhas, olhos e topos de narizes, na terceira narizes inteiros, e na última bocas e queixos. Kate ficara bastante satisfeita com o resultado, embora tenha avaliado que as limitações de sua habilidade como desenhista tivessem feito com que ao menos metade dos rostos possíveis ficassem muito semelhantes: variações de Arthur Mullard. Mas agora estava pensando mais longe. A ideia de colocar um anúncio no ônibus a fizera redimensionar o escritório e o equipamento, e perceber que muito daquilo podia falhar em causar uma boa impressão em potenciais clientes pagantes. Ter um livro de identidades era bom e certamente iria ajudar bastante os clientes que tentassem descrever suspeitos, mas Kate pensava que o fato de ser desenhado à mão o faria parecer pouco profissional aos olhos de alguns. De modo que hoje estava refazendo o livro, mas — e aqui estava o golpe de mestre — usando fotos cortadas de revistas. Uma enorme pilha de revistas que Adrian lhe havia dado esperava em cima da mesa, e ela começou a folheá-las pacientemente e a cortar qualquer página que apresentasse fotos claras e de um tamanho padrão.

À medida que passava a tarde, a chuva parou, as crianças voltaram a se fazer ouvir pelas ruas e Kate se concentrou o mais que pôde nos rostos de estranhos.

8

Era mais uma tarde na quarta série em que mal dava para respirar. Kate olhava pela janela os casebres do outro lado da rua, onde três cães raivosos aterrorizavam qualquer um que passasse pelo precário espaço entre o jardim e a guia. Kate tinha medo de cachorro, ainda que, já tendo sido mordida 11 vezes, não conseguisse considerar aquele um medo irracional. O distrito estava cheio de cachorros — as pessoas os adquiriam para que a vida fosse mais segura, mas não era assim que funcionava. Todos os cães tinham problemas psicológicos: ódio a crianças, ódio a jornaleiros, ódio a negros, ódio a brancos, ódio a objetos que se movem rápido; alguns até odiavam o céu e pulavam e latiam para ele o dia inteiro. O bom para cada cachorro era que sempre havia outro para compartilhar sua psicose, outro com o qual podia se juntar numa gangue. O bairro era patrulhado por esses bandos de cachorros semelhantes, vagando pelas calçadas e pelos quarteirões como grupos de apoio incontinentes e claudicantes. Kate observava as línguas pendentes e as bocas malvadas e tentava manter a calma. Proprietários de cachorros costumavam vê-la começando a fugir de suas feras salivantes, tensas, ultraviolentas, e gritavam: "Não se assuste, eles sentem o cheiro do medo." Esse conselho era supostamente útil, de uma maneira que Kate não podia entender. Outra coisa que lhe escapava era a diferença entre morder de brincadeira e a mordida em si — ao que parecia, tinha algo a ver com intenção, mas era difícil dizer ao certo. Em seis das 11 vezes em que fora mordida, os donos haviam testemunhado a cena e todos haviam dito o mesmo sobre os ataques: "Ele só está querendo se divertir. Está brincando de morder, não mordendo de verdade."

Kate acompanhou enquanto a Sra. Byrne, a mulher mais magra do mundo, batalhava para passar pelos cães com seu carrinho de bebê duplo e um monte de sacolas de compras. Pensou que havia algo de errado com a Sra. Byrne, algo de muito triste, algo que tinha a ver com sua falta de visibilidade. Os cachorros não se incomodaram com ela; olhavam através dela como se ela nem sequer existisse. Karen, a filha da Sra. Byrne, era da classe de Kate e uma vez a convidara para ir a sua casa tomar chá. Lá Kate pôde notar que nem mesmo os filhos pareciam ver a Sra. Byrne. Ela era apenas uma sombra transitando nervosamente entre um cômodo e outro. Os carpetes do apartamento eram grudentos e não havia um Sr. Byrne. Kate pensou que, talvez, algum dia em que ele tivesse descolado seus sapatos do carpete, não tenha desejado colá-los de volta e deixou a pobre Sra. Byrne presa ainda àquele piso.

O ruído estridente de uma cadeira de metal sendo arrastada no chão da classe trouxe Kate relutantemente de volta aos livros à sua frente. Eram 2h45 de uma tarde de terça. Terça e quinta à tarde era aula de matemática — a tarde inteira, matemática. Ou assim costumava ser. Cerca de três meses antes, as aulas de matemática haviam cessado e se convertido nesses lagos parados de desespero e desesperança que continuavam sendo nesse dia. Naquela altura, em fevereiro, Kate chegara à página 31 do livro *Trabalhando os números 4*. Ali encontrara pela primeira vez os conceitos de grau e ângulo. *Trabalhando os números* havia escolhido ilustrar o tópico com uma história em quadrinhos que envolvia uma torre de controle de tráfego aéreo e vários aviões disputando pistas de pouso. Kate estudara a página por bastante tempo. Tinha bastante tempo: ela e Paddy Hurley estavam dois livros à frente do resto da classe. Por isso, teve calma e paciência para tentar entender os pequenos símbolos circulares em relevo, as linhas pontilhadas, os números aparentemente aleatórios. Não faziam nenhum sentido, mas ela não tinha pressa em pedir a ajuda da Sra. Finnegan.

Por mais ou menos uma hora Kate ficou explorando as várias interpretações possíveis daqueles dados. Tinha coberto um lado da página com cálculos cada vez mais confusos e desarranjados quando Paddy Hurley cutucou seu cotovelo e mostrou que ele também estava preso na página 31. Ficaram cochichando e trocando possíveis ideias de resolução até as 2h55, quando enfim Kate perdeu a paciência e levantou a mão para chamar a atenção da Sra. Finnegan.

Agora já haviam se passado três meses desde esse dia. Kate e Paddy ainda estavam na página 31, mas a diferença é que a classe inteira também estava nesse ponto. Só na semana anterior Mark McGrath, o garoto mais lento da classe, havia se assustado ao tropeçar cegamente com a fatídica página, apenas para alcançar a pilha de corpos que lá esperavam por ele.

A Sra. Finnegan, embora do ponto de vista criminal fosse inadequada para dar aula para crianças pequenas, na verdade era uma excelente matemática. Naquele primeiro dia em que Kate pedira a ajuda dela com a página 31, a Sra. Finnegan acreditava ter dado a explicação mais clara e precisa possível sobre graus e ângulos. Mas, infelizmente, nem Kate nem Paddy haviam entendido uma palavra da lição, que estava mais para o nível de graduação. Nas semanas subsequentes mais e mais crianças levantavam a mão para perguntar sobre o exercício da página 31, e toda vez que a explicação perfeita da professora era recebida com rostos neutros algo morria dentro da Sra. Finnegan, até que finalmente ela desistiu. Nos últimos dois meses, qualquer um que fosse tolo o bastante para se aventurar a parar na página 31 era avisado em voz desanimada: "Bem, dê um jeito de se livrar dessa." Ocasionalmente, uma criança mais esperta e atrevida chegava a pensar que resolvera o mistério e sugeria à Sra. Finnegan sua interpretação própria e inevitavelmente falha, apenas para receber um olhar frio e ser conduzida de volta ao silêncio.

Kate estava analisando em sua mente os prós e contras de implementar um sistema de walkie-talkies na agência. Os prós eram óbvios — walkie-talkies eram incríveis, sem dúvida a coisa mais incrivelmente brilhante do mundo. Kate nunca ia a uma loja que vendia walkie-talkies sem passar pelo menos meia hora com os olhos grudados naquelas caixas, e durante esse tempo sentia algo como uma excitação maníaca. Olhava as fotos estampadas nas caixas que mostravam uma criança segurando um walkie-talkie e linhas em ziguezague saindo do fone — sugerindo estalos estáticos, sugerindo ondas sonoras, sugerindo magia — e ao lado letras igualmente denteadas em que se lia: "Está me escutando? Câmbio." Kate quase desmaiava. Pensava em ter um sistema de walkie-talkies do mesmo jeito que outras meninas podiam sonhar em ter um pônei. Os contras eram igualmente óbvios: Mickey era incapaz de falar, e incapaz de segurar coisas; seria inútil para ele um walkie-talkie. Não seria mágico, seria um pedaço inerte de plástico que ela teria que amarrar à cabeça dele. Kate suspirou e levou alguns segundos para voltar a pensar quando viu que Teresa estava olhando fixo para a página 63 de *Trabalhando os números*. Havia evitado falar com Teresa desde que a garota desistira de todos os colegas e decidira só se comunicar por meio de arrotos, mas foi provocada pela visão de Teresa manchando com sua presença tresloucada o paraíso distante que era a página 63.

— A Sra. Finnegan disse que ninguém pode pular a página 31. A gente tem que se livrar dela antes de seguir em frente.

Teresa olhou Kate por alguns segundos com uma sobrancelha levantada, mas depois desistiu de tentar entender e voltou para o livro.

Kate tentou de novo:

— Teresa, você não pode fazer a página que quiser, tem que seguir a ordem do livro. Eu estaria na página cento e pouco se tivesse feito uma coisa dessas.

Teresa ergueu a cabeça, mais irritada dessa vez.

— É, mas você não consegue, não é? Porque você fica presa a uma página que ela não explica. Eu não preciso dela, ela não pode me dizer nada.

— Ela vai descobrir que você pulou e vai ficar gritando por horas e horas.

— Como ela descobriria? Há meses não sai daquela escrivaninha. Ela está quebrada, eu a vi quebrar. Ainda grita, mas não é como antes, ela está quebrada. De qualquer jeito, eu não pulei nada. É fácil.

Kate ficou parada por um tempo tentando não morder essa isca, sabendo que seria o prelúdio para um novo horror proporcionado por Teresa, mas não se conteve. "Mostre o que você fez na página 31."

Teresa folheou o livro de volta à página indicada e Kate se preparou para encontrar uma página coberta de desenhos grosseiros, ou talvez até manchada de fezes — Teresa realmente não tinha limites. Em vez disso, vislumbrou uma página perfeitamente limpa e preenchida, com alguns cálculos e notas nas margens.

Fixou os olhos na página tentando ver que erros idiotas Teresa teria cometido, e enquanto isso a outra soltou: "Se você imagina que o círculo é um bolo cortado em 360 pedaços..." E nos vinte minutos seguintes Teresa fez um monólogo claro e abrangente que explicava com perfeição tudo o que Kate poderia querer saber sobre graus, ângulos e outros conceitos-chave da trigonometria.

9

Manhã de segunda no recesso de inverno e Kate convocou uma reunião com Mickey para repensar a estratégia das Investigações Falcon. Começava a duvidar de que algo verdadeiramente grande poderia ocorrer no Green Oaks, e a se preocupar em como a agência conseguiria construir um nome. Permitiu-se rodar e rodar na cadeira giratória para ajudá-la a pensar melhor. Mickey observava de sua posição habitual, encostado na máquina de escrever.

— Precisamos resolver um crime, Mickey, é isso o que os detetives fazem — disse Kate antes de se afundar de novo em pensamentos. Horas de dedicação eram essenciais, sim, mas um bom detetive também devia confiar em seus instintos. O instinto de Kate sempre lhe dissera que algo sério iria acontecer no shopping, algo que lhe serviria para que ela ganhasse fama, mas agora ela se perguntava se seu instinto não estaria errado.

Examinou suas próprias anotações e achou o material do Green Oaks bastante fraco — suposições, conjecturas, mas nenhum suspeito real, nenhuma evidência, nenhum crime. Talvez, dada a presença de seguranças e de todas as câmeras, as Investigações Falcon estivessem perdendo tempo ali.

Lugar errado, hora errada — essas palavras a perseguiam.

Talvez houvesse transgressões maiores em sua própria vizinhança. Talvez o crime estivesse na porta de casa e ela estivesse passando por cima dele todos os dias. Estava sempre alerta, fazia anotações sobre a vizinhança quando passava algum tempo por lá, mas talvez agora fosse o momento de deslocar os recursos da agência.

Depois de rodar na cadeira por mais uma hora, Kate chegou a uma proposição. Nas quatro semanas seguintes, as Investigações Falcon manteriam o foco 50% do tempo na área local e 50% ainda no Green Oaks. No fim desse período as anotações seriam revisadas a fundo e a agência então concentraria o foco 100% no lugar que parecesse mais propenso a crimes.

O primeiro dia da nova estratégia não poderia ter começado melhor. Um dos jornaleiros ligou para o Sr. Palmer para avisar que estava doente e Kate implorou a ele que a deixasse substituí-lo na ronda da tarde. Era uma oportunidade de ouro para fazer uma boa inspeção dos arredores. O Sr. Palmer ficou em dúvida: Kate era nova demais para o serviço e ele não tinha certeza de que aquele fosse trabalho para uma menina, mas, quando calhou de Adrian sofrer do mesmo mal do jornaleiro, ele não teve muita escolha.

Ela espremeu Mickey do lado de uma pilha de cópias do *Evening Mail* na grande cesta de entregas e partiu, contorcendo-se um pouco por causa do peso. Entregou primeiro numa fila de casas de um condomínio popular. Uma delas tinha um banco, outra um poço dos desejos, outra um gnomo de rosto vermelho pescando num lago do tamanho de uma poça. O sol caía e o cheiro de creolina enchia o ar. Enquanto andava até as entradas, Kate tentava deduzir o máximo que podia sobre as pessoas que moravam dentro a partir das pistas que havia em volta. A primeira casa tinha uma placa na porta que dizia: "Esqueça o cão, cuidado com a esposa", e Kate fez uma anotação mental para se lembrar de que naquela casa morava uma pessoa perturbada. A segunda também tinha uma placa, e Kate ficou por um bom tempo tentando entendê-la, sem chegar a alcançar seu sentido: "Proibido mascates e propagandistas". Acabou tomando nota no caderno. Pensou que "mascate" devia ser um tipo de pássaro grande — talvez o dono não quisesse que comessem as flores ou o gato.

A quarta casa tinha acrescentado uma varanda. A entrada da varanda não tinha nenhuma caixa postal, e depois de alguns momentos de ponderação Kate percebeu que tinha que abrir uma segunda porta para ter acesso ao lugar onde devia deixar o jornal. Não podia ver o motivo disso. Não podia ver como os donos, tendo embarcado nessa onda de porta extra, iam saber quando parar. Imaginou porta de entrada diante de porta de entrada numa sequência que se estendia por todo o jardim, tendo os entregadores que passar porta após porta até chegar à caixa postal. Abriu a porta exterior de plástico branco e chegou a uma pequena área interna cheia de sapatos e casacos. Balançou a cabeça e disse em voz alta para Mickey: "Essas são as pessoas que precisam de nós, Mickey. Porta destrancada mais posses acessíveis é igual a crime." Anotou um lembrete de passar um cartão das Investigações Falcon por baixo daquela porta quando os imprimisse.

Ao percorrer a fileira de casas, foi dando com mais e mais varandas. Cada uma era em si um pequeno mundo, rico em pistas sobre os moradores. Algumas tinham mesas limpas e arranjos de flores, algumas estavam cheias de bonecas vitorianas, algumas continham um emaranhado de skates e bicicletas infantis, outras exalaram um cheiro de sopa de tomate. Em cada uma delas, Kate tinha que parar e fazer anotações. Rabiscava deduções sobre os moradores e decidiu que, quando voltasse, as leria para Adrian, para saber quão próxima da realidade ela estava. Ficou particularmente contente de poder compartilhar com ele sua convicção de que no número 32 morava um sequestrador, como ficava provado pela fita adesiva e pelos jornais cortados encontrados na varanda. Quando a fila de casas terminou e ela olhou o relógio, ficou chocada de ver que havia demorado uma hora e meia para entregar o jornal de trinta casas. Decidiu se apressar.

A próxima parada era o Trafalgar House, um prédio de vinte andares afastado dos demais prédios altos, como um sentinela que vigiasse a entrada do distrito. O edifício lançava uma sombra sobre o pátio da escola de Kate, e com os anos passados ali em diferentes salas ela havia aprendido a saber as horas simplesmente vendo quais partes do pátio estavam ensolaradas e quais não estavam. Lembrou-se de um estranho culto de curta duração de quando ela ainda estava na primeira série, quando todo mundo da classe acreditava fervorosamente que um fantasma morava no vigésimo andar daquele prédio. Todo recreio eles se agachavam no concreto e ficavam espreitando a janela distante, que não tinha cortinas, e de vez em quando um colega gritava dizendo que tinha visto o fantasma, fazendo com que todo mundo se dispersasse em desespero pelo pátio. Kate nunca o viu. Mesmo aos 5 anos de idade ela não sabia se acreditava em fantasmas, mas ainda assim ficava olhando. Preferia isso a ficar pulando, que era o que todas as outras meninas faziam no intervalo.

Apesar da sombra que lançava sobre ela, Kate nunca havia entrado no Trafalgar House. Agora estava passando pelo pátio deserto na frente dele, que tinha um muro onde ela gostava de se sentar para pensar. Sempre fazia frio naquele pátio, constantemente mergulhado na sombra, arrebatado por ventos cruzados que giravam em volta da torre. Chegou à porta da frente e apertou a campainha com a placa "Comercial", tal como o Sr. Palmer instruíra. A porta apitou e Kate a empurrou para alcançar o interior escuro. O saguão tinha dois elevadores e um cheiro que ela nunca havia sentido antes. Era um pouco como o de uma piscina, um pouco como o de uma classe vazia. Era um cheiro triste.

O Sr. Palmer havia organizado os jornais para que ela começasse no topo do prédio e fosse descendo andar por andar pelas escadas. Kate apertou o botão do elevador e logo o pequeno visor preto se tornou amarelo e a porta se abriu. O elevador não era como aqueles de vidro reluzente do Green Oaks; era de metal por dentro e coberto com nomes e palavras. Kate se decepcionou. Lembrou-se de um programa infantil a que assistia com seu pai quando era mais nova. Uma garota morava num prédio de apartamentos com seu rato de estimação e seu cachorro. Todo dia ela entrava no elevador e o rato pulava em cima do focinho do cachorro para apertar o botão do andar certo. Kate adorava essa cena. Desejava morar num prédio que tivesse elevador. Agora, tentando manter os pés afastados da poça que havia no canto e olhando as marcas de cigarro nos botões do elevador, pensava que talvez a garota não tivesse tanta sorte assim.

Desceu pela escada cada um dos vinte andares e não cruzou com nenhuma criatura viva. As pistas que podia acumular sobre as pessoas que moravam ali se limitavam aos odores de comida e aos sons de televisão que saíam pelo vão das caixas postais, a cada vez que ela levantava a tampa. Ninguém punha flores ou gnomos em frente à porta. Ficou pensando se de fato chegavam a sair da grande torre cúbica, ou se passavam o dia esperando as entregas "comerciais", como a de Kate. Imaginava as pessoas pegando o jornal que ela deixava através da porta, para ler sobre um mundo que nunca visitavam. Pela primeira vez lhe ocorreu que seus colegas estavam certos. A única diferença era que não se tratava de um fantasma, mas de muitos, um em cada apartamento. Flutuando através das paredes, se comunicando apenas por estranhas palavras e símbolos que deixavam no elevador.

De volta à luz do sol, Kate andou até os casebres onde devia ser entregue o resto dos jornais. O contraste com o Trafalgar House era impressionante. As pessoas se sentavam nos pequenos montes ajardinados entre os prédios e as crianças brincavam. Kate reconheceu algumas das crianças da escola e ficou constrangida ao passar por elas com a sacola. Trocou sorrisos e cumprimentos, mas se viu incapaz de sacar o caderno e continuar anotando suas observações. Gentilmente empurrou Mickey mais para o fundo da sacola, para que ficasse fora de vista. Percebeu que era uma das coisas de que realmente gostava no Green Oaks — ninguém a conhecia. Ela não era a menina quieta da classe. Não era a menina sem pai nem mãe. Era uma detetive, um técnico invisível deslizando pelo shopping, vendo coisas que ninguém notava.

Perdida em seus pensamentos sobre crimes, Kate não reparou nos três cachorros que a seguiam pelo silencioso quarteirão que ela percorria. Foi só quando um começou a rosnar que ela se voltou e os viu ali, línguas de fora, olhos fixos nela. Ordenou a si mesma não demonstrar medo, mas a mensagem chegou aos cães tarde demais e ela já estava fugindo o mais rápido que podia. Os cachorros a seguiam, latindo loucamente. Kate não conseguia correr rápido por causa da sacola e, sem pensar muito, tirou Mickey e arremessou os jornais para trás. Os cachorros pararam momentaneamente para cheirar a sacola, dando a Kate alguns segundos para correr mais rápido do que nunca, chegando enfim à área de despejo atrás de um dos prédios e fechando a porta atrás de si antes que os cachorros chegassem e se chocassem contra ela, saltando e rosnando com fúria. Abraçou Mickey com força enquanto se apoiava na lata de lixo fedorenta para poder ver os cães do outro lado das portas de madeira. Não conseguia respirar tanto quanto precisava. O peito doía e lágrimas escorriam de seus olhos. Lugar errado, hora errada, pensou.

Afundou o rosto na cabeça macia de Mickey e cochichou sem fôlego em seu ouvido: "Mudança de estratégia: todos os recursos de volta ao Green Oaks."

10

Nos meses seguintes, Adrian e Kate passavam as horas mortas da loja de revistas, entre o movimento da hora do almoço e o jornal da noite, construindo histórias mórbidas sobre os clientes. Gostavam de relembrar personagens expressivos e detalhes da trama de filmes de suspense famosos para imprimi-los nas figuras pálidas e sem graça que eram os aposentados locais, que vinham diariamente comprar seus remédios fitoterápicos e exemplares da revista *Gente*.

Adrian: Você notou que já faz alguns dias que a Sra. Dale não aparece?

Kate: Em que você está pensando?

Adrian: Bem, ontem, quando o Sr. Dale veio aqui, testemunhou-se que estava carregando o que parecia ser uma valise muito pesada.

Kate: !

Adrian: Exatamente. Quando questionado a respeito do estado de sua esposa, a supracitada Sra. Dale, o Sr. Dale replicou — veja só — "Está na casa da irmã dela, em Yarmouth."

Kate: Eles sempre dizem isso!

Adrian: Engraçado, não é? Nunca se ouviu falar dessa "irmã" antes, ou de "Yarmouth".

Kate: Isso é mais que engraçado. É estranho.

Adrian: Foi exatamente o que eu pensei. Então eu perguntei, casualmente, é claro: "E o senhor, Sr. Dale, não vai se juntar a sua esposa?"
Kate: Boa, Adrian.
Adrian: É, achei que tinha sido.
Kate: E o que ele disse?
Adrian: Disse: "Sim, estou indo para lá agora mesmo, daí a razão da mala. Só vim aqui para cancelar a entrega dos jornais."
Kate (depois de uma pausa): Ele é esperto, não é?
Adrian: Diabólico.
Kate: Cancela a esposa e depois os jornais. Sr. Dale Sangue-frio.

Chamavam o Sr. Jackson, do número 42 da Showell Gardens, de "Assassino Implacável" porque ele usava um garboso sobretudo e luvas de couro. O Sr. Porlock, que todo dia parava seu Jaguar ali fora para entrar e pegar o jornal, era o "Cavalheiro Defraudador" por ser o único freguês que comprava o *Financial Times*. Kelvin O'Reilly, da rua Cheatham, era o "Capanga", porque era grande e não muito inteligente.

Qualquer um que pedisse o chocolate recheado de limão era um assassino, segundo Adrian, por causa de sua aversão ao doce e de sua crença de que nenhum cidadão cumpridor da lei podia gostar de uma combinação tão pouco natural. "Eles se afastaram das normas da sociedade, Kate. A bússola moral deles enlouqueceu. Qualquer coisa vale." Além disso, Adrian se referia sinistramente a qualquer um que comprasse chocolate como "alguém que tem desejos obscuros".

Kate tentava basear suas suspeitas em evidências mais concretas, mas mesmo ela não podia deixar de desconfiar de alguém que comprava aperitivos de camarão. Ambos concordavam, no entanto, que os consumidores de Kit Kat geralmente eram forças do bem na sociedade.

Adrian costumava almoçar tarde, por volta das três, quando o Sr. Palmer terminava o seu almoço. Se Kate já tivesse saído da escola e o tempo estivesse bom, iam juntos dar uma volta perto do canal. Embora nessas ocasiões o cenário fosse mais propício ao assunto, eles raramente conversavam sobre assassinatos ou crimes fora da loja.

Um dia Kate perguntou a Adrian:

— Você vai deixar a loja? Algum dia vai arranjar um emprego na cidade?

— Não sei. Talvez. Tento não pensar nisso.

— Mas seu pai sempre vai precisar de ajuda, não vai? Tem que ir às lojas de atacado para se abastecer e tal; aí, quem vai cuidar da loja?

— Bem, acho que ele teria de contratar um ajudante.

— Ele nunca chamaria sua irmã mais nova, chamaria?

— Kate tinha um pouco de medo da irmã carrancuda e meio punk de Adrian.

Adrian riu.

— Acho que ela não colocaria os pés aqui. Não é a praia dela. Está muito ocupada arrumando potes de gel e julgando meus gostos musicais. Acho que ele não quer que nenhum de nós trabalhe aqui. Não consegue entender por que gastou todos aqueles anos investindo na minha educação para que eu acabasse vendendo balas de menta.

— Mas é o que ele faz.

— Exatamente.

— Você sempre faz o que o seu pai quer?

Adrian suspirou.

— Não exatamente. Mas é a loja dele.

— Mas, de um modo geral, você acha que ele sabe o que é melhor para você?

— Não sei, Kate, me desculpe. Eu realmente não tenho grandes ideias a respeito disso. Só vou levando. Sou feliz aqui, mas ele não é feliz comigo aqui.

Kate arremessou uma pedra no canal.

— Às vezes acho que os adultos... quer dizer, sei que você é um adulto, mas me refiro a pais ou mães, ou avós... acham que sabem o que é melhor para seus filhos, mas, na verdade, não sabem. Aliás, muitas vezes têm ideias muito ruins, e os filhos, ideias muito melhores, mas não importa, porque a avó, ou quem quer que seja, é a adulta e por isso é quem deve decidir. Mesmo que isso faça com que a pessoa mais nova fique muito, muito infeliz, arrasada.

Kate fez uma pausa, como se tivesse terminado, mas em seguida recomeçou, sem olhar Adrian nos olhos.

— Por exemplo, isto é um exemplo, certo... — Adrian podia ouvir a voz de Kate vacilando um pouco — ...minha avó, embora eu não deva chamá-la assim; devo chamá-la de Ivy... Ivy diz que eu tenho que ir para Redspoon no fim do ano que vem.

— O internato?

— É. Ela diz que eles oferecem bolsas para crianças inteligentes, que é uma oportunidade e que morar com ela não é bom para mim. Diz que não consegue cuidar bem de mim. Eu digo que não preciso ser cuidada. Sei fazer espaguete com torrada. Sei usar a máquina de lavar. Então ela diz que eu preciso conviver com pessoas da minha idade. Mas eu não gosto disso — a voz de Kate falhou por um instante. — Não gosto tanto assim de ficar com pessoas da minha idade. Não fazem nada, só veem TV... e... também não tenho muita certeza se gostam de mim, porque não consigo correr rápido demais, e talvez alguns me achem estranha. Prefiro quando a escola acaba e posso fazer meu trabalho de detetive. Tentei dizer isso a ela. Contei que vou solucionar crimes, e que isso era o que meu pai queria que eu fizesse. Ele queria que eu fosse uma detetive, não que eu fosse a alguma escola besta longe de casa. Meu pai nunca teria me mandado para longe dele...

Adrian deu um lenço a Kate, mas mesmo assim ela não olhou para ele.

— Ela disse que eu não devia incomodar você na loja. Disse que sou um estorvo para você e que não é natural não ter amigos da minha idade. Disse que você provavelmente sente pena de mim e me acha muito estranha.

Adrian se ajoelhou e virou o rosto de Kate para que ela olhasse para ele.

— Não dê ouvidos a ela, Kate. Você não é um estorvo nem é estranha. Você é minha amiga. Eu ficaria louco na loja se tivesse que passar as tardes sozinho. Você é mais dona de si do que qualquer um deles. Eu admiro você, Kate, de verdade. Olhe para mim, tenho 22 anos e não faço nada. Não vou a lugar nenhum. Você tem 10 e é um pequeno enxame de atividade, sempre indo de um lado para outro, sempre com algum projeto ou um plano novo, sempre com coisas a fazer. Você faz os adultos parecerem mortos. Não importa quantos anos você tem, eu seria seu amigo se você tivesse 85 ou 25. Você brilha mais forte do que o resto de nós. Ela devia se orgulhar de você.

Os dois ficaram em silêncio por alguns minutos.

Kate olhou para Adrian e disse:

— Eu não vou para aquela escola.

II

Kate e Teresa sentaram-se nos degraus de concreto da Ramsey House. A vidraça fosca diante delas estava partida e através da abertura era possível ver o terraço da Chattaway House.

— Sabe o homem gengibre, do número 26? — perguntou Teresa.

Kate não sabia nada sobre ninguém que morava naquele prédio. Sempre que Teresa falava sobre seus vizinhos, partia do pressuposto natural de que Kate os conhecia e sabia de suas histórias. Kate gostava disso.

— É um mendigo. Tem um grande cabelo cor de gengibre e uma grande barba cor de gengibre e passa o dia todo sentado comendo cascas de laranja que tira de um saco. Ele sabe prever o futuro. Sempre me diz o que vai acontecer comigo. Sabe tudo sobre você. Ele me falou sobre você muito tempo atrás.

— O que ele disse? — Kate perguntou.

— Ele me fez prometer que não contaria.

Kate deixou essa passar. As conversas com Teresa nunca eram diretas. Sempre havia mistérios. Kate também gostava disso.

— Quem mora do lado dele?

— Um irlandês. O nome dele é Vincent O'Hanoharan e ele fala assim: "Odelodelodelodelodelodel". Você tem que fechar os olhos e se concentrar para entender o que ele está dizendo, e ele usa calças curtas demais. Já fui ao apartamento dele. Ele estava na janela e fez sinal para que eu fosse lá. Aí eu fui e ele me deu um biscoito coberto de glacê cor-de-rosa e coco, mas não chamou de biscoito, chamou de Kimberly. Eu disse que era um nome de menina, ele disse que nunca conheceu nenhuma garota chamada Kimberly e depois perguntou meu nome. Tinha imagens de Maria e Jesus por todos os lados e a cozinha cheirava a lama. Eu disse que meu nome era Teresa e ele começou a chorar. Chorou e chorou com a cabeça apoiada na mesa. Terminei de comer o biscoito e fui embora.

Kate fixou os olhos em Teresa. Não fazia ideia de quanto daquilo era verdade e quanto era inventado. Havia começado a pensar que tudo podia ser verdade. Que nada de normal acontecia com Teresa. Voltou a olhar a paisagem. "Olha, estão vendo televisão naquele apartamento ali." Ficou surpresa de que alguém pudesse estar vendo TV num dia tão ensolarado.

— São o Sr. e a Sra. Franks. São as pessoas mais velhas do prédio. A Sra. Franks deixa a televisão no volume máximo o dia inteiro. Senta com um grande cobertor que ela mesma tricotou, com um monte de quadrados coloridos. O Sr. Franks me contou que ela o tricotou quando era mais nova. Disse que nunca soube por que ela o tricotou. Às vezes o Sr. Franks conversa comigo e me dá 10 centavos para comprar doces, dizendo que sou uma boa menina. Sorri para mim um sorriso simpático e os olhos dele ficam molhados. Outras vezes me chama de negrinha suja e de mestiça imunda e me manda voltar para a selva.

Kate e Teresa se olharam e caíram na gargalhada.

Para horror da Sra. Finnegan, Kate e Teresa começaram a se dar bem. Desde o episódio do *Trabalhando os números*, Kate passou a ver um lado diferente de Teresa. Tinha começado a ver como Teresa estava entediada na classe, como ela sempre sabia a resposta mas nunca levantava a mão. Como ficava sentada com um olhar vazio estampado no rosto, rabiscando enquanto os outros arriscavam resposta errada atrás de resposta errada. Viu como a Sra. Finnegan olhava para ela como se ela fosse alguma coisa que a fizera tropeçar. Quase começou a entender por que Teresa agia tão desvairadamente.

No início Kate havia sido um pouco cínica. Quando percebeu que Teresa não era uma lunática completa, convidou-a para tomar chá em sua casa. Pensou que, talvez, se Ivy a visse como o tão exigido amigo da sua própria idade, desistiria de mandá-la para Redspoon. Mas Teresa tinha ideias loucas e histórias estranhas e parecia perambular por sua própria conta tanto quanto Kate. Não mostrou a ela seu escritório, e também não lhe contou sobre a agência, mas pensou que um dia podia fazer isso. Notara que Teresa era brilhante em inspeções e vigílias.

Os degraus começavam a ficar desconfortáveis demais, de modo que elas resolveram sair dali para pegar o sol da tarde. Alguém estava tocando *Althea & Donna* e o som ecoava pelas ruas vazias. Andaram pelos gramados que separavam as casas e passaram por uma grade em que uma criança presa gritava pedindo ajuda.

Foram se afastando do bairro, atravessando a ponte da estrada de ferro e seguindo um muro de tijolos antigo e meio corroído. Depois de algumas centenas de metros, chegaram a uma pequena porta verde no muro e entraram por ali para cruzar o Cemitério de St. Joseph, situado em uma montanha bastante íngreme. A igreja ficava no meio, e podia ser alcançada de cima, por uma vereda tortuosa, ou de baixo, por um caminho a partir dos portões maiores. Em volta da igreja, as lápides espalhavam-se por todos os lados, dispersas aleatoriamente — muitas delas estavam tombadas ou inclinadas de qualquer jeito sobre o piso de grama e ervas daninhas.

As lápides eram todas velhas, datando da virada ao século até os anos 1950. As únicas novas formavam um pequeno grupo logo embaixo do presbitério e eram reservadas às crianças da paróquia. Mantendo-se à parte das outras sepulturas, esses monumentos eram feitos de um resplandecente mármore branco ou preto, com inscrições douradas e pequenas fotografias ovais e sorridentes das crianças mortas. Sempre havia flores frescas nesses túmulos, ao lado de reproduções em pedra de ursos de pelúcia e de bonecas. Entre eles ficava o túmulo de Wayne West, um garoto que Kate lembrava vagamente da primeira série, que de algum jeito havia enfiado a cabeça numa sacola de plástico e sufocado. Todo ano ele era lembrado nas preces da escola e na missa, mas Kate sempre ficava pensando se ele de fato tinha morrido desse jeito. Parecia uma história com um cunho de advertência conveniente demais. Kate esperava o dia em que os professores apresentariam numa assembleia algum garoto cego que tivesse perdido a visão quando alguém arremessou nele uma bola de neve com uma pedra dentro. A escola já tinha até falado de um menino com um pé só que havia perdido o outro brincando nos trilhos do trem. Kate conseguia imaginar a cena horrível de professores de escolas concorrentes intercambiando crianças feridas no hospital local e atribuindo a elas uma série de contravenções infantis. "Tenho uma garotinha paraplégica aqui, ideal para reprimir os que inclinam a cadeira para trás." "Tem este garoto quase cego, ideal para promover cenouras."

Ao que parecia, Teresa passava boa parte de seu tempo livre naquele cemitério. Adorava o muro de tijolos destruídos pelo tempo que separava o lugar do resto da cidade. A igreja e os túmulos que a circundavam eram da mesma época que o bloco de casas em que Kate morava. Formavam outra pequena ilha cercada de todos os lados pelos novos becos e vias do distrito. Mas no cemitério ninguém perturbava. Ninguém o visitava durante a semana. O padre ia e vinha em seu Volvo velho, mas nunca notava que Teresa estava sentada à sombra do muro estudando as filigranas dos esqueletos de folhas mortas.

Hoje elas se sentaram debaixo de um pinheiro próximo ao jazigo da família Kearney. Os pais e três crianças tinham todos morrido no mesmo incêndio em 1914. Só sobrevivera a filha mais nova, Muriel, que viveu até 1957. Era lembrada com carinho por seu amoroso marido William, mas dele não havia qualquer rastro. Teresa se levantou e andou até um arbusto, de onde começou a tirar umas frutinhas vermelhas.

— Não coma isso — disse Kate. — Podem ser venenosas.

— São venenosas — respondeu Teresa —, mas em pequenas porções não matam ninguém. Não vou comer.

— Então por que você está pegando?

— Por que elas provocam uma forte dor de barriga e fazem a gengiva arder.

Kate esperou por mais explicações, mas Teresa simplesmente continuou colhendo as frutinhas e colocando-as no bolso de seu short.

Depois de pensar um pouco, Kate perguntou:

— É para poder faltar à escola?

— Eu vou para a escola quando quero. Posso vir e sentar aqui qualquer dia. — Quando já havia enchido os bolsos, Teresa se sentou ao lado de Kate e arrancou um pouco de grama. — É para o meu pai. Ele não é meu pai, mas eu tenho que chamar de pai. Gosto de fazer coisas para ele.

— Que tipo de coisas? — Kate perguntou.

— Coisas que machuquem. Coisas que o façam ficar doente. Coisas que o deixem na cama e longe de nós. Longe da minha mãe. Ele diz para mim: "Vá buscar um copo de alguma coisa, que eu estou morrendo de sede." Eu vou e preparo um belo e refrescante copo de Lift, o chá com gosto de limão feito para levantar a gente. Ele adora aquilo. Gosta de tomar com muito açúcar, "limonada" para o bebê. Então eu despejo uma colher cheia de Lift, duas colheres cheias de detergente de limão e três colheres cheias de açúcar, e ele bebe tudo como se não visse água há meses.

— Você o está envenenando! — Kate soltou.

— Não estou envenenando. Estou controlando. Mais ou menos uma vez por mês eu o controlo. Faço ele ficar no quarto, dar uma trégua para a gente. Ele adora geleia no bolo. Come no café da manhã. Metade de um rocambole de geleia com geleia extra. Ele me chama da cama dele: "Cadê meu café da manhã, garota?" Agora eu posso dar para ele umas frutinhas extras na geleia extra.

— Mas ele não está muito doente?

— Nós o ouvimos gritar do quarto, rolando de um lado para o outro e segurando aquela barriga gorda, e aumentamos a TV. Minha mãe o leva ao médico, e o médico diz que ele tem uma úlcera, diz que é a bebida. O médico é idiota, quer que ele vá embora. O médico odeia a cidade. Minha mãe diz: "Por favor, Carl, eu imploro, não beba. Você está se matando. O que vamos fazer sem você?" Então ele dá um soco na cara dela e quebra as costelas dela, e eu preparo alguma coisa nova para ele.

Kate não falou nada por um tempo. Depois disse:

— Você não vai matá-lo, vai? Porque eles vão te encontrar. Os detetives saberiam. Eles têm os meios legais e fariam uma autópsia e encontrariam a evidência. Saberiam que foi assassinato. Você seria mandada embora.

— Gosto daqui: é silencioso e seguro e ninguém me incomoda. Mas quando estou em casa, a TV fica no volume máximo e tudo o que eu consigo pensar é como fugir dali. Minha irmã fugiu. Minha mãe nunca vai fugir. Preciso sair dali. Venho me escondendo, me esquivando e me mantendo fora do alcance dele. Há meses ele não tem uma chance, mas eu sei que ele quer e, se ele bater em mim de novo, vou matá-lo e jogar o corpo na calha para que ele vá parar na grande lata de lixo.

12

ULTRASSECRETO. CADERNO DE DETETIVE.
PROPRIEDADE DA AGENTE KATE MEANEY.

Sexta-feira, 24 de agosto
Inspeção do ônibus impossível, por ter o "Louco Alan" sentado do meu lado. Ele me mostrou sua coleção de passagens de ônibus (todas com o número 43) e perguntou se eu acreditava no Cristo Redentor. Eu disse que não havia provas suficientes.

Vi de novo a mulher com o carrinho de bebê vazio. Hoje ela estava perto da área de brinquedos.

Sábado, 25 de agosto
Adrian me deixou testar o novo gravador da loja. Qualidade do som variável — clareza difícil através da minha mochila de lona onde está escondido. Tenho gravações bastante claras da Sra. Hall pedindo uma raspadinha esportiva e do Sr. Vickers bravo com a confusão de cachorros do bairro, em seguida um longo período de diálogo incompreensível, apenas sendo audíveis as palavras "ele não suporta glacê". Não sei se irá captar muita coisa no Green Oaks.

Domingo, 26 de agosto
Homem alto e manco agindo de modo suspeito no quintal do Sr. e Sra. Evans.

Pude vê-lo de pé na porta de trás esperando vinte minutos antes de chamar "Shirley" repetidas vezes na janela num sussurro alto. A Sra. Evans apareceu na janela e jogou chaves para o homem — que entrou pela porta dos fundos. Nenhuma outra observação. Adrian desaconselhou contar qualquer coisa ao Sr. Evans... Diz que são amantes!

Segunda-feira, 27 de agosto
Visitei o Sr. Watkin, o açougueiro, à tarde. Observei que cheira a carne quando não há clientes na loja — qualquer carne que faça franzir seu nariz é colocada na parte da frente do balcão. O Sr. Watkin me viu observando e me explicou a "rotação do estoque" — muito interessante.

Quinta-feira, 28 de agosto
Fui ao cemitério hoje. Contei ao papai coisas do trabalho. Muito quieto no cemitério. Nenhuma vigilância.

Quarta-feira, 29 de agosto
De volta à loja do Sr. Watkin — mais uma vez, muito poucos clientes. Notei similaridade entre o pacote de veneno de rato que o Sr. Watkin deixa escondido atrás do balcão e o pacote de tempero para sua "costeleta especial". Notei ainda que o Sr. Watkin parece ligeiramente míope (pensou de início que eu era a Sra. Khan) — agora muito preocupada de que o Sr. Watkin cometa homicídio casual.

Quinta-feira, 30 de agosto
Mulher morena ficou agachada fora da ala H. Samuel do shopping por 45 minutos observando através do vidro. Só olhando as vitrines?

Sexta-feira, 31 de agosto
Contei a Adrian as preocupações com o Sr. Watkin, mas ele disse que ninguém mais compra carne do velho e que por isso não tem perigo. Adrian disse que a loja está mai para hobby do Sr. Watkin. Disse que às vezes a Sra. Watkin pede aos amigos que venham e comprem alguma coisa, depois devolve o dinheiro secretamente, e avisa para jogarem a carne direto no lixo. Conspirações do lado da minha própria casa.

Sábado, 1 de setembro
Green Oaks: duas horas na frente dos bancos hoje. Nada a notar exceto um homem baixo andando sem saber que carregava um pedaço de papel higiênico de 1 metro preso ao sapato.

Domingo, 2 de setembro
Identificado homem suspeito vagando pelo estacionamento do supermercado Sainsbury's — não ficou claro quais eram suas intenções.

13

Kate aprendera algo sobre Teresa que a deixara estupefata: na escola, Teresa não era capaz de discernir qualquer hierarquia de indisciplina. Ela entendia que certos hábitos eram malvistos, mas lhe era impossível presumir a hierarquia de gravidade desses atos. Levou muito tempo, muita tentativa e erro, para que uma escala de maldade começasse a ficar clara para ela.

Teresa havia aprendido que era errado reagir de qualquer jeito quando batia o sinal. Costumava empurrar bruscamente a cadeira para trás e sair voando da sala assim que ouvia o sinal, correndo às cegas em direção ao pátio vazio. Isso era incorreto. Aparentemente, o sinal estava ali para avisar a professora de que o tempo da aula terminara, não para indicar aos alunos que chegara a hora de brincar. Teresa pensava que seria mais fácil a professora olhar seu relógio de pulso, ou o grande e ruidoso que ficava na parede em frente, mas agora sabia que devia conduzir a escapada com mais sutileza e vagar: ia deslizando aos poucos os livros da carteira para a mochila, sem tirar os olhos da professora durante o processo. Kate a ajudara e ela aprendera essa parte. Mas, mesmo agora que Kate e Teresa estavam começando o último ano do St. Joseph, ela ainda não aprendera que reagir precipitadamente ao sinal era uma contravenção menor do que, por exemplo, entalhar o nome dela na carteira ou pôr vermes no pudim rosa de Darren Wall.

Assim, foi só depois de um monte de pesquisas desafortunadas e involuntárias transposições de barreiras que Teresa finalmente chegou à pior coisa a se fazer na escola. No almoço de um dia escuro e tormentoso, quando a chuva mantinha as crianças confinadas às brincadeiras internas, Teresa virou uma esquina rápido demais e descobriu a verdade. Com consequências aparentemente infinitas, Teresa ganhou consciência de que correr com uma tesoura na mão era o maior ato de maldade, e correr com uma tesoura que, de alguma maneira, colidisse desastrosamente com a coxa do diretor chegava a estar fora da escala de ultrajes.

A notícia se espalhou rápido pelas classes ouriçadas, mas os boatos foram ainda mais velozes. Poucos minutos depois do impacto, histórias incríveis já estavam sendo compostas. Teresa Stanton tinha um machado. Teresa Stanton estava esfaqueando todo mundo. Teresa Stanton havia assassinado o diretor e ia matar o resto dos professores. As crianças, incapazes de processar fofocas tão explosivas, só conseguiam correr em círculos ou pular para cima e para baixo loucamente, como cachorros numa tempestade.

Na primeira das muitas assembleias que se seguiram ao incidente, a verdade, a modesta extensão do acidente, foi revelada com relutância. O Sr. Woods havia escapado por pouco de qualquer ferida mais séria, mas um belo par de calças havia se "danificado para sempre". Kate, como uma especialista no ramo, considerou bastante insatisfatórias as provas apresentadas. O Sr. Woods segurou os calças no alto para que os alunos espremessem os olhos e enxergassem o pequeno talho no tecido e, enquanto o girava devagar para que todos vissem, repetiu solenemente:

— Imaginem se isso fosse o rosto de vocês — acrescentando às vezes um nome para dar um efeito personalizado. — Sim, Karen, imagine se fosse o seu rosto.

Teresa ficou perplexa. Não podia acreditar que seria punida por algo que havia sido um acidente, não podia entender qual seria o propósito daquela punição.

Kate sabia que o Sr. Woods pretendia fazer de Teresa um exemplo. Depois de uma reunião extraordinária de pais e mestres, foi anunciado que ela ficaria suspensa por uma semana. O clima estava péssimo, de modo que Teresa não poderia passar os dias no cemitério. Kate a imaginou presa dentro daquela caixa de paredes finas que era a pequena casa dela, junto com o padrasto dela, elaborando maneiras de silenciá-lo. Imaginou e sentiu, mais do que nunca, que era preciso evitar um crime.

14

A estrutura a escalar era um iglu tubular de metal. O metal estava enferrujado em várias partes e, nos dias em que ventava, como nesse, a corrente de ar atravessava buracos de parafusos vazios e fissuras na estrutura, fazendo os canos tocarem uma música triste. Kate adorava aquele som, que a ajudava a pensar. Pendurava-se de ponta-cabeça no centro do iglu, o cabelo balançando por sobre o concreto vermelho abaixo. Embalagens vazias e sacos plásticos voavam pelos cantos do parquinho, e o vento arrastava o cheiro de vegetais fervidos dos apartamentos, misturado com um odor metálico, industrial, vindo das fábricas.

Estava de volta à pequena praça à sombra do Edifício Trafalgar e deixava os olhos vagarem da porta do prédio a uma centena de sacadas, por roupas penduradas e armários de cozinha apodrecidos, por emaranhados de antenas e subindo ainda mais até onde as nuvens brancas se deslocavam pelo pálido céu azul. Se as pernas dela se desprendessem, ela despencaria por quilômetros e quilômetros e acabaria caindo naquele colchão de nuvens. Observava-as passando de lá para cá, acima da cabeça do suspeito que ela vinha observando no Green Oaks.

Kate reparara nele pela primeira vez numa segunda-feira, depois da escola, assim que virou a esquina e começou a andar em direção aos bancos. Tinha certeza de que era o mesmo homem que ficara sentado ali no outro dia. Não havia conseguido vê-lo bem naquela ocasião, mas pudera sentir uma certa postura estranha e voltava a identificar isso agora. Logo soube que veria algo diferente naquele rosto e, à medida que se aproximava, sentia a emoção do reconhecimento quando as feições foram ficando mais claras. O olhar do homem atravessava a área de brinquedos e ia dar justamente no banco Lloyds. Kate parou para olhar discretamente da entrada de uma construtora. O homem parecia estar querendo agir normalmente; Kate reconheceu os movimentos que ela própria fazia durante suas vigílias. Estava sentado de um jeito estranho, olhava o relógio, os olhos moviam-se com rapidez; não parecia isento. Kate deixou seu ponto de observação e percorreu com cuidado um grande trajeto em arco para se posicionar num banco distante atrás do homem. Era um suspeito, e justo no lugar que ela sempre soubera que apareceria. Estava calma porque estava pronta. Sabia agora que o trabalho duro estava prestes a começar. Em primeiro lugar, muita vigilância. Tinha de montar um retrato coerente do plano do sujeito. Estaria trabalhando sozinho? Pouco provável, Kate pensara no início: assaltos a banco feitos por uma pessoa só costumavam ser apressados, desesperados, sem planejamento. Ele parecia frio demais para isso. Seria apenas o início da empreitada, ou será que o plano de roubo já estava pronto? Kate não sabia ao certo, mas sentia que aqueles ainda eram os primeiros dias do processo; ela vinha observando os bancos havia bastante tempo e só vira aquele homem antes uma única vez. A questão era: de quanto tempo ela dispunha?

A partir daquele momento, começou a espiá-lo todos os dias. Ele sempre se sentava próximo aos bancos entre as 16 e as 17 horas — pouco antes de fecharem. Kate pegava o ônibus para Green Oaks direto da escola. Sentava-se na cadeira que era seu ponto de observação favorito, comia uns sanduíches de creme de amendoim que ela própria preparava de manhã e, depois de alguns minutos, ele aparecia. Era difícil dizer qual dos bancos era o alvo. Parecia ser mesmo o Lloyds. Ele não fazia anotações nem tirava fotos. Era profissional demais para fazer algo tão evidente. Depois de uns dias, Kate deduziu que ele estava trabalhando sozinho — não havia sinal de quadrilha ou cúmplice.

Um carrinho de sorvete passou em algum lugar das proximidades. Uma música antiga e conhecida começou a tocar longe, mas parou abruptamente. Ela tentou visualizar o rosto dele em sua mente. Decepcionou-se ao perceber que seu livro caseiro de identidades era totalmente inútil quando se viu diante de um desafio real. No primeiro dia que ela conseguiu analisá-lo bem, correu de volta para casa para tentar capturar a imagem combinando partes de rostos alheios. O melhor resultado que conseguiu não parecia nem um pouco com ele. O melhor resultado não parecia com ninguém nesta Terra. A única coisa que a animou foi que os retratos falados profissionais que apareciam no *Police Five* não eram muito melhores. Kate pensou que, se qualquer pessoa com um rosto daqueles fosse vista pelas ruas, o zoológico seria chamado para atirar nela com dardos tranquilizantes.

Kate pretendia levar a câmera de seu pai na próxima vez, mas antes disso tentara o velho recurso do desenho

— ou, como o livro *Como ser detetive* invariavelmente o chamava, o "esboço identificador".

Estude o suspeito de perto. Anote palavras que o descrevam. Se possível, faça um esboço. Ele é gordo ou magro, alto ou baixo, atento ou apático? Tem algum traço que o distinga? Anote as roupas que está usando — mas lembre-se: roupas podem ser trocadas, bigodes podem ser falsos, cabelos podem ser cortados. Criminosos de sucesso são mestres em disfarces. (Kate sublinhara esta última frase.)

Mas havia algo nos olhos que ela achou muito difícil de captar. De alguma forma, os olhos dele eram ao mesmo tempo amedrontadores e impossíveis de lembrar. De volta ao escritório, ela disse a Mickey:

— Não gosto daqueles olhos. O que você acha?

Mickey ficou circunspeto como sempre.

— Acho que tem violência neles.

Mickey manteve o olhar firme, cheio de ódio.

— Um assassino? Bom, não seria a primeira vez. Sabemos que ladrões de banco solitários são artífices impiedosos.

Mickey e Kate haviam ido à biblioteca para fazer algumas pesquisas. Ambos ficaram um pouco desconcertados com a quantidade de ladrões de banco que matavam. John Elgin Johnson, bandido solitário armado com um revólver azul de aço. Charles Arthur Floyd, o "Bonitão", e o massacre da cidade de Kansas. George Nelson, o "Cara de Bebê", o bando Baader-Meinhof, o Exército de Libertação Simbionês... a lista era interminável. Ficaram desconcertados com essas informações. Na verdade, ficaram bastante irritados e intimidados com a diferença de tom que havia entre os livros sobre crimes para adultos, encontrados na biblioteca, e os alegres conselhos e imagens encontrados em *Como ser detetive*. O manual de Kate e Mickey falava bastante coisa sobre disfarces e códigos secretos, mas nada sobre como lidar com facções fanáticas do Exército Vermelho, nada sobre psicopatas, nada sobre levar um banho de gasolina e ser ameaçada com um isqueiro. Kate começou a ter uma leve dúvida sobre quão fidedigno era o livro que tinha em mãos.

Alfinetes e agulhas começaram a marchar pelos seus pés, então Kate resolveu erguer-se e sentar-se na estrutura, observando de lá o bairro. Percebeu que ela e Mickey não iam dar conta do suspeito sozinhos. Precisava juntar o máximo de pistas e informações que conseguisse. Tinha que descobrir onde ele se escondia e como planejava fugir. Todos os ladrões ensaiavam antes. Ela iria observar e esperar e registrar tudo o que visse. Assim, quando o roubo finalmente acontecesse, talvez ela não fosse capaz de entregar o responsável, mas ao menos poderia entregar evidências suficientes para levar a polícia até ele. Tinha certeza de que seria o bastante para ela conseguir o cargo especial com que sonhava. Não propriamente um emprego, é claro: ela ainda frequentaria a escola, mas talvez pudesse receber chamados ocasionais para ajudar em operações de inspeção mais difíceis. A polícia veria sua utilidade. Quantas outras crianças estavam tão treinadas quanto ela? Quantas outras eram invisíveis como Kate parecia ser?

— Bem, Kate, parece que eram fundadas as suas suspeitas relacionadas à unidade 15 do distrito de Langsdale, como sempre.

— Contrabando de diamantes?

— Exatamente. Uma extensa rede incluindo todos os eixos da indústria de diamantes: Cidade do Cabo, Amsterdã, Midlands Ocidental. O problema, Kate, é que precisamos dar uma boa olhada dentro da unidade. Precisamos das fotos dos pacotes tiradas dentro daquelas dependências. Nenhum dos nossos homens consegue chegar perto. Tentamos os recursos de sempre: medidor de gás, limpador de vidros, enfim, todos, mas esses caras são espertos. Não deixam ninguém entrar. Suspeitam de qualquer um... exceto, talvez...

— Uma criança?

— Correto.

Kate olhou para as torres refrigeradas e viu seu futuro se estirando diante de si. Trabalhar no escritório dela, almoçar no Vanezi's com Mickey, contar a Adrian sobre os casos que enfrentava, envolver Teresa na história. E, definitivamente, nada de ir para Redspoon.

2003

Vozes estáticas

15

Ele nunca esperou ver nada na CCTV. Ninguém nunca esperava no turno da noite.

Nos últimos 13 anos, vinha olhando os mesmos monitores. Quando fechava os olhos, ainda podia ver todos os corredores vazios e as portas trancadas, em tons acinzentados. Às vezes pensava que talvez fossem apenas fotografias bruxuleantes — naturezas-mortas que nunca se alterariam. Mas então ela apareceu no meio da noite e ele nunca mais voltou a pensar isso.

Eram as primeiras horas do dia 26 de dezembro. O Shopping Center Green Oaks só fechava no Natal e no domingo de Páscoa, e Kurt sempre trabalhava como parte de uma equipe de dois elementos. Os clientes não gostavam de quando o shopping fechava. No Natal, ele havia visto a costumeira multidão enfurecida batendo nas portas de vidro, exigindo a entrada. Ele os olhava pelo monitor e ficava pensando como pareciam zumbis. Mortos-vivos exigindo reembolsos e trocas.

Agora, na sala de segurança, tendo apenas um rádio Philips como companhia, inclinava-se na poltrona giratória de couro e desapertava a tampa da garrafa térmica — pensava se seria cedo demais para começar a comer os sanduíches. O DJ dedicava "Wichita Lineman" a Audrey, de Great Barr. Kurt cantarolava junto com Glen Campbell. Scott havia sorteado o palito menor e agora estava imerso na escuridão, patrulhando os estacionamentos congelados por todo o perímetro. Kurt não podia deixar de sorrir.

A visão das câmeras mudou e 24 novas paisagens tremeluzentes apareceram nas telas. No monitor superior da esquerda, Kurt vislumbrou de relance Scott atravessando em diagonal a metade de baixo da tela. O ar que expirava podia ser visto ver um segundo antes e um segundo depois da imagem dele aparecer.

Kurt tinha uma resolução de ano-novo. Faltava ainda uma semana, mas ele já sabia qual seria. Era fácil de lembrar porque era a mesma do ano passado e do anterior: pediria demissão e sairia de uma vez do Green Oaks. Mas dessa vez era sério. Ele nunca quis ficar muito tempo naquele emprego, e agora 13 anos haviam se passado e ele não sabia bem como isso tinha acontecido. Patrulhando corredores vazios, comendo sanduíches no meio da noite, olhando seu próprio reflexo no vidro espelhado. Parecia incapaz de ir embora: algo sempre o detinha. Incomodava-o saber que a vida estava escorrendo por entre seus dedos e tudo o que ele parecia capaz de fazer era vê-la sumir. Não tinha ambição de fazer qualquer outra coisa, mas pensava que devia ter.

Fechou os olhos e visualizou uma imagem térmica tirada de um ponto muito alto — ele e Scott como dois pequenos pontos vermelhos no centro de uma imensa sombra azul e fria no coração de Midlands. Em poucas horas o shopping estaria repleto de corpos, e Scott e ele poderiam sumir em meio às outras manchas coloridas pulsando e se fundindo. Kurt havia se oferecido para fazer jornada dupla, mas temia o barulho e a confusão do dia seguinte. Os outros guardas tinham suas famílias e gostavam de passar os feriados bancários com elas. Pareciam gostar particularmente de passar esses dias com as famílias no próprio Green Oaks, ou às vezes, para mudar um pouco, em outro shopping mais distante. Kurt os via lutando para se deslocar por entre a multidão da época das festas, tentando curtir a vida do outro lado. Tempo livre — como deviam ocupá-lo?

Deu uma mordida no sanduíche de pasta de sardinha e olhou o relógio: eram 4 horas da manhã. Das 6 às 8 horas eram para ele as melhores horas do plantão. Adorava acompanhar as primeiras tentativas de invasão feitas pelos que trabalhavam cedo. Gostava de ver os faxineiros removendo implacavelmente todos os traços do dia anterior, apagando as impressões digitais, varrendo os fios de cabelo, aspirando a poeira, interceptando qualquer evidência. Sentia que sua cabeça também era limpa nessas investidas. O bebê escandaloso, o aposentado violento, o trombadinha inútil, a mulher desesperada, o homem solitário, o misterioso homem que defecava no elevador... todos apagados, um por um. Todos selados em grandes sacos e arrastados por corredores cinzentos até os latões de lixo. O despertar do shopping era uma canção de ninar para ele, que o tranquilizava e acalmava antes que fosse dormir em casa.

Quando foi pegar a batata frita, algo na periferia de sua visão chamou-lhe a atenção, e ele voltou a examinar os monitores. Viu uma figura de pé em frente aos bancos e às construtoras, no segundo andar. Era uma criança, uma menina, embora seu rosto fosse difícil de ver. Estava absolutamente imóvel, com um caderno na mão e um macaco de brinquedo saltando para fora da mochila. Kurt se virou para pegar o rádio e avisar Scott e, quando voltou para a tela, viu que ela havia desaparecido. Mudou o panorama das câmeras: nada. Foi mudando o ângulo de cada uma delas, mas não havia qualquer sinal da menina. Surpreendeu-se ao sentir seu coração batendo apressado enquanto tentava contatar Scott.

*

Às 6h55 da manhã, Lisa estacionou e pegou o elevador para ir do subsolo gelado ao primeiro andar do Shopping Center Green Oaks. Odiava o trauma do despertador tocando às 5h30, e odiava mais ainda as 17 horas acordada que se seguiam, mas havia algo de reconfortante na previsibilidade daquela primeira caminhada pelo shopping, bem cedo todo dia. A indistinta melodia da música de fundo se fundia ao cheiro dos produtos de limpeza e ambos, somados ao cansaço e à fraqueza da própria Lisa, proporcionavam uma sensação flutuante, etérea. A voz feminina do elevador pedia que ela esperasse as portas se abrirem. Lisa não era tão impaciente a ponto de fazer algo diferente. Um apito anunciava a separação das portas, e ela podia imergir no amanhecer artificial do átrio central. Era o dia seguinte ao Natal — caos garantido —, mas àquela hora tudo estava em paz.

Ela parecia deslizar pelos corredores reluzentes, passando pelo batalhão de faxineiros que varriam, lavavam e lustravam o shopping. Lisa achava que chamá-los de "faxineiros" era um tanto grosseiro. No Green Oaks, o processo genérico de limpeza era distribuído entre cinquenta ou sessenta grupos-tarefa, cada um mais esotérico que o outro. Nenhum dos faxineiros parecia ter idade regular para trabalhar. Era como se uma guerra houvesse convocado todas as pessoas entre 16 e 60 anos. Talvez não uma guerra, mas trabalhos mais bem pagos. De um modo ou de outro, a imagem de crianças trabalhando ao lado de idosos mancos e reumáticos dava a Green Oaks a autenticidade de um verdadeiro asilo ou reformatório.

Hoje ela passou primeiro por Ray, da legião dos limpadores de vidros, que esfregava seu rodo pelas superfícies envidraçadas do Burger King. Havia algo nele que a fazia querer gritar "Tudo bem aí, Ray?" mais alto do que o necessário a cada vez que o via, obtendo de volta o invariável "Ótimo, obrigado". Alguns metros adiante estava um garoto com uma garrafa de óleo mineral e um pano, lentamente polindo os 6 quilômetros de corrimões metálicos que havia no shopping, como todos os dias. No alto do mezanino ela viu o aviãozinho, algo como um berço sobre rodas motorizado e elevado. Dentro do berço, um jovem borrifava um pó em cada uma das incontáveis aberturas que havia no teto plástico por sobre a sua cabeça, antes de mover o veículo 1 ou 2 metros para o lado.

Mas nem todo mundo era visível. Lisa tinha uma aguçada consciência da presença oculta dos seguranças no shopping. O peso constante da vigilância a fazia sentir-se como uma suspeita e, com o passar do tempo, essa sensação de culpa evoluiu a ponto de se tornar um pequeno jogo que ela gostava de jogar. Imaginava que, dentro de sua bolsa, em vez de uma tangerina murcha e 17 envelopes vazios, ela carregava algo clandestino: uma bomba-relógio, uma mensagem secreta, um pacote ilícito — não importava o quê. Em sua mente, uma série de coisas se misturava para criar a fantasia um tanto incoerente de ser uma espiã, uma terrorista, uma fugitiva — a situação mudava de um dia para o outro, embora os seguranças escondidos sempre fizessem o papel de nazistas.

Imaginava que devia ser bastante convincente e natural a imagem de assistente de gerência que ela transmitia às câmeras. Em todos os detalhes, devia ter a aparência de alguém oprimido pelo trabalho pesado. Quem suspeitaria de uma criatura tão miserável? Sim, ela escolhera bem os pobres tênis esportivos. De propósito e calmamente, desfilava na frente do Dunkin Donuts e da loja de cartões e, ao atravessar as portas espelhadas e adentrar os corredores de serviço, imaginava as ondas estáticas do rádio e os goles ruidosos de chá na sala da segurança. Tinha certeza de que não levantava suspeitas entre aqueles sujeitos barrigudos que não se cansavam de mastigar biscoitos.

Tendo traspassado as portas, seguia furtivamente ao longo das paredes cinza de concreto. Se fosse pega ali, a missão havia sido um fracasso. Não deixava impressões digitais ao abrir a porta de vaivém com o ombro, atravessava sucessivas passagens na ponta dos pés e sempre parava e ficava à espreita de outros passos antes de virar uma esquina. O objetivo era chegar à porta dos fundos da Your Music sem ter sido vista por ninguém nos corredores. Levava a empreitada mais a sério do que gostaria de admitir. Na semana anterior, havia morrido de vergonha ao descobrir que alguém havia estado o tempo todo uns 10 metros atrás dela e acompanhado toda aquela patética pantomima.

Hoje ela viu um guarda vindo em sua direção, agachou-se e se escondeu atrás de um tubo de ventilação até que ele passasse. Ao se esgueirar para sair, viu um pedaço de tecido saltando por uma abertura mais baixa do tubo. Normalmente, não teria dado nenhuma atenção. Pedaços de tecido debaixo de tubos velhos raramente chegavam a ser algo com que ela gostasse de se envolver. Era um tipo de bicho de pelúcia. Aos poucos ela o desenterrou dali, e ficou admirando-o por um segundo. Tinha pouco mais de 20 centímetros de altura, vestia um terno listrado e polainas. Pela expressão facial, era alguém de negócios. Era um macaco. Lisa ficou impressionada com sua descoberta. Era um fragmento notável e intacto de um outro mundo, e parecia ter acabado de cair do céu. Não conseguia entender como aquilo tinha ido parar ali. Estava bastante empoeirado e um pouco manchado de tinta cinza nas costas, mas, fora isso, parecia incrivelmente novo e vigoroso. Sim, era de fato uma figura agradável, um macaco que não podia envergonhá-la em público, um macaco que ela podia levar consigo para qualquer lugar. Lisa bateu a poeira e, em seguida, enfiando-o numa abertura de sua bolsa que antes era completamente inútil, posicionou-o a seu lado.

Segurança não-identificado
Ala norte

Enquanto seus olhos perambulam pela multidão, esbarram em algumas pessoas. Talvez uma garota de faces brilhantes com brincos dourados de cigana. Talvez uma senhora idosa com uma peruca escura. É como ir girando a esmo o botão do rádio para ver em que estação vai parar.

Esses rostos entre rostos, o que estarão fazendo no Green Oaks? O homem solitário à procura de novas camisas.

O casal infeliz fazendo o domingo passar. A mulher que tenta chamar a atenção de qualquer um. Num dia cheio, 400 mil histórias diferentes flutuando no ar como balões, apegando-se ao teto.

Green Oaks é mais do que tijolos e cimento, eu sempre soube disso. As vozes se misturam e dão ao lugar um som próprio. Ninguém nota, mas todos o ouvem sempre; é o que os traz aqui — o silvo estático de nível baixo. Se você conseguisse ajustar na frequência certa, as vozes individuais viriam à tona e então você seria capaz de ouvir todas elas. Descobriria o que pretendem encontrar no Green Oaks. Saberia como o Green Oaks pode ajudá-los. Acho que o Green Oaks pode ajudar todo mundo. Acho que ouve todas as vozes.

16

Seria um dia verdadeiramente infernal na Your Music: feriados bancários eram pura dor. O shopping estaria lotado, e os consumidores mostrariam sua mistura especial e letal de mau humor e idiotice; irritados com eles mesmos por não terem nenhum outro lugar aonde ir. Para piorar as coisas acima de qualquer medida, a loja esperava a visita de Gordon Turner, o gerente regional — uma perspectiva que sempre deixava Crawford à beira da insanidade.

Lisa era assistente de gerência da superloja da Your Music, trabalhando diretamente com o gerente, o esguio e cadavérico Dave Crawford, e em teoria supervisionando cada um dos subgerentes específicos dos cinco andares. Crawford referia-se a ela como "gerente de plantão" e, com essa mudança unilateral de título, ele de alguma forma a havia sutilmente transformado na pessoa do setor administrativo que cobriria os piores horários. Ela tinha de estar lá bem cedo de manhã, bem tarde da noite, nos domingos e nos feriados. Esse, ao que parecia, era seu dever.

Crawford costumava ser uma sólida fonte de comédia para Lisa. Ela não cansava de se maravilhar com a maneira como ele conseguia sustentar por semanas um grau de raiva que a maioria das pessoas só manteria por poucos minutos. Adorava o modo como sua linguagem se tornava mais violenta e machista quanto mais insignificante fosse o incidente que o enraivecia ("Quem foi a puta que arranhou essa merda de disco?"). Quase engasgava com essa rejeição a toda lógica e racionalidade. Mas o que ela mais apreciava era a completa falta de autoconsciência de que ele sofria — o modo como sempre usava a calça jeans apertada demais e sem um pingo de vergonha ficava tentando desencravá-la da bunda enquanto conversava, andando como se tivesse passado semanas montado num cavalo. Isso, em particular, desagradava muito aos seguranças da loja, que já se sentiam emasculados o bastante por terem de responder às ordens de um homossexual, sem essa constante sugestão de desconforto anal.

As visitas davam chance à alta administração de justificar seus cargos. Eram o momento de provar que podiam sem grande esforço fazer um trabalho melhor do que a gerência das lojas. Apontavam oportunidades de vendas desperdiçadas, ações medíocres de marketing, a lamentável falta de conhecimento sobre os produtos, o precário atendimento ao consumidor, chicletes grudados no carpete, empregados usando piercings demais. Seguindo a mesma lógica, se um funcionário fazia uma besteira, Crawford fazia uma besteira e, se Crawford fazia uma besteira, Turner também fazia, de modo que naquelas circunstâncias impunha-se a todos ansiedade, pânico e uma boa dose de chantagens, que se difundiam pesadamente da estagiária de 16 anos ao gerente.

Mas em Green Oaks, para a infelicidade de Crawford, os funcionários da Your Music já não se importavam. Haviam passado os últimos três meses num estado permanente de alerta e haviam sido chantageados para cumprir uma série de horas extras não remuneradas, sempre com o anúncio de visitas da administração que acabavam sendo canceladas na última hora. Os cancelamentos eram parte do jogo: se a ameaça de visita já estremecia bastante a loja, não era preciso levá-la a cabo. Nos últimos três meses, 16 visitas haviam sido canceladas e, como a equipe estava a cada dia mais esgotada e estressada com aquele fardo iminente, Crawford vinha se tornando cada vez mais maníaco e paranoico.

Lisa aguardava na sala de Crawford enquanto ele remexia ansiosamente o quadro de avisos, pregando tabelas e gráficos com curvas ascendentes. Ela não estava com cabeça para lidar com ele, estava cansada demais para raciocinar.

Ele finalmente se acomodou dentro da roupa e começou a falar:

— Certo, dei uma volta pela loja meia hora atrás e vi que está tudo uma bosta, um desastre. Você não viu a vitrine? Tem três grandes buracos na pilha da Shakira. Eu perguntei à Karen "O que significa isso?" e ela disse "Ah, Dave, eu pedi mais trezentos na segunda. Os fornecedores estão sem, a gente tem os últimos 95 da região." Você acredita nisso? Você acredita numa burrice dessas? Eu disse a ela "Se a gente só tem 95, que merda eles estão fazendo na vitrine, de onde os clientes podem comprar? Tire já de lá, ponha num canto até que a gente receba o sinal de que Turner está vindo, aí você volta a colocá-los ali de novo." Ela ficou parada olhando para mim como se eu fosse de outro planeta. Pode uma cara daquelas? Será que ela seria capaz de parecer ainda mais infeliz? Tenho vontade de cortar os pulsos toda vez que converso com ela. Se algum cliente misterioso conseguir ser atendido por ela, no mesmo dia a gente pode fechar a loja e começar a procurar um emprego melhor. O desastre seguinte é o setor de encalhes abarrotado no estoque. Você viu? Chegou a ver o que tem lá?

Lisa entendeu de súbito que essa breve pausa no monólogo era um indicativo para que respondesse. Ela realmente estava sem energia para se mostrar sarcástica, mas, depois de pensar e pensar numa reação alternativa, foi forçada a responder:

— Discos encalhados?

— Exatamente. Será possível que todos sejam cegos a ponto de não perceberem que, quando vamos ter uma visita, não pode haver milhares de discos no setor de encalhes, como se fosse um grande letreiro dizendo "Sim, nós somos horríveis em aquisições, erramos o tempo todo"? O setor de encalhes tem que estar vazio, para que os visitantes fiquem maravilhados com a nossa absoluta precisão no controle do estoque, nas compras e vendas. Peça que o Henry encaixote tudo e esconda em algum cubículo do banheiro das mulheres.

— Só tem dois cubículos, Dave, e um já está cheio de caixas com camisetas do Star Trek.

— Ah, é? O shopping tem banheiros públicos perfeitamente utilizáveis. É só por um dia, ou até que eles voltem. Essa é exatamente a atitude do tipo "não, não dá" que vai impedir que você tenha a sua própria loja. Acabei de passar pela mesma situação com um daqueles gorilas da segurança, choramingando para mim porque cinco saídas de emergência estão bloqueadas por caixas. Fez um longo sermão sobre ser o responsável por evitar incêndios, sobre perdas de vida. Não consigo acreditar como alguém tão grande não tenha espaço para um cérebro. Falei tão alto e devagar quanto podia, esperando que ele entendesse: "Não se preocupe. Tiraremos as caixas de lá antes da próxima inspeção contra incêndio. Ninguém vai saber." Mais uma vez vem esse olhar que está por todos os lados e ele fala: "E se tiver um incêndio hoje?" Eu dei as costas e saí andando. Não consigo lidar com esse tipo de atitude. E aí quem eu vejo, ou melhor, de quem eu sinto o cheiro, no canto da sala de estoque, etiquetando os produtos? O pequeno símio Snodgrass. Chamei: "Ei, Graham, hoje é o seu dia de sorte, pode tirar uma folga." Então, obviamente, todos os outros preguiçosos fizeram silêncio e começaram a escutar, eles não têm nenhuma sensibilidade. Ele disse: "Mas tem um monte de mercadoria para registrar. Pensei que hoje fosse ter visita." Eu disse "Vai ter, mas você ganhou um dia livre. Vá pegar seu casaco." Mas não, ele ainda não entende, e Henry vem falar comigo: "Tudo bem, Dave, eu vou falar com ele." E aí o símio aumenta a voz de novo: "Não entendo por que você quer que eu vá para casa. Isso só vai significar um aumento de trabalho para todos os outros. Henry até pediu que eu trabalhasse também na hora do almoço porque sou o mais rápido." O que eu posso dizer? Todos estão olhando para mim, tenho que ser honesto com ele, então eu digo: "Você pode ser o mais rápido, mas você fede. Você cheira muito, muito mal. Todo mundo sabe disso, ninguém diz, mas eu estou dizendo porque não quero que Gordon Turner tenha ânsia de vômito quando vier olhar o estoque. Vá para casa e tome um banho." Juro que vi aquele neguinho vindo para cima de mim, mas Henry o segurou. Eles formam um bando esquisito lá em cima, todos nascidos iguais, não sei como Henry consegue coordenar todo mundo. Portanto não fique aí de boca aberta como se fosse um maldito peixe de aquário. Vá lá e resolva.

Lisa guardou a lista que vinha fazendo, deixou o ar abafado com cheiro de tabaco do escritório de Crawford e foi abrir a loja.

*

Kurt e Gary seguravam cada um num braço dos dois jovens e os empurravam pela maré de compradores em direção à sala de segurança. Os garotos haviam andado aprontando, mas não se saíram muito bem. O primeiro erro havia sido se vestirem como se estivessem disputando o papel de trombadinhas em uma novela de TV. Kurt torcia para que algum dia eles se dessem conta disso. Os cachecóis enrolados de um jeito que cobria o rosto, os gorros afundados quase até os olhos, bandidos dos mais óbvios. A vida deles seria muito mais simples se não fossem tão ruins em roubar. Com indiferença os garotos iam sendo levados pelos guardas, enquanto a rádio do shopping tocava "The Lighthouse Family". Os compradores olhavam para eles com satisfação, felizes de saber que ninguém ia se safar de nada.

Kurt estava cansado; a dupla jornada era interminável e ele sentia que não teria estômago para encarar o show do inquérito de Gary que estava por vir. Não conseguia imaginar por que Gary se sentia tão inteligente em capturar pequenos larápios. Sabia que os dois jovens agora teriam de ouvir um relato detalhado sobre cada erro que haviam cometido, e que teriam que assistir a todas as cenas orgulhosamente registradas pelas câmeras de segurança. Gary repetiria várias vezes: "Agora vocês não são tão espertos assim, não é?", mostrando de novo e de novo como ele fora capaz de vencê-los. Kurt não tinha interesse algum em pegar esses ladrõezinhos de loja. Achava que talvez estivesse exercendo a função errada.

Sentou-se num canto e ficou pensando onde estaria a garota agora. Naquela noite, Scott e ele haviam feito uma busca completa no shopping e nos corredores de serviço, mas não encontraram nenhum sinal dela. Decidiram que a explicação mais plausível era de que tivesse ficado por ali desde a véspera do Natal. Às vezes as pessoas querem fugir do Natal — às vezes não têm opção. Kurt contatou a polícia, mas ninguém havia sido declarado desaparecido até então. O policial riu e disse que essa era a primeira vez que uma criança era encontrada antes de ter sido perdida. Kurt não achou graça. Algo na imobilidade dela o havia intimidado. Veio à sua mente a imagem da garota sozinha no shopping, cantando "Uma vez estive perdida, mas agora me encontrei".

Faltavam duas horas para que ele pudesse ir para casa. Era bastante provável que o sermão de Gary durasse todo esse tempo. Os dois criminosos não estavam reagindo da maneira como Gary esperava: nem choravam com a perspectiva de familiares e policiais serem chamados nem dirigiam a Gary um respeito relutante pelo bom serviço que fizera. Não era para isso que estavam ali nesse dia. Provavelmente haviam ido ao shopping para conquistar umas garotas, e quando isso falhou decidiram fazer outra coisa. Ficavam brincando com seus zíperes e pareciam muito entediados. Tão entediados quanto Kurt. Isso era ruim.

A abordagem de Gary exigia reação: ele continuaria até obter alguma satisfação ou até que a polícia aparecesse.

Kurt pediu licença para escrever um relatório na outra sala. Não tinha nenhuma objeção quanto ao relatório. Muitos dos guardas desprezavam essa obrigação, pensavam que atrapalhava o verdadeiro trabalho. Alguns deles até xingavam e ficavam enfurecidos, e aí Kurt se oferecia para escrever por eles, para poupar o tempo alheio, e ninguém precisava mencionar que não sabia ler ou escrever. Kurt reconhecia os sinais — a vergonha estampada nas orelhas vermelhas e o embaraço mascarado pelo jornal avidamente folheado durante o almoço.

Scott era o único guarda com quem Kurt se sentia à vontade. Não tinha maldades, manias, picuinhas. Confiara a Kurt o segredo de seu analfabetismo e pedira que lhe ensinasse a ler e escrever. Kurt ficou assombrado e orgulhoso com a rapidez com que Scott aprendia. A única coisa que atrapalhava o esquema era que Scott havia se tornado o fã mais improvável de Jilly Cooper. Treinava em casa com um livro qualquer que a mulher deixava largado por ali e agora, quando não estava enaltecendo as virtudes do seu time de futebol favorito, o West Bromwich Albion, tratava de informar Kurt dos fatos mais picantes que acabara de ler. Recentemente até começara a comprar o *Daily Mail* todos os dias, e Kurt ficava se perguntando que monstro havia ajudado a criar.

Terminou as anotações e olhou pela janela de vidro da sala de controle — outro par de olhos mapeando o shopping. As equipes de segurança eram reforçadas pelos guardas e detetives que a maior parte dos estabelecimentos empregava internamente, o que dava um total de cerca de duzentos oficiais de segurança trabalhando nos 4 quilômetros quadrados do Green Oaks. Observavam, seguiam, esperavam, suspeitavam, se entediavam, procurando pistas, procurando conflitos. Kurt pensava nesses olhos tomados de cansaço, vagando como moscas. O percentual de segurança no Green Oaks podia ser favoravelmente comparado à das partes mais conflituosas do mundo. Kurt se perguntava quanto do país estava agora aplicado nesses feudos de segurança. Pedaços de terra queimada quase desbotados pela constante vigilância de tantos olhos diferentes. Pensou em sua avó, que no ano anterior havia sido cruelmente espancada em seu próprio apartamento, e se perguntou quando ela passaria a ser considerada tão merecedora de proteção quanto alguns bonés de beisebol da Nike. Certa vez cometera o erro de mencionar isso a Gary, que era ex-policial, e ele respondeu:

— A gente não precisa de mais policiais, só de menos negros.

De repente o rádio de Kurt começou a chiar e ele pôs no ouvido para captar toda a estática.

17

Lisa sentou-se à janela do Burger King para ingerir gordura saturada e um grande cilindro de papelão com açúcar. Era uma ameaça. Ela não conseguia enfrentar a sala de funcionários. Turner, obviamente, havia desistido de aparecer no Natal, mas algumas semanas depois a Your Music havia sido alertada para esperar a visita de um importante cliente misterioso e Crawford estava apreensivo. Algo no ar de Green Oaks fazia todo mundo desejar os complexos não-sabores da comida industrializada e altamente processada, e hoje Lisa estava cansada demais para lutar contra isso. Alguns de seus colegas da Your Music gastavam tanto dinheiro naquilo, que ela se perguntava se não seria mais fácil para eles serem pagos com uma injeção semanal de amido modificado e de gordura trans diretamente na veia. Ela conseguia facilmente imaginar um grupo de vendedores treinados e abastecidos periodicamente, amontoados atrás de um balcão, enquanto Crawford esfregava as mãos satisfeito com o aumento dos lucros.

Olhava a euforia das liquidações de janeiro a desfilar do outro lado do vidro. O shopping não possuía janelas para o exterior, então só se podia ter ideia de como estava o tempo lá fora olhando para os compradores. Hoje todos pareciam estar vestidos como jogadores de futebol americano — muitas blusas justas e acolchoadas, e gorros se chocando uns contra os outros feito capacetes. Alguns rostos ruborizados haviam se livrado das camadas de roupa e do enchimento e agora pareciam potrinhos magricelas recém-nascidos, tropeçando lado a lado com os outros.

Lisa observou uma criança correndo atrás de seus pais. A menina tinha uma franja esvoaçante e algo nela fazia lembrar Kate Meaney. É claro que Kate não seria uma criança agora. Era adulta, poucos anos mais nova do que a própria Lisa, mas parecia impossível pensar nela desse jeito. A imagem em sua mente era sempre a mesma: uma garota séria com tristes olhos azuis que seguiam você. Sempre observando.

Lisa devia ter 12 anos quando Kate desapareceu. A garota pequena que uma vez saiu de casa e nunca mais voltou — sumiu no ar. Nenhuma testemunha, nenhuma visão, nenhum corpo. Lisa e Kate não haviam sido amigas; na verdade, quase não se conheciam. Provavelmente Lisa havia visto Kate umas três vezes na vida, mas se lembrava vividamente da primeira.

Lisa estava encostada bem em frente à loja de revistas de seu pai, entediada de ter que esperar por ele. Enquanto esperava, percebeu que alguém parado alguns metros adiante na calçada, na entrada de outra loja, a espiava. Lisa se inclinou para a frente para ver melhor e, ao fazê-lo, a figura se retraiu. Essa sequência se repetiu algumas vezes até que Lisa se rendeu e andou até lá para averiguar o que era. Encontrou uma garotinha com botas de beisebol e uma jaqueta escura de couro, segurando um caderno de anotações. Quando a garota viu Lisa, sobressaltou-se e tentou esconder o caderno.

— O que você está fazendo? — perguntou Lisa.
— Nada.
— Alguma coisa você está fazendo. Você está me espionando? Está me desenhando? Porque, se estiver, vai ter que me entregar o desenho porque eu sou a dona exclusiva da minha imagem e você não tem direito de reprodução e se você ainda assim não me der eu vou processar você por difamação e plágio e... direitos autorais.

Kate pestanejou e disse em voz baixa:
— Estou observando a casinha da Sra. Leek, do outro lado da rua. Ela saiu de férias e eu estou dando uma olhada para o caso de algum suspeito tentar cometer apropriação indébita.

Lisa ficou olhando Kate por um bom tempo. Depois perguntou:
— O quê?
— Algum criminoso que queira ganhar acesso ilegal à casa e surrupiar os pertences da Sra. Leek.

Lisa levou um tempo para absorver a informação.
— Há quanto tempo você está aqui com esse caderno?
— Não muito. Talvez uma hora e meia. Hoje, pelo menos.

Lisa se espantou com isso.
— E o que você anotou?

Kate prontamente abriu o caderno, que tinha várias datas e horas anotadas minuciosamente de um lado, e pulou as páginas até uma seção específica. Leu a página atentamente e então disse:
— 16h03. Gato vai ao banheiro no jardim da frente.
— Isso é tudo?

Kate estudou a página mais uma vez.

— Até o momento, sim. Um garotinho passou em um triciclo um pouco antes, mas julguei que não era suspeito. Tem 3 anos de idade.

Lisa tentou imaginar como seria ficar sentada no mesmo canto por uma hora e meia, mas não conseguiu. Para ela, ficar 10 minutos parada já era torturante.

Kate limpou a garganta e perguntou:

— O que você faz no cabelo?

A mão de Lisa voou até a cabeça.

— Qual é o problema? Está despenteado? Desigual? O que aconteceu?

— Não, é o estilo arrepiado. Só estava pensando como você faz isso. Você tem que dormir com ele de um jeito especial ou comer alguma comida especial?

Esse era o tipo de pergunta com que Lisa sonhava.

— Bom, para esse estilo particular você não pode lavar com muita frequência, senão fica com um visual meio Howard Jones, o cabelo amassado, e todo mundo quer te chutar. Tem que ser a cada três ou quatro dias. Depois de lavar, você põe a maior quantidade de gel que conseguir e deixa secar virada para baixo, esfregando com força o topo da cabeça o tempo todo, assim. Desse jeito você fica com um visual clássico no estilo "Mac" McCulloch. Obviamente, se você quisesse mais ao estilo Robert Smith, teria que pentear para trás cada trança. Mas não use sabonete, só velhos punks usam sabonete para deixar o cabelo em pé. Você não quer parecer baterista do The Exploited ou coisa parecida. Aí passa um spray de cabelo, mas não algum que seja caro. Se você usar um chique como Elnett, ele não vai cumprir a função. Você quer alguma coisa barata e grudenta, o Harmony é bom. E lembre que a chuva é inimiga.

Kate havia acompanhado atentamente tudo isso e, ainda que tivesse entendido muitas das palavras utilizadas, o efeito geral era inteiramente incompreensível.

Lisa continuou:

— Quer que eu faça em você? Eu poderia fazer, se você quisesse.

Kate pensou nisso por muito pouco tempo.

— Não, obrigada. É importante eu não chamar muita atenção. Não é apropriado no tipo de trabalho que eu faço.

Lisa ficou muito intrigada com essa resposta e grata ao ver que seu pai finalmente emergia da loja. Correu até ele sem falar qualquer outra palavra a Kate.

Lembrou-se de ter ido embora no banco de trás do carro de seu pai, olhando por cima do ombro e vendo Kate ainda parada ali na luz fraca, caderno na mão.

Agora, deixando metade do hambúrguer, Lisa inclinou-se para mais perto do vidro do quarto andar e olhou lá embaixo as cabeças das pessoas do térreo. Nos cantos, o movimento era rápido e fluido: as pessoas desapareciam e surgiam em diferentes direções, entrando e saindo em uma corrente. Mais para o meio, o ritmo era mais preguiçoso: grupos de adolescentes ou de velhos cruzavam o pátio sem qualquer propósito, apenas perambulando de um lado para outro. Eram os primeiros a chegar e os últimos a sair, as pedras glaciais. Lisa se perguntava se de fato deixavam o shopping em algum momento. Imaginava-os vagando ruidosamente nas primeiras horas do dia, aglomerados nos corredores escuros. No centro de todo o movimento, um segurança permanecia imóvel. Ele jogou a cabeça para trás e começou a olhar o teto de vidro logo acima dele, e Lisa pôde observar seu semblante triste. Os olhos deles se encontraram por um segundo e Lisa sentiu uma leve tonteira por estar inclinada sobre o parapeito. Percebeu que devia voltar à loja.

Green Oaks não era um lugar agradável para se trabalhar. Em 1997, a equipe administrativa do shopping, seguindo os objetivos estratégicos de negócios da Leisure Land Global Investments (proprietária de 42 estabelecimentos varejistas em todo o mundo), distribuiu o primeiro questionário anual para apurar as condições de trabalho das 9 mil pessoas empregadas no shopping. Revelou níveis de insatisfação tão elevados e tão agudos que, sem que os funcionários soubessem, mais tarde tornou-se um estudo de caso de estudantes de sociologia. Uma segunda pesquisa nunca se concretizou.

O problema-chave do Green Oaks era o abismo entre as condições para os consumidores e as condições para os funcionários. Fora construído numa época em que a tendência de transformar os shopping centers numa experiência maior de lazer estava começando a se tornar corrente na Europa. Os arquitetos e projetistas abraçaram a ideia de criar um local de entretenimento sem paralelos para os consumidores — com áreas de descanso verdejantes, assentos ergonômicos, átrios iluminados e arejados, fontes e bebedouros, estacionamento de fácil acesso, banheiros públicos amplos e numerosos. Em contraste, as áreas para os funcionários em cada loja foram minimizadas para ceder lugar à área de vendas. Os banheiros exclusivos eram péssimos: escuros, apertados, ventilação e aquecimento precários, paredes nuas de cimento, cheiro constante de esgoto e infestação de ratos. Os funcionários sentiam nitidamente essa discriminação. Liam os memorandos da administração proibindo que usassem os banheiros e as áreas de descanso dos clientes, acompanhavam o distanciamento cada vez maior de seus estacionamentos específicos, passavam todos os dias dos átrios iluminados aos sombrios corredores de serviço: túneis longos e cinzentos que Lisa usava para chegar à entrada dos fundos da loja em que trabalhava.

A Your Music tinha cinco andares de vendas, e em cima deles um sexto andar com o estoque e a sala de funcionários. Ela tentava passar rapidamente pelo estoque. Era um setor ocupado por dois tipos de gente: aqueles a quem faltavam condições básicas ou higiene para serem promovidos ao andar inferior e aqueles que não toleravam mais qualquer contato com os clientes e preferiam agora etiquetar produtos o dia todo a terem de lidar com o público. Nenhum dos membros desse último grupo — que incluía Henry, o eficiente porém deprimido coordenador do estoque — estava presente nesse dia. Em seu lugar havia quatro adolescentes de 17 anos. Três Matts e um Kieron. Todos usavam o mesmo cabelo longo e desgrenhado, todos balançavam com fervor a cabeça o dia inteiro ouvindo uma música *heavy metal* extremamente alta, todos conseguiam aniquilar até as instruções mais simples o tempo todo. Lisa esperou o elevador e tentou não pensar nas furtivas visões do caos que ela tivera. Cinco minutos depois ela ainda estava esperando, tentando não reagir aos altos estrondos e ocasionais uivos atrás dela.

Os clientes tinham a opção de se deslocar entre os andares da loja tanto pelas largas escadarias quanto pelo elevador sempre abarrotado. A grande maioria, ainda encantada com a vista panorâmica do início dos anos 1980, escolhia com avidez o elevador. Os funcionários não tinham escolha: digitar um código especial no elevador era a única maneira de ter acesso ao estoque. O elevador era fonte constante de estresse para eles, uma vez que estava programado para que os chamados dos andares dos clientes tivessem prioridade sobre o código dos funcionários, que muitas vezes faziam várias viagens para cima e para baixo, com os dentes rangendo, até que o elevador finalmente os deixava no sexto andar. Inevitavelmente uns poucos clientes confusos acabavam sendo levados pelo elevador quando ele enfim fazia a ascensão completa. Em geral arfavam e gritavam horrorizados quando a porta se abria e revelava que eles de alguma maneira haviam sido conduzidos a algum lugar fora do mapa, onde não deviam estar. Uma vez ou outra, contudo, algum desembarcava, alheio às paredes de cimento sem tinta, às caixas de papelão, às máquinas de embalar e à total ausência de placas para os consumidores. Acabava passeando pelo estoque, com o olhar perdido como se estivesse hipnotizado, e reagia com agressividade quando algum funcionário tentava conduzi-lo de volta ao elevador.

De vez em quando, talvez enfurecido com o ódio inabalável que lhe era dirigido, o elevador resolvia ignorar todos os chamados dos andares e mergulhar em alta velocidade até abaixo do térreo, uma extensão subterrânea do vão, onde abandonava sua função por um período que ia de trinta segundos a, como ocorreu certa vez, duas horas (infelizmente, nessa ocasião contendo o desafortunado Kieron, do estoque). A maioria dos funcionários já havia experimentado essa petulância em algum momento e, quando o elevador começava sua súbita descida, todos, sem exceção, se convenciam momentaneamente de que o cabo havia estourado e eles estavam despencando para um trágico fim. E o que dizer das vezes em que isso aconteceu com os clientes? Quem podia imaginar o que passava por suas mentes? Era um momento raro, mas sempre especial, estar sentado atrás do balcão no térreo e ver o elevador passando a toda, as figuras comprimidas contra o vidro, como caricaturas de olhos saltados e braços agitados de desespero. Nesse dia, quando o elevador chegou, Lisa ficou muito aliviada de encontrá-lo vazio.

*

Kurt estava patrulhando lentamente o universo paralelo dos corredores de serviço. Quilômetros e quilômetros de canos, cabos, dutos de ventilação, quadros de fusíveis, barreiras de segurança, mangueiras e extintores. Como numa rede de cavernas iluminadas, passagens estreitas davam subitamente em baías fechadas, e outros cursos se abriam e não levavam a lugar nenhum. Tudo era cinza, tudo recendia a pó. Ele vagava por horas numa espécie de transe, sem seguir qualquer rota particular, demarcando o movimento ao checar cada maçaneta. Às vezes parava para tentar intuir onde estava em relação ao shopping, mas raramente adivinhava. Gostava de estar perdido, deslocado em algum lugar da emaranhada órbita do espaço das compras.

Era nesses corredores que ele podia tocar delicadamente e sentir as diferentes texturas de sua cabeça. Muitas de suas lembranças de Nancy estavam se dissolvendo, e ele não sabia se isso era bom ou ruim. Ficava satisfeito em sentir que a dor estava desaparecendo, que já havia desaparecido bastante desde o primeiro ano. Mas parecia ser uma troca: com a dor iam-se detalhes e memórias. As pessoas haviam dito "o tempo cura", mas ele percebeu que não curava, que o tempo só erodia e confundia, e que isso não era de forma alguma a mesma coisa. Haviam se passado quatro anos desde que ela morrera. Às vezes, quando ele estava em casa à tarde, o sol atravessava as janelas de seu quarto de um jeito especial, a cortina esvoaçava com a brisa, provocando uma sombra ondulante na parede, e ele tinha uma forte lembrança sensorial do que era ser amado, de como era cair no sono e acordar com a mão de alguém entrelaçada à sua. Tentava guardar essa sensação de euforia o máximo que podia, mas era sempre passageira. Em geral, tudo o que ele conseguia desenterrar daqueles tempos eram lembranças de lembranças. Tinha medo de pensar demais no passado, medo de que acessar demais as lembranças acabasse desgastando-as completamente. Já havia esquecido como ela ria. Sentia o peso e a responsabilidade de ser a única pessoa que guardava todas essas memórias. Às vezes beirava o pânico, como se tivesse que segurar água em suas mãos. Queria depositar as lembranças em algum lugar seguro, mantê-las armazenadas. A única coisa que a tornava real eram as caixas e caixas das coisas dela que lotavam o apartamento. Mas as caixas não o faziam sentir-se bem; apenas acrescentavam ansiedade a seu pesar. Havia tanta porcaria nelas que ele tinha medo de abri-las. Para cada carta significativa havia dez comunicados bancários. Uma caixa estava cheia da correspondência inútil que continuava chegando para ela — tantas "grandes oportunidades" que ela perdera ao morrer. Kurt as colecionava, mas não sabia bem para quem.

Patrulhava. Muitos dos seguranças achavam que os corredores eram assombrados. Ouviam portas batendo e sussurros nas escadarias vazias, sentiam súbitas quedas de temperatura, encontravam mangueiras desenroladas. Kurt os escutava nos intervalos, como velhas senhoras tentando superar umas às outras. Histórias verídicas cheias de mentiras. Ernest sempre concordando com a cabeça, comicamente supersticioso. Kurt não identificava qualquer traço de paranormalidade quando atravessava aquelas passagens, mas às vezes era tomado de alguma inquietação. De vez em quando ele virava uma esquina e se via em um beco sem saída — uma passagem de serviço que não ia a lugar nenhum e não servia para nada — e algo naquela parede nula de tijolos fazia seu estômago encolher com a lembrança da velha casa em que crescera e dos pesadelos que tivera na infância. Por um instante ficava com medo de dar meia-volta, sentindo que alguém o teria seguido até essa interrupção. Ia dando passos para trás em vez de dar as costas à parede, ainda com a sensação de estar sendo observado. Sentia isso nos sons que zuniam em seus ouvidos, na pressão de suas pálpebras. "Tem alguém aí?", perguntava, sempre ansiando que não houvesse.

Hoje pensava na garota que vira no monitor algumas semanas antes. Havia ligado de novo para a polícia, mas ninguém comunicara o sumiço de uma criança. Não conseguia se livrar da sensação de que ela o acompanhava em algum lugar daquelas passagens. Queria encontrá-la e mandá-la de volta para casa.

Estava cansado. Podia facilmente se sentar no chão de concreto e adormecer, mas essa não era uma boa ideia. Começara a dormir muito depois da morte de Nancy. Chegara ao ponto de poder dormir quanto quisesse. O problema era decidir quanto era isso. No primeiro ano dormia sempre que não estava trabalhando ou comendo. Era capaz de atravessar uma noite inteira e, em seus dias de folga, continuar dormindo até anoitecer de novo.

Não se incomodara muito ao perceber, um dia, que dormir se tornara um vício. Mas começou a ter dificuldade em distinguir sonhos, realidade e memória. Ficou com medo de que dormir o estivesse fazendo esquecer a verdadeira Nancy. Os sonhos podiam enganá-lo: passavam como memórias, fingiam conter história, mas eram apenas sonhos. Percebeu tarde demais que os sonhos eram um vírus encefálico progressivo que ele permitira colonizar sua mente, e agora estava se espalhando, se coligando e devorando a verdade — apagando os fatos. Uma grande parte já estava perdida. Será que Nancy e ele alguma vez se sentaram num bar abarrotado e tentaram sem sucesso não assistir a um casal que fazia sexo no canto? Alguma vez viram um grande naco de gelo resplandecendo na grama da floresta num dia ensolarado? Será que ele de fato vinha tendo o mesmo sonho recorrente de Nancy usando um chapéu vermelho desde o dia em que a conhecera? Ou teve esse sonho na noite anterior e o sonho viera com a fantasia da recorrência? Estava alarmado por não ter resposta a essas perguntas e então, depois de um ano de sonolência, procurou um médico. O doutor o encaminhou a alguns especialistas, e Kurt passou várias noites numa clínica de sono. No final lhe disseram um bocado de coisas que nada tinham a ver com sua condição. Não era narcolepsia — embora ele tivesse sintomas de alucinações hipnagógicas. Não era apneia — sua respiração estava ótima. Desistindo, finalmente declararam que se tratava de um excesso de sono idiopático. Um outro médico explicou a Kurt que essa era uma maneira de dizer que não sabiam. Haviam eliminado todas as possibilidades; era um "diagnóstico por exclusão". A parte da exclusão Kurt entendeu. O doutor pediu que parasse de fazer plantões e que se limitasse a oito horas de sono por noite, o que ele por fim conseguiu fazer.

Foi difícil por muitos meses. O sono se enroscava nele quando estava lendo um livro, enganava-o com a impressão de que estava acordado, passava em sua mente os melhores filmes. Gradualmente, no entanto, lutou para voltar e, como em qualquer vício, sentiu que a vida se estendia segundo a segundo e apenas quatro horas depois de ter acordado ele já voltava a sentir o sono como a velha solução.

À noite, naqueles corredores, lembrava-se de Nancy e aquilo parecia imaginação, e às vezes punha-se a imaginar a vida das pessoas no shopping e por um instante tudo parecia memória. Tentava com esforço fazer a distinção, mas alguma osmose maléfica sempre atrapalhava.

Carta anônima
Ala Leste

Só vou aparecer na Your Music e dar uma olhada na seleção de vídeos. Não tem nada de mau nisso. Uma olhada rápida na seção enquanto passo, mas sem indagar nada no balcão. Vou passar por lá de qualquer jeito. Está no meu caminho. Não tenho nada de especial para fazer hoje, então posso comprar um jornal na WHSmith e, se estou por lá, posso muito bem dar uma passada.

Podia muito bem comprar o jornal na banca ao lado de casa, e assim suponho que economizaria o dinheiro do ônibus, mas nunca sei qual jornal eu quero até chegar lá, e a Smiths tem uma seleção fantástica. Provavelmente vai ser o Mirror, mas ao menos vou ter opções. E tenho que tentar quebrar a rotina. Foi isso o que a mulher da clínica me falou da última vez. "Surpreenda a si mesmo alguns dias, saia do padrão." Então talvez eu o faça hoje. Talvez hoje eu compre o Daily Gleaner *ou o* Morning Star *ou o* Times *de Londres ou o* Guardian *de Manchester. A mulher disse que eu não devia voltar aqui, mas acho que tudo bem se estiver passando de qualquer jeito. Acho que ela diria que não tem problema dar uma olhada rápida na seção se eu estiver de passagem para comprar um jornal... sabe-se lá qual.*

Ah, pensei que fosse um vídeo novo ali, mas vejo que eles só reorganizaram a seção, ou talvez alguém tenha pegado o episódio e posto no lugar errado. Isso me fez parar, no entanto, porque sei que a prateleira superior é sempre amarela, para as séries 4, e essa é laranja, o que é série 3. Tive que parar agora. Não fosse por isso, não teria parado, mas estava desorganizada, então posso muito bem ajudá-los e colocá-lo de volta ao lugar certo. Pensei que fosse um vídeo novo, um lançamento. Mas sei que eles disseram que já não tinha mais. Disseram isso da última vez. Disseram que não fazia sentido eu conferir todos os dias, não havia mais episódios a serem lançados. De qualquer jeito, não vou pergun-

tar no balcão, não vou perguntar se apareceu alguma coisa, pois eles disseram da outra vez que não apareceria.

E não vou indagar nada no balcão porque hoje quem está lá é a garota de cabelo vermelho. Eu ouvi que ela suspirou da última vez. Foi grossa comigo. Ela não tem o direito de ser grossa comigo, sou um cliente e tenho permissão para perguntar sobre novos lançamentos. Ela foi grossa comigo. Não disse nada, mas foi o jeito como olhou e, quando a ouvi suspirar, aí eu soube. Bem, não vou perguntar nada hoje. Ela pode me ver aqui e esperar que eu vá lá e pergunte, mas eu vou mostrar que ela não me conhece nem um pouco, que já não é isso o que eu faço. Estou indo comprar um jornal. Não sei qual ainda. Vou comprar o jornal, então talvez eu passe por aqui para voltar ao ponto de ônibus. Talvez aí ela tenha saído para almoçar. Eu posso pegar o rapaz com as pernas espasmódicas; ele nunca é grosso. E, de qualquer jeito, eu acho que ele entende mais do assunto do que ela.

18

Quando Kurt tinha 11 anos, costumava ter a casa só para ele nas noites de sexta. Seus pais iam para o clube, sua irmã mais velha ia dormir na casa da melhor amiga; ele ficava sozinho e comia todas as batatas fritas e todos os chocolates que conseguisse. Deitava-se no sofá, sem tirar o tênis, balançando ilicitamente um copo de Coca-Cola sobre o braço de tecido sintético, e ficava assistindo a *Os profissionais*. Por cima do som da TV, no entanto, ficava ouvindo outros sons — o tique-taque do relógio, o zunido da geladeira, a madeira dos degraus da escada estalando — e chegava a ter certeza de que a casa o estava observando. Ia de um quarto a outro, acendendo as luzes, às vezes gritando alguma coisa, mas a hostilidade permanecia. Retirava-se para o seu quarto e se entregava a um sono leve e interrupto, esperando o momento em que ouviria as chaves de seu pai na fechadura, e o tempo todo sabendo que estava sendo observado mesmo debaixo das cobertas. Sentia a presença implacável que o oprimia.

Na manhã seguinte contava a sua mãe como Bodie havia conseguido mais um carro, e reproduzia alguns dos movimentos de Doyle no chão de linóleo da cozinha, sem mencionar nada sobre a casa, os barulhos e o medo. Na sexta seguinte acontecia tudo de novo.

Aos 12, mudou-se com sua família para uma nova casa e essa rotina se quebrou, mas, mesmo agora, às vezes, nas horas vazias entre 3 e 5 horas da madrugada, quando ele ficava sozinho na sala de segurança, ouvia algum barulho atrás dele ou sentia o cheiro de Nancy nitidamente na sala com ele, e aquela velha tensão retornava.

Kurt comeu seu sanduíche de sardinha e molho de tomate e olhou seu próprio reflexo no vidro escuro do escritório. Perguntava-se se sua aparência teria mudado muito desde a morte de Nancy: seu cabelo continuava igual, talvez um pouco mais cinza; ele ainda parecia preocupado, talvez agora um pouco mais. Olhou seus sapatos e perguntou-se se ela teria gostado deles. Nunca poderia saber. Muitas vezes a linha que separava as coisas que Nancy adorava e as que odiava era invisível para ele. Certa vez ele arriscara comprar uma malha numa loja e ela recuou e começou a silvar: "Olha essas costuras!" Dizia que Kurt não tinha nenhuma percepção das sutilezas. Kurt dizia que ela era louca, sempre citando alguma objeção esotérica ridícula. Uma vez ela devolvera uma blusa que ele lhe dera por achar que as casas dos botões estavam tortas.

Kurt suspeitava que cometera algum erro na aquisição desses sapatos de agora — não tinha certeza se os furos estavam na posição correta. Já não confiava mais em seu próprio julgamento, mas também não havia ninguém mais em quem confiar.

*

Quando Lisa chegou a um andar de compras, notou que agora havia 12 estantes na loja dominadas pelos *Grandes Hits* do Queen, volumes 1 e 2. Antes, de manhã, eram apenas quatro, o que ela já havia julgado excessivo, mas numa breve e animada discussão com Crawford ficou clara a diferença de opinião nesse assunto.

Enfim chegou ao balcão de atendimento apenas 5 minutos atrasada para cobrir o almoço de Dan. Sua primeira cliente foi uma mulher de meia-idade com sobrancelhas que cobriam boa parte da testa.

— Poupe a minha vista, querida — disse a mulher. — Onde encontro o disco do Queen?

Enquanto Lisa conduzia a cliente a uma das oito estantes com discos do Queen quais ela passara no caminho até o balcão, ocorreu-lhe que a mulher podia ser cega, o que explicaria também as sobrancelhas fora de lugar. Às vezes se perguntava se algumas pessoas não prefeririam ser cegas. "Poupe a minha vista" era algo que ela ouvia quase todos os dias, sem conseguir entender qual era o grande esforço requerido pela recepção visual. Não tinha certeza se era apenas uma preguiça aguda o que fazia uma pessoa pedir a outra que usasse os olhos por ela ou alguma crença de que a visão é um recurso finito que não se devia gastar.

O resto da hora transcorreu com a habitual névoa de trabalho incessante das tardes de sábado. A propaganda televisiva do disco do Queen estava provocando seu efeito de magia negra e todos os clientes se agarravam às cópias a serem adquiridas. Em cada um dos aparelhos alguém vira na noite anterior a nova peça de publicidade do álbum que já existia havia anos, e agora todos tinham que ter o seu. Ela ficava assustada de testemunhar essa corrente massiva, de trabalhar num dos alicerces de toda essa manipulação.

Enquanto uma parte da mente de Lisa ficava ajustada no piloto automático para atender os clientes, a outra ficava livre para viajar por onde desejasse. Vinha pensando muito em seu irmão nos últimos tempos — talvez fosse o iminente vigésimo aniversário desde o sumiço dele, talvez apenas o ciclo natural da memória. Tentou invocar seu rosto em meio à massa de compradores em volta, mas achou difícil lembrar as feições e impossível imaginar como estaria agora.

A maior parte das pessoas pensa que é raro alguém desaparecer completamente. Acham que todo mundo acaba reaparecendo — vivo ou morto, química ou religiosamente alterado. Mas Lisa já vira isso acontecer duas vezes em sua vida. Primeiro Kate Meaney e em seguida, não muito tempo depois, seu próprio irmão.

Desaparecer não era uma ocorrência estranha para Lisa: a súbita remoção de alguém da sua vida era sempre uma possibilidade. Se seu namorado, Ed, demorava em voltar de uma boate, ela logo pensava que havia ido embora para sempre — que havia caído no mundo para nunca mais voltar. O horrível em relação a Ed é que ela não tinha certeza de que realmente iria notar; a maior parte dos dias ela nem sequer registrava sua presença. A ausência de seu irmão, contudo, era vasta e insuportável. Ela sentia como se um pedaço de si mesma tivesse sido arrancado, deixando-a exposta. Reagira como o pai, rastejando e escondendo-se pelos cantos da vida. Mantinham-se ocupados e tentavam não pensar em Adrian. Lisa arrastava-se para a escola todos os dias, fazia as lições de casa que lhe passavam, falava francês quando lhe pediam, sentava-se sozinha no ônibus. Seu pai atendia os clientes, dirigia até as lojas de atacado, contava pilhas de moedas na mesa da cozinha e abria caixas de batata frita. A mãe, por sua vez, renasceu e passou a devotar-se a Jesus e ao pastor de aparência pouco confiável da igreja pentecostal local.

Agora ela sabia que desaparecer não era tão raro assim. Dez mil pessoas desapareciam todo ano. Seu irmão estava enterrado lá embaixo no site da Associação Nacional de Amparo aos Desaparecimentos — uma velha foto dele escondida debaixo de muitas, muitas fotos de mistérios mais recentes. Percorrendo as páginas, ela podia acompanhar a mudança no estilo do cabelo e do colarinho. Podia imaginar as imagens se somando infinitamente, passando pelos rostos leitosos das crianças vitorianas e pelos desertores da Guerra Civil. Retratos inescrutáveis de olhos mortos. A foto de Adrian estava na mesma página da de Kate Meaney. Todo ano, em seu aniversário, Lisa ganhava uma fita gravada de seu irmão. Nenhuma carta, nenhum endereço, nenhuma — até onde ela podia perceber — mensagem secreta na escolha das músicas. A única mensagem era de que ele estava vivo.

Algumas pessoas — incluindo a polícia — acreditavam que o irmão de Lisa era responsável pelo desaparecimento de Kate Meaney. Pensavam que não havia conseguido lidar com alguma questão e isso o fizera escapar levando a menina. Mas Lisa nunca suspeitou dele.

Embora Lisa só a tivesse visto algumas poucas vezes, Kate Meaney praticamente vivia na loja de seu pai. Dava-se bem com Adrian. Passavam bastante tempo juntos. Lisa nunca achara estranho que um homem de 22 anos fosse amigo de uma garota de 10. Nunca achara estranho que ele tivesse escolhido trabalhar na loja de revistas em vez de fazer algo que tivesse mais a ver com sua formação. Talvez seu pai pensasse de modo diferente, mas Lisa nunca achara seu irmão estranho.

Em 7 de dezembro de 1984, Adrian foi visto pegando um ônibus com Kate Meaney na rua Bull, no Centro de Birmingham. Kate nunca mais foi vista. Várias testemunhas viram os dois juntos no ônibus. Uma lembrava que a garota estava relutante em descer do ônibus e que o homem a puxava com força pelo braço. Quando questionado, Adrian disse que concordara em acompanhar Kate até onde ela prestaria o exame de ingresso para o prestigioso internato Redspoon. Disse que Kate não queria prestar o exame e que ele tinha ido para lhe dar apoio moral. Disse que ela insistiu em que ele não a esperasse, coisa que ele de fato não fez, mas ele a levou até o portão e a viu subir as escadas e entrar na escola. Sua história era desmentida, contudo, pelo fato de ela nunca ter chegado a Redspoon naquele dia ou nunca ter entregado exame algum.

Lisa ouvira esses fatos inúmeras vezes. Havia lido coisas horríveis nos jornais. Havia visto as pichações em sua casa. Nada disso a convencia. Os fatos são irrelevantes quando se tem uma confiança verdadeira. Em nenhum momento ela duvidou de seu irmão. Tentou imaginar o que realmente havia acontecido com Kate: quem viera e a pegara na escola. Tentou invocar algum porteiro malévolo, um vigilante homicida — ainda que nenhuma dessas hipóteses parecesse viável, ela nunca suspeitou de seu irmão.

Lisa foi levada de volta ao presente quando notou um homem de meia-idade aparentemente perdido no meio da loja. A fila estava grande demais para que pudesse deixar o balcão, então ela não pôde fazer nada a não ser assistir à paralisia dele diante da turba de compradores que passavam por ele. Viu um menino com um bigode falso trombando deliberadamente contra ele e depois o xingando por ficar no meio do caminho. Ao fundo, Freddie Mercury garantia a todos que eles eram os campeões. Lisa e o sujeito perdido discordavam.

19

O pai de Kurt tinha altas expectativas em relação a seus filhos. Kurt e sua irmã eram vistos como modelos de bom comportamento por todos os pais do distrito: educados, quietos, asseados. O pai era um homem taciturno que, quase como qualquer outro da região, havia perdido o emprego quando a economia mudou. Primeiro fecharam o gasômetro, depois as fábricas, inclusive a imensa manufatura de peças para máquinas onde o pai de Kurt trabalhava. Diferentemente da maioria, porém, ele havia conseguido um novo emprego em manufatura — um verdadeiro emprego, ele diria. Acordava às 4h30 todo dia e passava duas horas no ônibus para chegar a uma fábrica nos arredores de Birmingham. Parecia um homem à moda antiga: trabalhava duro, era gentil com as mulheres, esperava que as crianças respeitassem os idosos, nunca foi visto fazendo compras com sua esposa.

A mãe de Kurt, Pat, embora tivesse uma tendência natural a ser mais terna que o marido, diferia dele em tudo. Todo pedido era inevitavelmente recebido por ela com um "Trate de pedir ao seu pai". O pai decidia tudo, e uma vez decidido, nada podia ser questionado. A família o temia. Ele tinha uma paixão por música country e ainda assim encarava a questão com o mesmo pendor circunspeto com que encarava qualquer outro aspecto de sua vida. Toda sexta à noite, levava a mulher ao clube de trabalhadores locais, onde todos vestiam roupas country e dançavam ao som de Jim Reeves e Patsy Cline. Ele não via qualquer frivolidade em se arrumar, vestindo solenemente sua camisa preta de estilo faroeste e polindo os pequenos discos de metal de seu velho chapéu de caubói antes de sair de casa. No clube, dançava retesado, mas seguindo rigorosamente os passos da valsa "Tennessee" e de outras coreografias semelhantes, e sempre tirando para dançar uma vez a Sra. Gleason, viúva, porque era um cavalheiro.

Ser filho daquele homem era um fardo pesado, e tanto Kurt quanto sua irmã se dobravam sob aquele peso. A irmã escolheu o caminho mais espetacular, mas, para Kurt, rebelar-se era a pequena liberdade pessoal de fugir das responsabilidades. No ano de seu vigésimo aniversário, aproveitou para ficar uns dias sem ir à escola. Seus pais nunca souberam; ele arranjou atestados médicos e manteve a travessura num nível imperceptível.

Dias longe da escola eram dias longe das expectativas que todos despejavam nele, e a única oportunidade que ele tinha de ser quem ele era, de sair da sombra. Não fazia isso contra seu pai, mas por ele mesmo: parecia essencial, embora pensar que seu pai pudesse descobrir o deixasse doente de vergonha. Até que um dia ele escapou por pouco — não se lembrava bem o que havia acontecido, mas era alguma circunstância em que ele quase fora pego, e o medo de que isso de fato viesse a acontecer o fez parar.

Antes disso, Kurt havia passado seus dias de vadiagem passeando pelas reminiscências silenciosas que circundavam o distrito: as instalações do gasômetro, as torres de resfriamento, as fábricas vazias, as piscinas de cor estranha, os barracões de tijolo preto, o canal, o aterro sem a linha de trem. Algumas das fábricas foram demolidas, outras apenas parcialmente; as torres de resfriamento, perigosas demais de demolir, estavam esperando para serem desmanchadas tijolo por tijolo. Ali o pai de Kurt e outros homens do distrito haviam crescido e trabalhado; sua ausência imbuía a paisagem de uma melancolia que contagiava Kurt. Ele ficava perambulando nas tardes silenciosas e lentas, sem nunca ver ninguém entre os tijolos e as ervas daninhas. Atravessava as janelas e abria furos nas paredes, dando em vastas plataformas de cimento com toras de metal enferrujado e peças velhas de formatos misteriosos que ele comprimia em seus bolsos. Deleitava-se naqueles lugares, percorrendo cada canto e virando cada esquina. Adorava o som metálico que as bobinas de fios faziam quando o vento as atravessava, adorava o cheiro de amônia no ar, adorava sentir que era a última pessoa viva na face da Terra, gritando palavras estranhas para as paredes descascadas. Às vezes tinha de jogar pedras para afugentar algum cachorro ameaçador, mas não passava disso.

No quintal de uma velha fábrica havia um buraco quadrado no chão de concreto; uma escada de metal enferrujada fixada num dos cantos conduzia à escuridão abaixo. Kurt passou um bom tempo olhando para o fundo, querendo descer mas antes precisando se assegurar de que não havia nada de perigoso ali. Deitou no chão, aproximou bem o rosto e sondou a escuridão, para ver se alguma sombra emergia. Em outros dias, por vezes um aumento do brilho do sol iluminava um pouco mais o vão, mas ainda assim ele não conseguia ver onde a escada terminava. Perguntava-se se não seria um abrigo antiaéreo, ou algum lugar para armazenar materiais químicos perigosos, ou para onde os trabalhadores mais preguiçosos eram mandados. Questionava-se se não haveria um tesouro ali.

Um dia pegou o lampião de seu pai, que ficava guardado embaixo da pia da cozinha. Acendeu-o diante do buraco, mas mesmo assim não conseguiu enxergar até onde se estendia. Começou a descer lentamente pela escada, mas quando percebeu como era longa começou a temer que a luz do lampião se dissipasse e ele ficasse preso na escuridão, então deu um jeito de descer mais rápido, quase escorregando pelos degraus. Foi um choque quando chegou ao fim. Moveu o lampião de um lado para o outro e viu que o espaço tinha o tamanho de uma sala de aula. A umidade impregnava e esfriava o ar. Folhas de papel se espalhavam pelo chão. Kurt pegou algumas e iluminou-as com o lampião. Eram velhos manuais: desenhos técnicos e equações impressos em delicado papel amarelo. Não havia nenhuma coerência nos itens espalhados por todo o espaço: uma velha lousa sem nada escrito, pedaços de maquinária, um guarda-chuva quebrado. Andou lentamente até o canto mais distante. Não havia latas de cerveja ou qualquer outro sinal de ocupação recente. Kurt tinha certeza de ter descoberto a ruína — o primeiro explorador a dar com esse império decaído. Ao chegar ao outro canto, deu meia-volta para olhar a entrada e teve medo ao perceber que a luz de seu lampião não a alcançava. Tudo o que podia ver era a câmara abandonada sem qualquer saída. Foi tomado de repente por um novo pensamento: ninguém no mundo sabia onde ele se encontrava naquele momento. Estava inteiramente escondido, havia desaparecido da face da Terra. Perceber isso foi sufocante e insuportável, e justo quando a sensação se expandia para ocupar toda a sua mente, o velho lampião fraquejou e se apagou, já sem bateria. A escuridão o cercava e por um instante ele pensou que estava morto. Atirou-se cegamente pelo espaço. Depois de alguns segundos apalpando as paredes, deu com a escada e esfolou o joelho enquanto subia o mais rápido possível, sempre aterrorizado com a ideia de que alguma força malévola poderia puxar suas pernas de volta para baixo.

Depois disso passou a pensar naquele buraco como a morte — um lugar aonde você vai para ver como é a morte. Cobriu a abertura com uma tábua desgarrada e pôs pedras em cima. Ao andar por sobre aquele espaço, sabia exatamente o que havia debaixo de seus pés.

Kurt percebeu que seus lugares secretos e toda a silenciosa área industrial estavam se perdendo. Vira os andaimes se erguendo e agora dando lugar ao novo shopping center que se abria a poucas centenas de metros dali. Seu pai já proibira qualquer membro da família de visitar o Green Oaks. O shopping foi construído exatamente no lugar onde ficava sua velha fábrica, e ele claramente o encarava como um insulto a toda a área, um lugar onde algumas mulheres trabalhariam e outras comprariam e onde nunca se faria nada de valor. Kurt, no entanto, tinha curiosidade de conhecê-lo por dentro. Queria ver se os fantasmas conseguiam sobreviver.

*

Dan irrompeu na sala de funcionários.

— Inferno. Levei dez malditos minutos para descer do maldito elevador porque os imbecis dos clientes apertavam todos os botões e ficavam só olhando feito idiotas a cada vez que o elevador parava e, vejam só, maravilha das maravilhas, as portas se abriam em mais um novo andar, sim, você adivinhou, da mesma maldita loja em que estavam. Parecia que as portas se abriam para que o povo visse uma paisagem com o telescópio Hubble. "Onde estamos?" "Este é o andar de jogos?" "Não sei. Está escrito quarto." "O que é quarto?" Meu Deus! Como essas pessoas conseguem sair das próprias casas? Aí eu finalmente chego ao térreo, batalho no mar de seres descontrolados e perdidos, consigo chegar até a Marks & Spencers, só para ficar entalado na fila daquela mulher bizarra com os dedos encerados. Olhe, se você quer saber, eu realmente cronometrei e ela leva 40 segundos para abrir cada sacola e colocar o sanduíche dentro. Achei que eu fosse ter um ataque cardíaco, de tão estressado. Por que raios eles põem aquela mulher no caixa? Ela não consegue cumprir a única obrigação da vida dela: pôr caixas triangulares de plástico em sacolas quadradas de plástico. Deviam dar umas luvas de borracha para ela, ou, melhor ainda, cortar fora as mãos dela, porque elas não servem para porra nenhuma. Então, você sabe, depois de ficar esperando uma eternidade só assistindo àquela destrambelhada, enfim consigo o meu sanduíche. Volto para o trabalho, enfrento o inferno do elevador de novo e agora me restam exatamente 20 minutos da minha *hora* de almoço e eu juro por Deus que se não tiver leite na geladeira eu vou arrancar o meu próprio pau com uma colher enferrujada.

— Não tem leite — Lisa soltou impassivelmente.

Dan pestanejou, suspirou e desabou na cadeira à sua frente, onde ficou parado com a cabeça apoiada na mesa.

A sala de funcionários fedia por causa da lata de lixo superlotada que havia no canto. Detritos de frango frito industrializado se espalhavam pelo chão, esperando que algum faxineiro se curvasse e desse um jeito.

— O que você pegou para comer?

Dan respondeu sem levantar a cabeça.

— Batata assada com parmesão e pesto, sanduíche de uva e queijo brie, um "grande, denso e suave" suco e um profiterole de sobremesa.

— Meu Deus. Você é o Calígula?

Dan levantou a cabeça e olhou em volta.

— É, isso mesmo, Calígula em todo seu esplendor, curtindo o doce aroma de uma porcaria de fast food. Peço perdão pela minha opulência. Entendo que trabalhar aqui, particularmente no sábado, é experimentar uma alegria tão profunda que é preciso atenuá-la comendo... o que é hoje? — Dan examinou o sanduíche caseiro de Lisa. — Ai, meu Deus, meu Deus, pasta de peixe? Fala a verdade. A guerra já terminou, você sabe, não tem mais racionamento. Por que você não se manda para o escritório, aliás? Pensei que fosse lá que os gerentes tirassem seus almoços de três horas.

Lisa riu.

— É que eu sou uma espiã. Fico aqui com as crianças e depois volto lá e conto para o gerente-sênior todos os murmúrios de insurreição. Foi assim que eu consegui o excelente emprego que tenho agora, delatando constantemente os dissidentes.

— Merda — disse Dan, como se fosse uma revelação.
— Como foi o seu dia até agora, afinal? — perguntou Lisa.

— O de sempre. Outra oportunidade de testemunhar o melhor da humanidade. Às vezes eu torço para que só apareçam os lunáticos-padrão. Você sabe, um bom e firme obsessivo-compulsivo preocupado com os episódios perdidos de *On the Buses*. Porque você tem que ficar de olho é nos sãos. Hoje atendi cerca de 417 clientes reclamando que o CD que queriam estava mais barato na semana passada. Então eu expliquei que isso é por causa da promoção que terminou na quinta, e todos, sem exceção, só olharam para mim, piscaram um olho e disseram "Mas eu quero comprar agora", ao que eu respondi com a maior polidez possível: "Bem, infelizmente, agora o preço é esse. Talvez o senhor devesse ter comprado na quinta, quando a loja estava enfeitada com cartazes de cinco metros de altura anunciando que aquele era o último dia da promoção." E aí, e esta é a parte que me pega, eles dizem: "Isso é contra a lei." Como pode uma coisa dessas? De onde eles tiraram esse ridículo argumento legal? Alguma ideia louca e confusa da lei extraída de episódios de *Watchdog* e caixas de cereal. Não deviam poder sair sozinhos. O melhor, no entanto, o que me mantém sereno, é que eles são burros demais para perceber que só durante uns oito dias por ano é que a gente não tem uma promoção, que tem uma nova começando amanhã mesmo. Fico ali ouvindo aquele monte de besteiras e isso não me atinge nem um pouco porque sei que aqui em cima uns quinhentos CDs iguais àquele estão esperando os gráficos de venda para descer à loja etiquetados com o usual preço promocional. Algo que talvez nos velhos tempos eu dissesse a eles, mas agora, não, não mesmo.

— É uma vitória e tanto — Lisa disse, mas Dan ignorou a intervenção.

— E aí, aparece no balcão uma mulher com um vestido bonito e me pergunta algo. E, não sei bem por quê, alguma coisa me faz ir com a cara dela desde o começo. Tinha um rosto bonito e despreocupado, você sabe, não parecia ter nenhum desgosto ou reclamação. Aí ela me faz uma pergunta, mas eu não entendo as palavras. É só um ruído o que sai de sua boca. Não sei se ela acabava de sair do dentista, se era surda ou se tinha algum problema de dicção, mas, você sabe, sei lá, não me importa, eu só estava feliz de poder atender alguém que não estivesse vindo brigar comigo por um preço. Então eu peço para ela repetir umas duas ou três vezes, e começa a ficar realmente constrangedor porque eu até chego a entender a palavra estranha, mas não faz nenhum sentido. Fico pedindo desculpas e finalmente penso, será que eu deveria pegar papel e caneta? Ela ficaria brava comigo? É ofensivo ou insensível, ou coisa parecida? A situação é desesperadora e uma fila começa a se formar, então eu lhe dou caneta e papel e o rosto dela se ilumina como quem diz "Excelente, por que eu não pensei nisso?". Ela começa a escrever o pedido, e eu me sinto bastante bem comigo mesmo, pensando como ainda tem gente do bem no mundo, para quem ainda vale a pena dedicar o seu tempo e ajudar, e ela me entrega de volta o pedaço de papel com um sorriso, e eu sorrio de volta e leio: "Horror não parece flime no vídeo."

— O quê? — perguntou Lisa.

— Exatamente. "Horror não parece flime no vídeo". O que na verdade é o que parecia que ela estava dizendo antes. E ela fica me olhando com grande expectativa, balançando a cabeça como se dissesse "Agora você entendeu?".

— E o que você fez?

— Eu só balancei a cabeça de um jeito que espero tenha transmitido total compreensão e controle da situação, e disse que ela devia ir até o quinto andar e procurar o Mike.

Juventude anônima
Setor 3

Três horas agora. Três. Estamos debruçados sobre a sacada no andar superior. Há algumas garotas embaixo de nós perto da Baskin-Robbins. Quatro garotas. Uma tem o cabelo igual ao da Britney dois anos atrás. Usa um cachecol que não é exatamente da Burberry cobrindo metade do rosto, mas ainda dá para ver que é bonita. Está segurando o celular na frente do rosto, e as outras três se espremem em volta e riem. É algum texto sujo. Ela finge estar chocada, mas continua rindo. É muito bonita, mesmo eu só podendo ver os olhos, como no caso da ninja Pakis. Todd vai querer ficar com ela, e em um minuto vai dizer isso, e depois que Keown pode ficar com a mais escura, Gary com a alta, e vai olhar para mim e dizer que não gosta muito da minha, e eu também não gosto porque ela está com o rosto descoberto e não é bonita. Ela deveria usar o cachecol. Agora estamos no corredor oposto a elas e elas nos viram. Todd está brincando de brigar com Keown e dizendo sai fora e chamando Keown de babaca e escroto muito mais alto do que de costume. Estou olhando a que não é bonita e que não está usando o cachecol que não é da Burberry. Ela está olhando para a saída do shopping. Não está rindo de Todd e Keown como as outras garotas. Eu preferia ficar com as outras garotas, mas, mesmo ela não sendo bonita e não tendo peitos, eu ficaria com ela. Quero me sentar no parque à noite longe de Todd e Keown e Gary. Quero me sentar no banco do lago, e você só saberia que estou lá porque poderia ver a ponta laranja do meu cigarro. Estaria frio no banco, mas eu teria uma garota do meu lado. Ela também estaria do meu lado no ônibus, no fundo e no andar de cima. Eu escreveria o nome dela no banco e escreveria o meu nome do lado. Compraria para ela um anel. Mandaria meu pai não se meter. Compraria para ela músicas que eu soubesse que ela gosta. Mandaria Todd cair fora. Agora Todd está dando para a bonita um cigarro, e Keown e Gary estão se aproximando das outras duas, e a minha garota está se afastando sem olhar para trás.

20

Lisa já havia conhecido muitos despertadores e sabia que eles não estavam neste mundo para serem queridos. Despertadores estão a par do roteiro básico: um dia bom começa quando alguém os manda se danarem; um dia ruim começa quando eles são arremessados pelo quarto e têm suas entranhas esparramadas pelo chão. Divertia-se com as fúteis tentativas de autopreservação dos despertadores: disfarçar-se de algum personagem de desenho animado ou adornar-se com as cores de algum time de futebol — fúteis porque mesmo uma criança inocente prefere estraçalhar a cabeça do Snoopy a ter de suportar aquele barulho horrível. Lisa passara boa parte de sua vida comprando despertadores. Descobrira que, para ela, despertadores acabavam durando mais ou menos o mesmo tempo que os tubos de pasta de dente. A alta rotatividade era baseada em dois fatores: primeiro, o desgaste natural de qualquer despertador, estilhaçado contra a parede, jogado pela janela, despejado sem sucesso na privada; segundo, o fato de o usuário desenvolver uma resistência natural ao tom e ao volume do alarme em si, o que o torna inútil. Assim, cada despertador que ela comprava tinha de ser mais robusto fisicamente e mais repelente em termos sonoros do que o anterior. A escolha do momento, ela admitia com raiva, era um modelo particularmente bem-sucedido, já no sétimo mês de seu reinado de terror. Ela errara no passado ao julgar que havia uma correlação entre preço e efetividade. Gastara bastante dinheiro com um Braun e com uma empresa suíça de entrega. O modelo atual tinha custado 1,49 libra. Era basicamente um relógio digital incrustado em uma leve esfera de plástico — leve demais para ganhar velocidade quando arremessado através do quarto. O alarme era incrível. Não era propriamente um bip ou o ruído de um sino, e sim um zumbido alto e contínuo. O som induzia o mesmo tipo de pânico de corpo inteiro e dissipação que Lisa sentia pouco antes de vomitar. Conseguia tolerá-lo no máximo por um segundo e meio.

Hoje era dia de folga, e talvez a melhor coisa nisso fosse a possibilidade de passar 48 horas sem o nauseante zumbido do despertador. A luz do sol cobria a cama e Lisa estava sonhando que ia atirar em um cachorro que por um tempo tivera, enquanto seu irmão atirava ossos por cima da cerca. O barulho do disparo pareceu ficar cada vez mais alto e ela acordou para ouvir uma voz gritando em alemão: "Gott im Himmel, arrrrrrghghghgh!" Andou até a sala, onde Ed estava esparramado no chão jogando *Medalha de honra* no volume máximo.

Lisa morava com Ed e muitas vezes ficava se perguntando como isso viera a acontecer. Ed trabalhava na Your Music, naturalmente — Lisa não conhecia pessoas de outros lugares. Haviam dado início a algum tipo de relação cerca de um ano antes e agora nenhum dos dois parecia ter energia ou ímpeto para terminar. Normalmente ela estava cansada demais para pensar nisso e, quando não estava, encontrava outras desculpas. Apesar de trabalharem juntos, os turnos invertidos e as diferentes áreas de atuação implicavam que Ed e Lisa quase nunca se cruzassem na loja, e mesmo em casa eram poucas as ocasiões em que os dois estavam acordados ao mesmo tempo. Lisa pensou que talvez devesse se alegrar de serem raras as ocasiões em que ambos estavam de folga ao mesmo tempo. Sentou-se com uma tigela de cereais e olhou desinteressada para a tela onde Ed estava libertando a Europa.

Lisa: O que você quer fazer hoje?

Ed: Só ficar sossegado.

Lisa: Sim, mas e agora? O que você quer fazer?

Ed: Nada, é isso o que eu quero dizer com ficar sossegado. Faço coisas todo dia no trabalho. Hoje eu quero não fazer nada.

Lisa: Você não quer sair para algum lugar? Parece que está fazendo sol. A gente devia sair daqui, ir para algum lugar.

Ed: A gente não devia ter que fazer nada. Eu só quero desligar, matar uns alemães, ou, se você quiser, a gente pode alugar uns vídeos, deitar no sofá e comer torradas o dia inteiro.

Lisa: Parece um pouco de desperdício.

Ed: Desperdício de quê?

Lisa: Desperdício de tempo... de vida.

Ed: Esse é o sentido da vida, não é? Gastar tempo até morrer. Você tem que gastar o tempo.

Lisa parou de ouvir e olhou pela janela o céu azul. Continuou olhando até sentir a urgência de gritar "vai embora". Ela sabia que sempre fazia isso, sempre ficava nesse estado nos dias de folga. Idealizava o tempo fora do trabalho a tal ponto que nunca podia corresponder às próprias expectativas. Examinava cada minuto, tentando avaliar se representava o uso ótimo de seu tempo, até ficar paralisada pela indecisão e pela ansiedade. Não conseguia ficar parada. Levantou-se e tentou pensar em algo bom que pudesse fazer, mas não restava nada, ela já passara por todos os passeios de um dia possíveis num raio de 60 quilômetros. Tentara passeios diários para outras cidades, longas caminhadas nas montanhas, tardes chuvosas em lúgubres cidades-mercado, parques ecológicos, galerias de arte... e Ed sempre dizia "Por que isso seria um desperdício de tempo menor do que relaxar em casa?", ao que ela nunca era capaz de responder.

Ed pensava que o problema era o apartamento. Insistia para que Lisa fosse dar uma olhada nos novos apartamentos que estavam sendo construídos às margens do canal. Disse que talvez ela fosse gostar de passar o tempo em casa se eles morassem num daqueles, e talvez assim ela pudesse encarar melhor o trabalho, tendo uma casa boa à qual retornar. Descreveu um estilo de vida luxuoso, os dois tomando vinho branco gelado na sacada. Lisa imaginou a vista para o Green Oaks — um panorama de rapazes cheirando cola e se acabando no telhado. Imaginou-se morando à sombra do shopping, oprimida pela hipoteca, mas pensou que talvez estivesse apenas se recusando a crescer. Havia concordado em ir ver o mais barato — embora ainda fosse bem caro — em algum momento daquela mesma semana.

Viu que eram 10h30 e sentiu o pânico de ver que seu dia já estava se esvaindo. Tentava não pensar no pacote que esperava do correio. Lisa tinha a superstição de que, se você espera que algo aconteça — que um pacote chegue, que o telefone toque, que um salvador apareça —, aí nunca acontece. Você tem que não ligar, tem que estar olhando para outro lado, aí fica tudo bem. A semana inteira ela vinha tentando tirar da cabeça o presente de seu irmão; todo dia era a primeira coisa em que pensava. Desistiu de tentar esquecer, ao menos nesse dia.

— Chegou alguma coisa?

Ed continuou atirando nos alemães.

— Não tenho a menor ideia, não passei pela porta ainda. Por que você fica perguntando sobre a correspondência?

— É que não chega nada há dias.

— E você sente falta de que lhe digam que tem um grande prêmio em dinheiro esperando por você?

— Estava esperando um presente de aniversário.

Ed desviou a atenção da tela e olhou para Lisa.

— Seu aniversário foi na semana passada. Ou você tem dois, como uma rainha?

— Eu sei quando foi o meu aniversário. Eu estava esperando um presente que não veio e estou preocupada que possa ter sido extraviado.

— Você não gostou do meu presente, foi? Sabia que você não tinha gostado.

— Do que você está falando? Não estou falando do seu presente. Estou esperando outra coisa, de outra pessoa.

— Sim, mas você está visivelmente ansiosa por isso, preocupada que possa ter se perdido. Aposto que não ia ligar se não tivesse recebido o meu.

— Bom, como o seu era um CD da Your Music, se tivesse se perdido, eu não teria tido muita dificuldade em conseguir outro.

— É crime comprar o presente na Your Music? Teria sido um presente melhor se eu tivesse comprado em outra loja, passado horas vagando pela cidade sem a menor ideia do que comprar?

Lisa não tinha energia suficiente para responder a essa pergunta com sinceridade, não estava preparada para entrar no território a que isso a conduziria.

— Não, o CD é ótimo. Eu gostei. Não estava sendo irônica.

— Só porque o Dan lhe deu um pretensioso livro de fotos, isso não significa que ele tenha pensado mais do que eu no presente.

— Não, eu sei — Lisa mentiu.

— Então, de quem é o presente que você está esperando?

— Do meu irmão.

Ed perdeu-se na França de novo, ocupando-se de alguns atiradores que apareceram da janela superior de um café abandonado.

— Não sabia que você tinha um irmão — murmurou.

— Na verdade, não tenho.

Forçou-se a aceitar que talvez uma volta pelo canal pudesse ser agradável.

*

Kurt observava um homem que podia ser ou não o que cagara no elevador do Green Oaks. Quatro anos haviam se passado desde aquela ação e mesmo assim ninguém o identificara ainda. Os seguranças conversavam sobre ele com pavor: o elevador era envidraçado — como ele pôde fazer aquilo sem ser notado? Alguns achavam mais provável que ele tivesse trazido aquilo com ele e despejado ali, mas Kurt acreditava que era o ato, e não o produto, a principal motivação. Agora ele assistia ao homem de casaco cinza e caricatos óculos de fundo de garrafa que subia e descia repetidamente pelo elevador. Notara que, quando as portas se abriam em cada andar, o homem tentava fechá-las o mais rápido possível antes que qualquer outra pessoa entrasse.

Kurt se distraiu com a visão do Cego Dave no segundo andar e a consequente necessidade de avisar os demais seguranças. O Cego Dave era um visitante regular do shopping, um homem que desafiava o clichê de que os cegos têm uma habilidade quase sobrenatural de se situar no espaço e de intuir as presenças em volta. Dave trombava com a maioria dos obstáculos em seu caminho, e costumava abraçar com desespero qualquer objeto fixo que se apresentasse à sua frente como se fossem alguém que estivesse boiando no mar por semanas. Agitava seu bastão branco na altura do joelho e, assim, em geral falhava em detectar qualquer aproximação de escadas ou de outros desníveis do piso. Em duas ocasiões desaparecera à beira das escadas no terceiro andar. Quando parado, Dave tendia a balançar para a frente e para trás com bastante violência e, uma vez, aparentemente sem saber que estava na frente da fonte central, balançou para a frente com tanto ímpeto que quase acabou mergulhando de cabeça nela, depois de inclinar o corpo inteiro por sobre a borda. Entre os seguranças, havia uma forte suspeita de que Dave nem sequer fosse cego e, agora que Kurt o observava, tinha a nítida a impressão de que seus olhos estavam muito focados em um PlayStation na vitrine da Dixons. Depois de um tempo, Dave pareceu voltar a si e deu um passo à frente para ruidosamente chocar sua cabeça na vitrine. Kurt o acompanhava enquanto ele fazia seu apavorante progresso através do passeio principal. A multidão se apartava e abria-se um claro raio de 5 metros em volta dele. Uma mulher em um caixa eletrônico não foi capaz de antever a iminente colisão contra ela.

Kurt lembrou que era seu aniversário de emprego e suspirou. Sabia exatamente quantos anos ele já passara no Green Oaks e perguntava-se quantos mais ainda passaria ali. Recapitulou a entrevista de emprego de 13 anos atrás. Enquanto era conduzido à sala de segurança, o jovem guarda de orelhas grandes que apresentava o espaço lhe disse asperamente que aquele era um emprego de merda com um salário de merda e que Green Oaks era o maior monte de merda de todos. Recomendou que ele fizesse faculdade e arrumasse um emprego melhor. Kurt deu de ombros. Tinha 17 anos e nenhuma qualificação. No ano que se passara desde que ele saíra do colégio, ficara evidente que não haveria um bando de empregadores fazendo fila e batendo à sua porta.

Na semana que antecedeu os exames finais e definitivos de Kurt no colégio, seu pai sofreu uma hemorragia cerebral. Kurt perdeu as provas e por alguns meses ficou em casa ajudando a mãe a cuidar do pai. De modo que foi pela vida de seu pai que Kurt acabou trabalhando no Green Oaks. Essa tinha sido a única opção. O dinheiro era uma prioridade.

Kurt não conseguia se lembrar bem de sua primeira visita ao shopping. Lembrava-se de planejá-la como uma missão a ser efetuada num de seus dias de vadiagem. Lembrava-se de seu desejo de andar por onde seu pai havia trabalhado. Em outro tempo a fábrica fora algo tão vívido para Kurt que ele não conseguia acreditar direito que todo resquício dela pudesse ter sido apagado. Tinha certeza de que em algum canto ou porão encontraria umas tantas ferramentas enegrecidas ou alguma válvula enferrujada. Anos depois, quando já era segurança, pudera ver algumas fotos de restaurantes feitos de plástico vermelho e de supermercados pré-históricos, mas não tinha nenhuma lembrança de Green Oaks quando acabara de ser inaugurado — era mais uma lacuna entre as tantas de sua mente.

A mãe de Kurt ainda resistia e nunca colocara os pés em Green Oaks. Obediente como sempre a seu marido, fazia parte do grupo cada vez menor de pessoas que frequentavam as poucas lojas de rua que restavam. Eram de difícil acesso, uma vez que o ônibus já não parava lá, mas Pat andava os 3 quilômetros requeridos passando o Green Oaks, sempre arrastando atrás dela o carrinho de mão ladeira acima. Kurt a via várias vezes quando passava de ônibus, exposta ao vento na calçada, avançando em meio à fumaça que o tráfico pesado expelia. A velha High Street era fantasmagórica. As fachadas de tapume das velhas lojas haviam se tornado vítimas preferenciais de pichadores e bêbados que se embriagavam com cidra. A clientela quase exclusiva de aposentados era uma fonte certa de bolsas e mochilas que seriam facilmente arrebatadas. O jornal local tinha um espaço semanal na capa reservado para um horrível close num velho semblante batido, roxo e inchado, alinhavado por manchas escuras, olhos lacrimosos e furiosos que quase saltavam do papel. Aos 55 anos, Pat talvez fosse a mulher mais jovem que fazia compras na High Street, e também a heroína dos aposentados e dos lojistas. Escrevia cartas ao jornal e à prefeitura deplorando o estado da rua. Esbravejava na polícia sobre os bêbados espalhados por ali. Acompanhava os idosos aterrorizados em suas compras, ou até mesmo se oferecia para fazê-las por eles.

O pai de Kurt, enquanto isso, ficava em casa escorado em sua poltrona Parker Knoll, ignorando todo esse sacrifício feito em seu favor. A hemorragia lhe havia rendido uma paralisia e um estado de aparente insensibilidade. Ninguém sabia quanto ele assimilava do mundo ao seu redor, se é que assimilava alguma coisa. Não fazia nada além de permanecer rígido, com o olhar fixo para a frente, e ainda assim emanava o poder e a estranha ameaça constante que sempre o caracterizaram. Kurt achava a presença dele aterrorizante. Sentia que o pai sabia de seu emprego. Podia perceber o desprezo dele por seu uniforme idiota, pelo fato de ele ter que ficar dando voltas o dia todo sem fazer nada a não ser proteger roupas femininas e perseguir crianças. O pai se entregara a um duro trabalho braçal por toda a vida, e para quê? Para sua mulher ter de enfrentar viciados em drogas e criminosos enquanto tenta achar o corte de carne mais barato, e para seu filho ir lentamente enlouquecendo, ganhando 4,25 libras por hora.

A atenção de Kurt voltou a se dirigir para o elevador onde o homem com óculos de fundo de garrafa tentava escapar do Cego Dave que entrava agitando o bastão, com as portas se fechando atrás dele.

21

Ela trancou a porta de trás e percorreu os corredores de serviço para chegar ao corpo principal do shopping. Era um término tardio. O computador estava com dor de cabeça ou coisa parecida e havia se recusado a gerar as cifras do dia, de modo que Lisa teve que ficar para persuadi-lo a cumprir seu papel. Ela nunca se fazia de clandestina à noite. À noite ela só queria ir embora. Inclinou-se contra a porta cinza-escuro escondida na parede de blocos de concreto cinza-escuro e emergiu do outro lado das superfícies espelhadas da ala oeste do shopping.

As luzes estavam semiapagadas, e quando ela chegou à entrada do estacionamento para clientes descobriu que estava trancada. Olhou em volta o shopping mal iluminado e sentiu um leve despontar de pânico. Nunca estivera sozinha tão tarde naquele lugar. Não havia Rádio Green Oaks, nenhum zumbido de máquinas, absolutamente nenhum ruído. Em vez disso, sombras e ângulos pouco familiares por todos os lados, e o ar muito frio.

Sabia que existiam saídas de incêndio nos corredores de serviço. Tinha uma remota lembrança de alguma rota complicada que conduzia ao estacionamento e que ela e alguns colegas haviam usado uma noite depois da chegada de um novo estoque, mas agora ela não conseguia refazer o trajeto. Decidiu andar de volta até a fonte onde os seguranças costumavam se reunir durante o dia. Com um pouco de sorte, algum deles estaria patrulhando por ali nesse momento e poderia destrancar a porta para ela.

Cruzou em frente às lojas escuras e dentro delas viu a confusão decorrente das compras frenéticas — blusinhas semitransparentes espalhadas pelo carpete, sapatos avulsos misturados no chão, sacos vazios de salgadinho em estantes de discos. Sentia falta do som indistinto da música enlatada. Perguntava-se quem teria pensado em ligar o rádio tão cedo de manhã e em desligá-lo à noite. Ela gostava da música de manhã: fazia tudo parecer um pouco irreal. Sabia que se sentiria melhor se pudesse escutá-la agora.

Chegou à fonte: nenhum sinal dos guardas. Sentiu o medo começando a pulsar em algum lugar dentro dela e tentou se acalmar. Pensou em suas próprias pantomimas matutinas e percebeu que ela pareceria genuinamente suspeita se algum segurança a visse agora; temeu ser detectada por alguma das câmeras. Podia explicar sobre a porta trancada, mas imaginava que não iriam acreditar nela, e vasculhariam sua mochila; em vez de ir embora, na verdade ela estaria usando suas próprias chaves para entrar de volta no shopping e roubar alguma coisa da loja.

Lisa teve certeza de estar sendo observada; sentia-se visível de uma maneira assustadora. Alguém a estava espiando, mas não vinha ajudá-la. Ela estava sendo observada e analisada. Andou de volta para a porta espelhada e decidiu se arriscar na tentativa de encontrar a rota até o estacionamento pelos corredores de serviço. Queria fugir das câmeras, tornar-se invisível de novo.

Quarenta minutos depois, cada vez mais desesperada, avistou as costas de um segurança que desaparecia atrás de uma esquina à frente dela no corredor cinza. A paranoia agora superava o desespero de escapar do labirinto e ela recuou, esperando que pudesse segui-lo sem ser percebida para que ele a conduzisse até a saída. Manteve-se a bastante distante e tentou dar passos idênticos aos dele. Enquanto o seguia, começou a se tranquilizar. A silhueta dele fazia lembrar a de seu irmão. O medo se esvaiu e ela se sentiu mais controlada, mais parecida com a terrorista astuta que ela representava todas as manhãs. Agora ela era a vigia.

*

Eram mais ou menos 11 horas quando Kurt parou de patrulhar subitamente e prendeu a respiração. Contraiu os músculos do rosto e tentou ouvir. Tentou escutar para além do zumbido débil da lâmpada fluorescente, para além do barulho ainda mais fraco dos dutos de ventilação, mas não havia nada. Perdera-se em seus pensamentos e já não sabia dizer quanto tempo havia que estava a par da presença. Continuou andando, comportando-se como só se comporta alguém que pensa estar sendo observado. Nunca considerou andar de volta pelo caminho por que viera; algo nessa ideia era desagradável o bastante para evitar que isso sequer passasse por sua cabeça. Sabia que podia apertar o botão de seu walkie-talkie e chamar Scott. Sabia que tinha alguém andando atrás dele.

Virou-se e olhou mais uma vez o corredor cinza, mas não tinha nada para ver. Virar-se havia sido uma má ideia. A visão do longo corredor vazio o assustou muito. Sabia que não estava vazio: alguma coisa estava escondida. Continuou andando, tentou se conduzir de volta à distração ou a qualquer coisa em que estivesse pensando antes, mas não conseguiu. Mais duas vezes parou e tentou ouvir e olhar, e mais duas vezes nada se materializou.

Talvez tenham se passado três ou quatro minutos até que Kurt finalmente se virou e perguntou "Tem alguém aí?", e a garota emergiu de atrás de uma viga a uns 10 metros de distância, com um macaco de terno pendurado em sua mochila.

22

Lisa emergiu de atrás do cano. De frente, o guarda se parecia menos com seu irmão — era só uma estrutura corporal similar. Apresentava nervosismo.

Ela não sabia bem o que dizer, então, depois de algum tempo de silêncio, suas primeiras palavras foram: "Estou perdida." Começou a explicar o que havia acontecido e como ela estava tentando ir para casa, mas desistiu ao perceber que ele não a estava ouvindo e sim examinando o macaco de pelúcia dependurado em sua mochila.

— Onde você achou isso? — ele perguntou.

— Encontrei num dos corredores de serviço. Estava entalado atrás de um cano. Talvez eu não devesse ter pegado. É que gostei de olhar para isso... — Ficou quieta por um instante e então acrescentou, brilhantemente: — Ele tem polainas. — Tinha consciência de ter soado como uma idiota. Tinha sofrido muito com o medo e agora falava demais. Ela meio que reconhecia o rosto do segurança de tê-lo visto pelo shopping. Ele continuava examinando o macaco sem dizer nada.

— Você está me assustando um pouco — Lisa disse enfim. Isso pareceu despertá-lo de seus pensamentos.

— Desculpe. Você também me assustou. Eu já vi esse macaco antes. Acho que pertence a uma garotinha. Eu a vi uma noite no monitor. Talvez ela tenha voltado depois disso. Talvez ela venha e se esconda aqui à noite, trazendo o macaco com ela.

Kurt voltou a se consumir em pensamentos. Depois de um tempo, Lisa limpou a garganta e ele enfim falou:

— É que tenho a sensação de que devia ter me esforçado mais para encontrá-la. Talvez ela esteja em apuros. — O guarda fechou os olhos. Lisa olhou seu rosto. Reconheceu o cansaço dele, mas além disso havia tristeza. Por um momento chegou a pensar que tivesse adormecido. Estendeu o braço para tocar em seu ombro, e ele abriu os olhos.

— Você devia procurar a menina — ela disse. — Talvez ela tenha fugido de casa... — Fez uma pausa e pensou em seu irmão. Ouviu-se dizer: — Posso ajudá-lo, se você quiser. Ela pode ficar menos assustada com uma mulher. A gente podia encontrá-la e conversar com ela. Este é um lugar horrível para se estar sozinha.

Ele olhou para ela.

— Por que você quer me ajudar?

Lisa não tinha certeza do que dizer, então disse a verdade:

— Porque eu tenho estado perdida aqui há anos, e talvez você também, mas nós poderíamos ajudá-la.

O guarda a conduziu até a saída.

*

Duas noites depois Kurt estava esperando na fonte. Ela disse que sairia do trabalho por volta das 22h30. Ele disse a Scott que ela lhe pedira para fazer um tour pelos corredores de serviço para não voltar a se perder.

Lisa apareceu e os dois começaram a percorrer os corredores de serviço à procura de qualquer rastro de vida humana, qualquer indício de atividade infantil. Kurt passava por ali todas as noites e realmente não sabia o que eles esperavam encontrar: pistas que os guiassem como num conto de fadas, talvez uma trilha de papéis de bala. Lisa havia trazido uma sacola de guloseimas e ia deixando uma a uma em lugares que imaginava visíveis para uma criança. A cada doce ela anexara um bilhete dizendo: "Acho que estou com o seu macaco. Venha para a Your Music e procure Lisa." Kurt ficou preocupado que outros seguranças pudessem atribuir algum conteúdo erótico àquilo, mas não disse nada.

Sentiam-se estranhos na companhia um do outro e por isso a conversa entre os dois era comportada. Conversavam sobre a menina, quem podia ser e por que estaria se escondendo no shopping. Kurt contou a Lisa exatamente o que tinha visto. As conjecturas de ambos seguiam procedimentos semelhantes; nenhum dos dois parecia ter gosto pela realidade crua. Kurt cogitou que talvez ela fosse a líder de uma gangue de ladrões infantes ao estilo Dickens, que viviam nos tubos de ventilação roubando lenços e relógios falsos dos frequentadores chiques de Green Oaks. Lisa replicou que talvez ela fosse uma excêntrica milionária anã, dona do Green Oaks e de incontáveis outros shoppings por todo o mundo. Kurt disse que talvez ela tivesse sido abandonada no shopping ao nascer e criada por uma comunidade de ratos nos corredores de serviço. Lisa disse que talvez o caderno indicasse que ela era apenas uma criança incrivelmente gananciosa gastando dias e noites ali para fazer uma lista de Natal abrangente ao extremo.

Kurt relaxou um pouco. Era estranho não estar patrulhando sozinho, mas ele gostava bastante da companhia.

Perguntava-se o que Lisa pensava de seus sapatos; cogitava se podia pedir a opinião dela.

Era 1h da manhã quando eles chegaram à área do lixo. O corredor se ampliava e dava em um espaço rebaixado, parecido com um hangar cheio de grandes contêineres para todo o lixo do shopping. Durante o dia, Eric e Tone eram os encarregados dessa área. Zelavam pelos contêineres com diligência e dividiam seus domínios de maneiras bizarras e minuciosas que só os dois conseguiam entender. Pacotes de amendoim de plástico iam em um contêiner; pacotes de plástico que não fossem de amendoim iam em outro; plástico liso para embalar ia em um, plástico com bolhas em outro; em geral, comida e resíduos semelhantes iam juntos, assim como madeira e metal, mas às vezes uma mudança de política fazia com que isso passasse a ser a pior coisa a fazer. As coalizões e divergências dos diferentes agrupamentos de lixo pareciam mudar diariamente, e era bastante possível que Eric e Tone inventassem tudo aquilo apenas por diversão. Kurt costumava parar em suas rondas e conversar um pouco com eles, mas enquanto falavam Eric e Tone mantinham o olhar fixo nos dejetos vindos das lojas, laboriosamente fazendo a vivisseção de várias caixas e pacotes, para assegurar que suas leis fossem cumpridas.

Ocasionalmente algum empregado novo ou insano atirava caixas inteiras, suportes de estantes e outros materiais no primeiro contêiner que encontrava, e as consequências eram dramáticas. Tone até tinha um assobio que servia de alarme para esses casos. O perpetrador era apreendido com violência desnecessária e conduzido até o setor de trás dos contêineres. Eric então gritava "Que merda você pensa que está fazendo? Que merda você pensa que está fazendo?", de novo e de novo, enquanto o perpetrador, agora ao lado do contêiner com o lixo mal colocado, aprendia em silêncio onde cada tipo de elemento devia ser posto, numa demonstração de Tone ao estilo Anjo da Morte. Eric e Tone chamavam o método de "tolerância zero". Dezoito meses antes um desses desgraçados havia conseguido se livrar Eric e Tone escapando em meio ao labirinto. Cartazes de "procura-se" desenhados à mão ainda enfeitavam a ala. Os rabiscos furiosos de um homúnculo deformado capturavam vividamente o senso de violência de Eric e Tone, mas a falta de semelhança com qualquer forma humana tornava o desenho ineficiente como meio de identificação.

Eric e Tone haviam construído algo como um conjunto de barracas ao lado dos contêineres, consistindo em duas habitações principais e vários anexos, todos feitos de suportes de estantes, pedaços de papelão anunciando velhas promoções e carpetes adaptados. Ali eles se sentavam em cadeiras improvisadas, parecendo fazendeiros na varanda, inspecionando suas propriedades. Era difícil imaginar a existência de Eric e Tone fora daquela toca, mas toda noite às 6h em ponto eles iam embora para suas casas reais e, o que é mais inacreditável, para suas famílias.

Era tarde, e Lisa e Kurt estavam cansados de caminhar. Nenhum dos dois realmente esperara encontrar a garota na primeira busca, mas pelo menos haviam dado o primeiro passo. Talvez a garota visse os bilhetes de Lisa. Talvez tivesse voltado para onde quer que fosse.

Kurt sentiu-se mais calmo agora que havia feito alguma coisa. Sentou-se com Lisa no pórtico improvisado como se para admirar a vista e disse: "Acho que ela talvez tenha voltado para casa."

— É, acho que isso é uma coisa boa.

— É, qualquer lugar tem que ser melhor do que aqui.

— Não sei. Suponho que, se você está muito infeliz em casa, qualquer lugar é melhor do que lá.

Kurt olhou para ela.

— Alguma vez você fugiu de casa?

Lisa olhou para o chão.

— É, uma vez.

— Quantos anos você tinha?

— Oito.

Kurt achou que não devia perguntar por quê.

— E para onde você foi?

— Me escondi no jardim.

— Ah... então você não chegou a fugir realmente de casa.

— É. O jardim era enorme e eu fui me esconder lá no fundo, atrás de uma cerca viva. Tinha preparado uma pequena mala de meias e levado comigo.

— Só de meias?

— Esqueci as outras coisas. Sabia que tinha coisas que você precisava trocar todo dia, mas não consegui lembrar quais eram.

Kurt fixou os olhos em Lisa por um instante e perguntou:

— Seus pais ficaram preocupados?

— Nem chegaram a notar que eu tinha fugido. Eu havia deixado um bilhete explicando as minhas razões, mas minha mãe veio ao jardim pendurar algumas roupas e me encontrou ali antes de ter visto o bilhete.

— E quais eram as suas razões?

— Era que pela milésima vez ela tinha comprado bolachas de menta da Viscount em vez das YoYo de que eu gostava, mesmo eu dizendo sempre que não eram a mesma coisa.

— Você foi embora por causa de bolachas?

— Não, não era a bolacha, era o que ela representava.

— E o que ela representava?

— Negligência.

— Parece bem ruim.

— Quer saber do pior?

— O quê?

— A pior coisa foi o que a minha mãe disse quando me viu.

— Sei.

— Algumas das meias tinham caído da mochila, ela viu e disse "Ah, você está fazendo um piquenique com suas amigas?"

— Ela pensou que as meias fossem suas amigas?

— Pior que isso. Pensou que eu pensasse que as meias eram minhas amigas. Achou que eu fosse boba a esse ponto.

— Caramba — disse Kurt.

— Exatamente. Mas vamos mudar de assunto agora.

Locutor
Estúdio da Rádio Green Oaks

Shhhhhhh. Silêncio, querida. Falando objetivamente, você não devia estar aqui a essa hora da noite. Só achei que ia ser legal vir a um lugar mais tranquilo, sabe como é? Ter um pouco de privacidade? Conversar um pouco?

É engraçado, não é, como você pode conhecer alguém e se dar tão bem? Eu senti alguma coisa quando vi você hoje. Não, não é isso o que eu quero dizer. Achei que você saberia ouvir bem. Você tem olhos bonitos, olhos bons. Do que você está rindo? Estou falando sério, não é uma cantada.

Eu não sou desde sempre a voz da Rádio Green Oaks, sabe? Talvez você seja um pouco nova demais para lembrar: trabalhei na Rádio Wyvern Sound durante 15 anos, em vários programas, mas a maioria das pessoas se lembra de mim pelos últimos oito anos lá, quando eu apresentava o Romântica. Era um grande programa, às 23h50, de segunda a sexta. — talvez muito tarde para você naquela época. Tinha a segunda maior audiência, só perdendo para o programa matinal, e ninguém na Wyvern chegava perto em termos de ligações de ouvintes.

— Você poderia tocar "Air that I Breath", dos Hollies, para a minha namorada, Sarah, porque eu a amo muito mais do que jamais vou conseguir dizer?

— Por favor, você poderia dedicar "Alone Again (Naturally)", de Gilbert O'Sullivan, para a minha ex-namorada Jéssica? Faz três anos agora, Jessica, mas eu ainda te amo e queria que você soubesse que estou querendo.

— Eu queria pedir "Reunited" para a minha princesa, Meena. Diga a ela que nunca vai acontecer de novo e que eu quero que ela me perdoe.

— Por favor, toque "Close to You" para David e diga a ele que ele é a única cola que pode consertar o meu coração partido.

A gente recebia mais pedidos do que jamais poderia atender. Tanta atividade do amor dirigida direto ao meu ouvido. Você consegue imaginar uma coisa dessas? Talvez *você seja nova demais para entender. Eu era o condutor de toda aquela eletricidade. Todas aquelas correntes invisíveis que atravessavam a região da Wyvern, eu pegava todas. Era difícil dormir à noite sabendo o que acontecia lá fora. Eu fechava os olhos e sentia a batida irregular de todos aqueles corações perturbados. Mas meu coração não estava perturbado, meu coração estava firme, parado, então comecei a pensar que talvez eu estivesse morto.*

Toda noite eu sonhava com um lugar — sabe do que estou falando? Você já teve esse sonho? Toda noite eu sonhava com um lugar e sabia que aquele lugar era a morte, e acordava à força, e ficava deitado ali nos lençóis úmidos sentindo meu coração frouxo bater só o bastante para me dizer que eu estava vivo.

Os chefes da estação estavam decidindo se tiravam Glenn Rydale das noites de fim de semana e estendiam o Romântica para sete noites por semana. Parecia que mesmo que a gente fizesse o Romântica três vezes ao dia, não daria conta de atender a todos os pedidos — a doença do amor parecia estar se espalhando. Acho que o meu coração era o único de Wyvern que estava firme.

Aí, mais de repente do que eu poderia ter imaginado, tudo parou. Duas semanas. Não é bastante tempo, não é? Em duas semanas nós fomos de lotação total do sistema a nada. Sexta-feira, 11 de março de 1983 — ninguém ligou. Alguma interdição cardíaca massiva, uma atrofia coronária monstruosa, 10 mil corações silenciados. Tentei acordá-los, tentei massagear o peito deles, toquei músicas que fariam até os mortos chorarem, mas o cadáver estava frio. O amor estava morto, e eu nunca tinha me sentido mais vivo. Você é capaz de entender isso?

Perdi meu emprego, obviamente, mas em poucos meses me tornei a voz do Green Oaks. Nunca vi isso como uma queda. Digo às pessoas do Green Oaks que a primavera está aí, digo isso durante 49 dias de compras até o Natal — talvez você tenha me ouvido dizer isso. Digo que nesta estação estamos nos inspirando no Oriente — e não me sinto morto. Digo que aproveitem a promoção e comam duas refeições pelo preço de uma na praça de alimentação a partir das 12h30 e será que alguém sente o coração batendo estranhamente hoje? Pergunto se alguma vez ligaram para o Romântica *para pedir uma música para a pessoa ao lado, que uma vez ocupou todo o campo de visão delas e agora elas mal conseguem ver. Pergunto se alguma vez encheram a cara e saíram do bar com alguém que tivesse o dobro de sua idade, e dormiram com a cabeça no colo dormente. Pergunto se alguma vez consideraram as muitas vantagens do cartão de crédito Green Oaks e se alguma vez se perguntam o que aconteceu com o amor. Pergunto todas essas coisas, querida, mas nunca ouço as respostas.*

23

Kurt pensou que sua aparência era muito melhor nos vidros escuros do escritório do que na vida real. Ali ele era mais bronzeado, mais oco. Moveu sua cabeça de um lado para o outro, tentando ver por um novo ângulo sua face refletida, tentando surpreender a si mesmo, tentando ver para além de seus próprios olhos. Quando se cansou de fazer isso, começou a brincar com uma bola de papel-alumínio que estava na mesa. A bola era uma verdadeira amiga naquelas longas noites. Arremesso ao cesto podia matar uns bons 15 ou 20 minutos, ou até ele se cansar de ir buscar a bola. O que fazia dos arremessos certeiros uma alegria não era a recompensa final, o papel adentrando o cesto, e sim a sensação inequívoca, no momento em que a bola se separava da mão, de que acertaria o alvo. Era um sentimento ínfimo, mas bom. Uma voz na cabeça soltando um "sim" comemorativo, para variar.

Na semana anterior ele descobrira uma nova maneira de se divertir com a lâmina de alumínio. Rasgava um pedaço mínimo e fazia uma bolinha em miniatura, com peso suficiente apenas para voar pelo ar adequadamente. Aí, com os olhos fechados, dava voltas na poltrona giratória e num dado instante arremessava o diminuto fragmento prateado em algum lugar do escritório, disparando-o em alguma direção do silencioso universo acarpetado. Podia passar até uma hora vasculhando metodicamente a sala atrás da partícula. Às vezes imaginava que procurava um meteoro caído ("O alvoroço se amplia"), outras que estava atrás de um *serial killer* ("O cerco vai se fechando"), outras que se tratava de uma criança desaparecida ("A esperança está se perdendo"). Nessa noite, no entanto, estava cansado e apático, e o alumínio não era capaz de excitá-lo.

Voltou aos monitores e foi trocando os panoramas. Eram 22 telas, cada uma capaz de mostrar oito perspectivas distintas, o que dava a Kurt 192 diferentes naturezas-mortas de Green Oaks às 3h17 de uma noite de março.

As escadas rolantes estavam desligadas e a mesma penumbra semi-iluminada se estendia do açougue silencioso no subsolo às centenas de cadeiras vazias e bem arranjadas na praça de alimentação do piso superior. Nada vivo: nenhuma pessoa, nenhum cachorro, nenhum mosquito — só os ratos nos corredores de serviço, Scott no estacionamento e ele na luxuosa poltrona giratória de couro.

Pensava sobre a solidão quando voltou a vê-la. Na tela 6, perto dos bancos, onde estivera da outra vez. Aproximou a imagem, sem tirar os olhos dela. Tinha tanto medo de que desaparecesse de novo que só cochichou no rádio: "Scott, Scott."

A resposta de Scott veio chiando em alto volume:

— Diga, Kurt, parceiro. A água já ferveu?

— Scott, a menina. Está no shopping de novo. Estou vendo aqui no monitor, no segundo andar, perto dos bancos.

— É sério, cara?

— Ela está parada ali, de pé, olhando a entrada do banco.

— OK, vou subir lá para conferir essa história.

— Certo, mas vai em silêncio, para ela não ouvir você e fugir. Scott, não vá assustar a menina.

— Está bem. Mas fique de olho nela.

Kurt podia ver pelo canto do olho Scott atravessando as telas a partir do estacionamento. Os diferentes ângulos e pontos de instalação das câmeras tornavam sua progressão errática. Às vezes ele parecia estar se aproximando dela para então, no monitor seguinte, se afastar. Ela estava com o caderno de novo e Kurt se surpreendeu de ver que ela ainda trazia o macaco pendurado para fora da mochila. Lisa devia ter achado algum outro. Algo nela parecia familiar. Kurt sabia que já a tinha visto antes. Aproximou mais ainda a imagem, mas ainda assim não conseguia ver com clareza o rosto. Ela estava usando um casaco de camuflagem grande demais para ela, e parecia entretida com alguma coisa. Não tinha aspecto de fugitiva, mas Kurt sentia medo dela.

O rádio chiou de novo, e dessa vez Scott estava cochichando.

— Kurt, estou no primeiro andar agora, acho que é melhor eu subir pela escada de serviço, senão ela vai me ouvir. Vou sair pela porta do HSBC.

— Perfeito, você vai sair bem na frente dela... vai conseguir pegá-la se ela correr.

Kurt ajustou um pouquinho o ângulo da câmera, para que a porta espelhada de onde Scott ia sair aparecesse no canto da tela junto com a garota. Sentia que a havia decepcionado não conseguindo encontrá-la na última vez, sentia que devia algo a ela; queria ajudá-la. Esperou 15, 20, 30 segundos e então a porta se abriu lentamente e

Scott saiu bem na frente da garota. Ela não se mexeu. Ela mal parecia vê-lo, embora fosse impossível não ver aquela forma corpulenta. Kurt percebeu que ele próprio estava tremendo. De sua parte, Scott parecia hesitante. Avançou devagar uns poucos passos em direção a ela e parou. Kurt o viu levar o rádio à boca, e se perguntou por que estaria perdendo tempo.

— Kurt, preciso de mais instruções.
— Fale com ela, o que mais eu posso dizer?
— Onde ela está? Por onde ela foi?
— Você está cego? Ela está bem na sua frente.

Enfim, Scott andou mais alguns metros até ficar a poucos centímetros dela, que mesmo assim não se mexia.

— Pronto, agora você pegou. Pergunte o nome dela, diga que está tudo bem. Ela parece paralisada de medo.

Mas Scott não disse nada à garota. Em vez disso, deu meia-volta devagar, como se estivesse com medo de se mover rápido demais, virou o rosto para a câmera e disse:

— Não tem ninguém aqui, parceiro.

24

Ela manteve o pé no acelerador, fazendo roncar o motor ainda que o trânsito estivesse parado havia minutos. O motor estava no ponto máximo, quase histérico, demandando atenção constante. Qualquer decréscimo de pressão no acelerador e o motor iria desistir: desligar instantaneamente. Era preciso alimentar sua confiança o tempo todo: olhe, tem bastante gasolina, pegue um pouco mais e um pouco mais... aproveite. Brecar assim era difícil. Lisa tinha aperfeiçoado um traquejo próprio, em que ela ficava alternando rapidamente o pé entre o acelerador e o freio, mantendo as altas rotações sem ir rápido demais.

Olhou a mancha amarela da placa de néon do Millennium Balti que aos poucos se dissolvia e escoava sobre o para-brisa do carro. Será que o sempre ampliado debate sobre Terry-Thomas havia sido na noite de ontem? Ou teria sido na noite anterior? Lembrou-se de Matt quase gritando "Não tem essa porra de hífen!", mas nada mais que isso. Tinha fragmentos de uma conversa no banheiro sobre cachorros, mas ela não lembrava com quem ou por quê. Dan em algum momento havia cumprido o que ele parecia considerar seu dever como melhor amigo de Lisa, fazendo seu discurso habitual sobre Ed: por que ela estava gastando a vida com um babaca preguiçoso, mentiroso, automitologizante; essa era a essência se ela lembrava bem. Ela defendia Ed, mas nunca sabia exatamente que resposta dar àqueles questionamentos. Agora ela pegou sua mente vagando e pensando no segurança e na caminhada noturna pelo shopping. Os limpadores de parabrisa apagaram a camada colorida d'água e o Millennium Balti foi restaurado.

Ela nunca mais ia voltar a beber uísque. Portanto, com a vodca e o gim previamente vetados por uma promessa, isso significava aventurar-se nos territórios mais exóticos do rum e das aguardentes. Rum branco. Isso não é muito esquisito, é? Bacardi e Coca-Cola — um pouco anos 1980, mas tudo bem. Será que o Águia vendia Bacardi? Lisa não conseguia conciliar a imagem de Havana com a do Águia.

Construído em 1960, o Águia era um bangalô espichado de tijolos beges, numa tentativa de reproduzir um clima de hospedaria country, com vidro canelado e finos feixes de luz. Essa intenção era desastrosamente minada pela imensa águia, num estilo Terceiro Reich, que dominava a fachada do bar. Mais para Berchtesgaden do que para povoado americano. Era ali, no salão laranja do fundo, que a maior parte dos funcionários da Your Music podia ser encontrada toda noite. Ninguém mais parecia frequentar o bar. Os antigos fregueses haviam desertado quando uma cadeia de bares com preços mais acessíveis abriu no Green Oaks. Os funcionários da Your Music iam lá porque era o único bar em um raio de 1 quilômetro a partir do shopping e por causa da vasta e bastante misteriosa seleção de músicas que tocava, sobre o que eles podiam discutir. Professor Longhair, depois Esther Williams, depois os Louvin Brothers.

Seis meses antes Lisa havia se forçado, num raro momento de resolução, a escrever uma lista com apenas algumas das opções de como passar a noite de uma maneira melhor do que ficando sentada no Águia. Dizia:

1. encontrar mais os amigos de fora da Your Music;
2. ler um livro;
3. ir ao cinema;
4. fazer trabalho voluntário;
5. concentrar-me bastante para tentar lembrar o que acordo pensando toda manhã e esqueço instantaneamente;
6. fazer um bolo;
7. optar por uma estratégia de estilo para o cabelo;
8. procurar outro emprego;
9. visitar mamãe e papai;
10. remover a mancha marrom da parede da cozinha que sempre me deixa triste;
11. fazer uma caminhada pela cidade à noite;
12. tirar fotos;
13. ouvir CDs que compro e nunca ouço;
14. pensar sobre alguma coisa;
15. conversar com Ed.

Mas toda noite, depois de mais um dia horrível no trabalho, ela sentia uma urgência que não se deixava anular de voltar ao salão laranja e se perder em um borrão de palavras, rostos e álcool. A sala onde tudo era tão hilário, e onde o tempo voava dez vezes mais rápido que o normal. Ela gostava da companhia de Dan. Não que estivesse rolando alguma coisa, como Ed insinuava de vez em quando. Dan era seu amigo mais antigo e Lisa gostava do fato de ele a ter conhecido antes de ela trabalhar na Your Music. Lisa sentia como se Dan conhecesse uma versão melhor dela — alguém com interesses, ideias, planos. Tudo o que Lisa tinha de melhor, ou tudo o que alguma vez tivera, estava salvo na memória de Dan e ainda teria de ser sobrescrito pela nova e mais mesquinha realidade. E a recíproca verdadeira: cada um tinha grandes esperanças para a vida do outro, se não para a sua própria.

Ed nunca ia ao Águia. Fingia ignorar o ódio de Dan, mas ainda assim o evitava, e Lisa torcia para que alguma vez ele aparecesse, fosse simpático e provasse que Dan estava enganado. Em vez disso, ficava em casa e brincava com seu autorama ou ia com seus amigos permanentes a baladas que tocavam o tipo de música *dance* que Lisa detestava. Nessa noite Lisa estava presa no trânsito, mas pelo menos estava indo para casa, e não estacionando de novo o carro para entrar no Águia. A casa, onde ela sabia que Ed não estaria, e isso era bom, porque nessa noite ela poderia fazer um bolo ou tirar a mancha, e depois disso pensar sobre alguma coisa.

*

Agora Scott não queria mais trabalhar com ele no turno da noite. Na verdade, ninguém mais queria exceto Gavin. Scott ficara com medo naquela noite. Não sabia o que era mais assustador: ficar parado a poucos centímetros de um fantasma ou ficar preso só com Kurt no shopping por mais cinco horas.

A história havia se espalhado entre os outros guardas e todos tratavam Kurt como se ele fosse o iluminado. O próprio Kurt não sabia o que fazer em relação àquilo. Não sentia medo, mas estava inquieto. Só duas pessoas pareciam pouco abaladas com o incidente (como agora era chamado): Gavin, seu novo parceiro noturno, e Jeff, o chefe.

Jeff havia insistido para que Kurt tirasse uns dias de folga. Atribuiu tudo ao cansaço: muitas noites de plantão seguidas.

— Às vezes, quando você está acabado, pensa que está acordado, mas na verdade está sonhando. Acontece a mesma coisa com a minha mulher. Eu já a vi acordar e começar a preparar um almoço de domingo em plena madrugada. Dá até para conversar com ela enquanto isso, e é como se estivesse bem acordada, mas dá para ver que ela está a quilômetros de distância dali. Outra vez a gente estava na cama conversando normalmente sobre a reforma e de repente ela grita: "Foi o Wogan! Ele comeu todas as ervilhas. Eu vi aquele diabo ganancioso." Aí eu percebi que ela estava dormindo sabe-se lá há quanto tempo.

Kurt teve um triste flash passageiro do que devia ser a vida da esposa de Jeff. Eles estavam reformando a casa fazia 18 meses. Jeff falava muito sobre isso, tanto que Kurt até entendia que a Sra. Jeff buscasse refúgio no mundo dos sonhos. Jeff continuou:

— Isso é tudo. Você estava dormindo, sonhando. Não dê bola aos outros. Scott está morrendo de medo, é compreensível. Às vezes também fico com medo quando ela está lá procurando uma pata de carneiro no guarda-roupa.

De modo que Kurt passou uns dias em casa. Aceitou com relutância a teoria de Jeff. A lembrança das duas vezes em que vira a criança não tinha a nebulosidade nem o deslize temporal associados aos sonhos, mas Kurt sabia como eles podiam ser enganosos. Já havia confundido realidade e sonho no passado; os médicos disseram que não era tão raro. Havia algo que lembrava um pesadelo na ansiedade que ele sentira ao ver a menina. Ficou alarmado de ainda estar sofrendo lapsos como esse. Perguntou-se até que ponto ele tinha realmente superado seu problema de sono de alguns anos atrás. Com que frequência ele estaria dormindo e depois lembrando as coisas como se as tivesse vivenciado na vigília?

Em casa, decidiu levar a cabo sua resolução esquecida. Tinha de conseguir um emprego em que não ficasse tão isolado, e em que não fosse obrigado a fazer plantões. Estava cansado de se esconder da vida no Green Oaks. Isso não lhe fazia bem, nem um pouco.

E assim, agora, Kurt passava as noites com Gavin. Gavin, como Kurt, não era um dos jovens — não saía para tomar cerveja, não dava *zoom* com a câmera no peito das mulheres, mantinha-se sossegado e toda vez voltava para casa, para sua mulher. Gavin dava a impressão de nunca ter sido tocado pela luz do sol. Seu cabelo era ruivo bem claro e a pele era totalmente pálida. Alguma coisa naqueles olhos azuis que o encaravam fazia Kurt se lembrar de Jerry Lee Lewis. A expressão facial sempre parecia à beira de um terrível surto de fúria ou de humor malévolo, coisa que ele jamais chegou perto de manifestar. Kurt nunca o havia ouvido falar até a primeira noite em que trabalharam juntos, quando Gavin falou muito. Kurt pensou que talvez fosse um esforço que Gavin fazia para mantê-lo acordado e alerta. Mas tanto a voz macia, quase inaudível, quanto os temas escolhidos eram muito pouco estimulantes e, duas vezes durante o monólogo da primeira noite, Kurt sentiu sua cabeça pesar fortemente para a frente. O mesmo monólogo se repetiu, com algumas diferenças temáticas, também nas noites subsequentes. Gavin era capaz de falar sem parar, por horas a fio. Kurt nunca havia vivido noites como aquelas. O intervalo entre 1h e 4h parecia se estender por dias. Por mais que ele se demorasse patrulhando os estacionamentos e os corredores de serviço, sabia que Gavin estaria esperando por ele no escritório de controle, pronto para dar continuidade à sua lenta e suave tortura.

Gavin tinha um único assunto, uma paixão, uma fascinação permanente: o shopping.

Kurt soube que Gavin trabalhava no Green Oaks desde que fora inaugurado, em 1983. Parecia ver-se como curador do shopping — organizando sua história, limpando os artefatos. Às vezes declarava "Conheço todos os segredos daqui", e Kurt apertava na mão a bola de papel-alumínio e percebia que em pouco tempo ele também conheceria, sabendo desde já que nenhum deles valia a pena conhecer.

Soube que Green Oaks era um dos primeiros shoppings da nova geração no país, que não deve ser confundido com a nova onda/velha geração de Arndales e Bull Rings (Kurt já havia reparado na quantidade de shoppings Arndale no Reino Unido?) Soube que fora o primeiro a ser construído num antigo bairro industrial afastado do centro da cidade e, mesmo agora, com 140 mil metros quadrados, continuava sendo o maior do país. Soube que uma média de 497 mil compradores visitavam o local na semana antes do Natal. Soube que podia haver até 350 compradores de uma só vez em todos os elevadores somados. Soube que, em qualquer sábado, só 6% dos compradores são trabalhadores sem qualificação. Soube que 100 mil metros cúbicos de lixo contaminado tiveram de ser removidos das imediações do velho gasômetro. Soube que Green Oaks tinha 19 quilômetros de passagens de serviço e, pouco antes de ser conduzido a um total embotamento, sentiu uma pontada final de incredulidade ao ficar sabendo que Gavin tinha passado uma noite percorrendo toda a extensão daqueles 19 quilômetros e gravado a expedição em vídeo. Muitas vezes, nas subsequentes noites intermináveis, Kurt imaginaria Gavin e sua esposa catatônica assistindo a quatro horas de corredores cinza, Gavin pausando a fita em suas partes favoritas e fazendo os devidos comentários.

Em alguns momentos, Gavin parecia falar sobre Green Oaks como se fosse uma entidade viva. Como se, de alguma forma, o vidro, o concreto e as pessoas se combinassem para formar algo maior, algo quase digno de reverência. Gavin tinha cópias dos projetos iniciais, fotos mapeando as mudanças, os rearranjos e as reformas no shopping. Tinha planos de, num futuro próximo, montar no átrio uma exposição com todo esse material. Saberia Kurt por quê? Não, não sabia. Porque não eram muitas as pessoas que se davam conta de que outubro de 2004 marcaria o 21º aniversário de Green Oaks. Não eram muitas as pessoas que pareciam pensar que aquilo era digno de nota. Não eram muitas as pessoas que conheciam todos os seus segredos.

25

Lisa estava sentada na cadeira giratória de Crawford, lamentando a iminência da meia hora seguinte. Ouviu-se uma batida na porta e então entrou Steve, vendedor responsável pela seção de CDs de música *easy listening*. Seria difícil imaginar alguém menos adequado para esse gênero.

Steve: Lisa, você queria conversar comigo?

Lisa: Sim, Steve. Pedi ao Mike que cobrisse você no balcão de atendimento.

Steve: É sobre o que aconteceu no outro dia?

Lisa: É, é sim.

Steve: OK, OK. Bem, faça o sermão ou seja lá o que for, que eu aguento. Não quero perder meu emprego. Trabalho duro aqui, mantenho bem a minha seção, mas algumas daquelas pessoas, Lis, estão brincando com a gente, sabe? Estão zoando com a gente.

Lisa: Eu sei, eu sei. Mas acho que você tem que tentar fazer com que isso não o atinja tão pessoalmente.

Steve: Foi um ato isolado.

Lisa: Bem, foi e não foi. Quero dizer, foi a primeira vez que você de fato bateu num cliente, mas não foi a primeira vez que você se excedeu com um cliente.

Steve: Eu não bati nele. Tentei explicar isso ao filho da puta quando ele estava gritando que tinha sido agredido. Eu disse: "Companheiro, se eu o tivesse agredido, você ia saber."

Lisa: Olhe, Steve, a gente pode conversar sobre o ocorrido, mas eu quero deixar claro desde o início que você tem um histórico de ser talvez um pouco ríspido demais com os clientes, senão não estarei sendo honesta sobre a situação. A gente concorda nisso?

Steve: Bem, Lisa, eu quero cooperar. Como eu disse, gosto do meu trabalho. Aprecio que seja você se ocupando dessa parte disciplinar, e não Crawford. Sei que você deve ter tido de convencê-lo a não me demitir logo de cara. Mas acho que não posso concordar com isso. Eu diria que me considero "excepcionalmente tolerante".

Lisa: Steve, lembre-se de que costumamos almoçar juntos, lembre-se de que muitas vezes eu estou lá querendo comer meu sanduíche enquanto você desabafa, com frequência durante o almoço inteiro. Você se lembra do cara da semana passada?

Steve: Houve muitos caras na semana passada. Toda semana tem muitos caras que vêm, todos querendo me aporrinhar.

Lisa: Exato. Bem, o cara de que estou falando era um sujeito procurando um CD do Ray Conniff.

Steve: Isso, isso, é exatamente desse que eu estou falando.

Lisa: Não, é exatamente desse que eu estou falando. Ele não fez nada, você está sendo paranoico.

Steve: Lisa, ele ficou me olhando, observou que eu tirava aquele CD da prateleira e colocava na cesta para devolver para a distribuidora. Ele me viu fazendo isso e depois me viu colocando centenas de CDs em cima daquele, e me viu carregando a grande cesta até o elevador, e esperou e esperou... e aí, quando eu estou parado ali com os braços tremendo de tanto esforço, ele me pede o CD *O som alegre de Ray Conniff*, com Ray Conniff.

Lisa: Steve, olhe, eu vi também a marca na parede da sala dos funcionários. Você leva demais as coisas para o lado pessoal. Depois daquilo você teve de colocar bandagens nos nós dos dedos...

Steve: Exatamente. Dei um soco na parede, não na cara dele. "Excepcionalmente tolerante".

Lisa: Dá a impressão de muita agressividade, Steve.

Steve: Olhe, Lisa, deixe eu lhe contar sobre o último cara. Vou contar o que aconteceu. Juro que não o agredi. Ele veio até mim e disse que imaginava que eu não poderia ajudar, imaginava que seria uma perda de tempo, mas que ele estava tentando encontrar uma música fazia anos... preste atenção nisso, Lisa, fazia "anos"... uma música que o pai dele costumava cantar o tempo todo, sempre cantando um único verso de novo e de novo. O pai tinha morrido anos atrás e agora, para o aniversário de 80 anos da mãe, o cara queria encontrar a música e comprar para ela, porque sabia que ela sempre quis ouvir a versão completa, sem nunca saber como era. Pensei que cara legal, fazendo uma coisa legal pela mãe. E disse "Então você não sabe o artista ou o título", ao que ele respondeu "Não, acho que é impossível, só sei o verso". Aí eu disse "Bem, você está aqui agora, me diz o verso", e ele fala "O verso é 'Mr Saturday Dance'".

Lisa: Certo.

Steve: Então, Lisa. Essa é a coisa incrível. Essa é a razão por que eu amo meu trabalho, a razão por que me preocupo com meu trabalho. Ele poderia ter perguntado para qualquer outra pessoa na loja sobre esse verso, talvez até qualquer pessoa no Green Oaks, e ninguém teria a menor ideia. Mas eu soube instantaneamente. Não só sabia qual era, como também sabia que ele estava dizendo o verso errado, porque era exatamente do jeito que eu costumava errar ao cantar essa música. Não é "Mr Saturday Dance", e sim "Missed the Saturday Dance". Você está vendo?

Lisa: É, eu, pessoalmente, não reconheço.

Steve: Não, tudo bem, a maioria não reconheceria. Mas eu não sou a maioria. Eu amo a minha seção, cresci ouvindo esse tipo de música. Então eu disse a ele "Chama-se 'Don't get around much any more', gravada por vários artistas. Acho que a gente tem a versão do Ink Spots no estoque". Tenho que admitir que estava me sentindo o máximo. Esse cara vinha procurando a música havia "anos". A mãe dele ia ficar maravilhada. Então eu pego o CD do Ink Spots... sim, lá está ele nos fundos. O CD está em promoção, só 5,99 libras... tudo é tão perfeito. Dou o disco ao cara e ele diz "5,99 libras por uma única música?" Pode uma coisa dessas? Nenhum "obrigado", nenhum "agora minha mãe pode morrer feliz", e sim "5,99 libras por uma única música?".

Lisa: Hã.

Steve: Então eu digo "Não é uma música, é um álbum. Talvez sua mãe goste de outras faixas", ao que ele responde "De um grupo de negros! Acho que não...".

Lisa: Grupo de negros? Bonito.

Steve: Exatamente. Aí ele diz "Você não tem a música em um single?" Ouviu isso? Trinta segundos antes é a missão da vida dele pelo menos descobrir qual é a música, e agora ele só quer se for num single. Então eu disse, ainda bem calmo "Bem, a música foi lançada em 1937, então é óbvio que a gente não tem singles daquela época". Aí ele realmente começa a brincar comigo. Dá uma risadinha, um tipo de risada amarga, e diz "Vocês não são tanto assim essa 'superloja', afinal, não é?". Você acredita numa coisa dessas, Lisa? Ele era um emissário do diabo? Então, OK, eu admito, aquele cara me tirou um pouco do sério.

Lisa: Tirou um pouco do sério? Só isso?

Steve: Exatamente, eu meio que empurrei o CD em cima dele e disse "Acho que você devia levar este CD, vá para o caixa e compre". E o cara diz "Por esse preço? É um roubo em plena luz do dia!". Aí eu acho que empurrei o CD de novo contra o peito dele... bem, OK, talvez um pouco mais alto, talvez na área facial em geral... e disse, talvez de um jeito um pouco mais enfático "Compre". Foi nesse momento que ele começou a gritar que era agressão e a reclamar da minha conduta supostamente "ameaçadora".

Lisa: Sei. Olhe, Steve, eu entendo, mas acho que chegou o momento de mudar alguma coisa.

Steve: Ah, não, Lisa, não faça isso, cara. Não me faça ir para o estoque. Eu não sou como eles.

Lisa: Vamos, Steve, assim você tira umas férias dos clientes. Vai lhe fazer bem.

Steve: Lisa, eu não sou tão ruim quanto aqueles esquisitos lá de cima. Eles não sabem falar, eles gaguejam, parece *Um estranho no ninho*. Eu levo jeito com as pessoas, sou o rei do atendimento ao consumidor. Não me mande lá para cima.

Lisa: Desculpe, Steve, está fora do meu controle. Por uns seis meses. Você se mantém sossegado e o tempo passa. Eu visito você.

Steve: Ai, Jesus, me ajude.

*

Kurt começou o turno da noite patrulhando os corredores centrais do shopping. Havia deixado Gavin no escritório ouvindo a estática do rádio. Tempos antes, quando Kurt notara pela primeira vez que o assobio crepitante do rádio de Gavin parecia constante, havia dito a ele para arranjar outro, imaginando que aquele estava quebrado. Mas Gavin respondeu que funcionava perfeitamente bem. Desde então Kurt havia visto Gavin sentado no escritório aparentemente extasiado de ouvir aqueles ruídos.

Kurt tendia cada vez mais a ter devaneios agora que trabalhava com Gavin. Embora Gavin tivesse recentemente ampliado seu repertório conversacional para incluir seus conhecimentos sobre a história da arquitetura europeia, isso não fazia o tempo passar mais rápido. Gavin fizera um *tour* por castelos e igrejas da Alemanha no ano anterior e, enquanto transmitia informações-chave sobre os monumentos e edifícios, Kurt sentia sua própria energia declinando. Tentava abrir um espaço em sua mente onde pudesse se abrigar daquele jorro de fatos. Às vezes fantasiava que era invisível, às vezes que Gavin era na verdade fruto de sua imaginação; na semana anterior, sem muito entusiasmo ele tinha começado a imaginar por quanto tempo conseguiria defender Green Oaks durante um cerco. A fantasia acabou se mostrando tão detalhada e divertida, tão à prova de Gavin, que agora toda noite ele podia se retirar para algum novo campo de cálculos e projeções enquanto patrulhava o shopping, ou mesmo no escritório enquanto Gavin dava as estatísticas a partir de sua poltrona giratória. A cada noite ele acrescentava ao plano um elemento a mais, e a cada noite a resistência parecia aumentar um pouco.

A defesa tomava boa parte do tempo. Se nem todas as entradas estivessem protegidas, o cerco obteria sucesso em poucas horas. Ele não tinha certeza de que seria possível proteger todas as rotas no curso de uma noite, mas essa era uma suposição necessária à continuidade do projeto. Gavin teria de ser dispensado de alguma maneira — seria preciso que mexesse o traseiro uma vez na vida e fosse cumprir alguma missão urgente no estacionamento. Um cerco que tivesse a participação de Gavin era uma perspectiva que não parecia nem um pouco divertida, e Kurt gostava de formular maneiras de remover seu colega. A superloja da DIY teria tudo de que ele precisaria para proteger ou encher de explosivos letais todas as entradas, os dutos de ventilação e as saídas de emergência. Muitas horas foram gastas na construção mental de uma série de elaboradas armadilhas nas amplas portas giratórias, sempre com a utilização de Gavin como cobaia para testar a eficiência de cada uma. As câmeras seriam ajustadas para cobrir todas as rotas de entrada possíveis. Haveria a mais absoluta paz, silêncio total na praça de alimentação, vazios os 140 mil metros quadrados exceto um — o pequeno espaço em que Kurt estaria engajado na fase 2 do projeto. A fase 2 era uma guerra civil em que Kurt fazia o papel de agente provocador. Como poderia o shopping impiedosamente despachar a si próprio? Ele tentou imaginar um modo de fazer com que cada produto e cada objeto inanimado contribuíssem para seu próprio consumo. Gastaria semanas, talvez meses ou anos, trancado no Green Oaks, preparando laboriosamente a longa trilha de peças de dominó que cairia e culminaria na implosão final do shopping. Não, não uma queda de peças de dominó, e sim uma versão gigantesca de ratoeira. Uma reação em cadeia ao estilo Heath Robinson reunindo mil incidentes discretos: as roupas empapadas de álcool, as cadeiras formando uma pira, os manequins dentro de grandes fornos. Kurt atravessaria tudo em suas roupas originais, nesse momento bastante fora de moda, correndo o mais rápido que pudesse, tentando estar presente quando chegasse o fim.

Estava andando pelo átrio central pensando nesse Armageddon das lojas quando viu Lisa despontando de trás das persianas descendentes da Your Music. Ficou parado por um tempo observando-a remexer um grande molho de chaves, perguntando-se se devia falar com ela e decidindo que provavelmente sim.

— Olá.

Lisa deu um pequeno salto e se virou.

— Não ouvi você chegando. Eles fornecem uns sapatos silenciosos especiais para quem trabalha como segurança?

Kurt balançou a cabeça.

— Esses aqui não vieram com o uniforme. Eu mesmo os comprei. — Olhou com preocupação para os sapatos e perguntou: — Eles parecem do tipo que você ganha no serviço?

Lisa também olhou os sapatos.

— Sim, sinto dizer que parecem.

— Parecem baratos?

— Bem, sim. Desculpe.

— Não era exatamente esse o efeito que eu pretendia.

— Foram caros?

— Não, foram bem baratos, mas eu pensei que não parecessem — Kurt mostrava desalento.

Lisa tentou mudar de assunto.

— Ouvi dizer que você tem visto coisas.

— Ah, então você está sabendo.

— Acho que todo mundo está sabendo.

Kurt se sentiu desalentado. Pensava ter parecido bastante galante na outra noite em que a havia conduzido até a saída, pensava que tinha se saído bastante bem na noite da busca compartilhada. Pensava que podia ter deixado uma boa impressão, e por alguma razão tinha gostado dessa ideia.

— Mas e quanto ao macaco? Não é uma evidência de que ela é real? — Lisa perguntou.

— Bem, ela não chega a se contrapor à evidência de Scott de que não havia ninguém diante dele. Acho que a maioria das pessoas acharia esta última mais convincente do que o macaco. É só uma coincidência. Talvez haja um monte de bichos de pelúcia escondidos atrás de canos no corredor de serviço, vai saber. O fato é que a menina não estava lá: ela era um sonho.

— Mas você estava acordado?

— Não. — Kurt preferia não ter de falar sobre isso. — Eu pensava que estava acordado, agia como se estivesse acordado, mas estava dormindo. Tenho um distúrbio de sono.

— Mas você está acordado agora? Ou eu sou um sonho?

— Difícil dizer.

— Se começarem a crescer umas asas em mim, ou se eu começar a falar russo, você me avisa?

— Aviso. Mas você pode me contar sobre as suas amigas, as meias, agora?

Lisa sorriu.

Kurt estava voltando para o escritório para comer seus sanduíches, mas a lembrança de Gavin o fez perguntar:

— Você está com fome?

— Sempre saio com fome do trabalho.

— Você tem que ir para casa?

Ela pensou em Ed comendo pizza na frente da TV, o apartamento com cheiro de pepperoni, e balançou a cabeça.

— Venha comigo, então. — Kurt a foi levando pelo átrio central. Subiram as escadas em direção ao terceiro andar, os fundos das lanchonetes em volta de uma área para se sentar, uma galeria, um pátio ou terraço, dependendo do que se quisesse ver. Enquanto deslizavam pela escada, Lisa quase achou o shopping um lugar bonito. Havia algo mágico nas amplas paredes, na meia-luz, no movimento silencioso das escadas. Deixou a cabeça cair para trás e olhou, através dos painéis de vidro do teto, o céu negro acima deles, em que as asas de um avião piscavam e iam lentamente passando.

Kurt apontou uma câmera e sussurrou:

— Sorria para Gavin, ele está nos observando.

Quando chegaram ao último andar, ele perguntou:

— Do que você gosta: comida japonesa, italiana, tailandesa, mexicana...?

Lisa sorriu e disse:

— Você faz isso toda noite?

— Nunca fiz. Nunca me ocorreu. Eu normalmente como sanduíches de pasta de sardinha e fico ouvindo Gavin falar sobre os diferentes fornecedores de vidro contratados ao longo da história do Green Oaks.

Lisa olhou para ele. Era a primeira pessoa que compartilhava o costume de comer pasta de sardinha que ela conhecia, e alardeava isso alto e bom som, sem esconder o hábito.

— Então, o que você acha?

Ela pensou por um tempo.

— Que empresa pode ser capaz de prover algum sanduíche com ovo frito?

Ele sorriu e saiu em direção à primeira cozinha para encontrar os ingredientes.

Dez minutos depois eles se sentaram com seus sanduíches na única mesa iluminada, cercados por cadeiras com as pernas para cima imersas na escuridão. Kurt tentara fazer um milk-shake de chocolate, mas errara a fórmula e ela estava quase com dor de cabeça de tentar sugar a substância espessa pelo canudo.

Acabou desistindo e dizendo:

— Não consigo parar de pensar nos pandas. Ontem à noite vi um programa sobre eles na TV e realmente fiquei deprimida.

— Por quê?

— Levam uma existência terrível, sabia? Passam a vida procurando folhas e bambu para comer, mas comer essas coisas não lhes faz bem, eles não conseguem digerir direito e acabam ficando sem energia. Têm de ficar deitados descansando o tempo todo. Só de falar já fico triste. Eles são tão... perdidos. Passam a vida toda nessa busca inútil que só os consome.

— Isso soa familiar.

— Eu sei, acho que foi por isso que fiquei tão deprimida. Gastar a vida procurando bambu quando o que eles precisam é de uma barra de chocolate.

— Às vezes eu me imagino como assunto de algum documentário sobre a natureza dirigido a outra espécie.

Penso que me acompanhariam gastando a minha vida por estes corredores vazios e verificando se as portas estão trancadas. Tento imaginar os comentários. Acho que eles ficariam desconcertados.

Ficaram em silêncio por alguns minutos e ele acrescentou:

— O caso é que, mesmo quando não estou pensando nesses documentários, ainda sinto como se estivesse sendo observado. Você sente isso?

Lisa lembrou como se sentia todas as manhãs caminhando pelo espaço monitorado. — Sinto, às vezes.

Kurt hesitou, depois continuou:

— Às vezes fico com medo aqui, sozinho. Sinto que estou sendo observado, e não só pelas câmeras ou por Gavin. Talvez seja pela garotinha, talvez por mim mesmo, não sei. É uma sensação que eu tenho. Algo que me faz sentir solidão. Como se algumas pessoas estivessem mantendo distância. Olham, mas não se aproximam.

— Você sente isso o tempo todo? — Lisa perguntou.

Kurt pensou um pouco e percebeu que não estava sentindo isso naquele momento, conversando com ela. Ela aguardou a resposta, mas ele não podia dar. Em vez disso, sorriu, moveu a cabeça de um lado a outro e disse:

— Vamos roubar um pouco de bolo.

Carta anônima
Unidades 300-380 — Marks & Spercer

É assim que a gente passa os domingos agora. Virou uma tradição. A gente passa umas horas na cama lendo os jornais e depois desce para cá. Os jornais sempre têm algu-

ma coisa: a resenha de um livro, de um CD, uma receita. Mesmo as partes que não parecem propaganda, na verdade, também são propaganda. Não são de fato jornais, estão mais para catálogos. De qualquer jeito, essa é a nossa tarefa do dia. Vir ao Green Oaks e adquirir aquela coisa de que a gente precisa. Talvez, estando aqui, a gente também possa encontrar alguma coisa que queira. Voltar para casa à noite, comer um bom jantar, escutar o disco novo, ler umas poucas primeiras páginas de algum bom livro — aí se vai o fim de semana. Sempre uma pequena missão, e logo uma pequena recompensa. A gente ainda não encontrou nada que queira comprar hoje. A gente está indo a todas as boas lojas, mas nada atrai de verdade. Está chovendo lá fora, no entanto, então o que mais a gente poderia estar fazendo? Ficar sentado em casa, olhando um para a cara do outro. Subir pelas paredes numa tarde de domingo, isso é o que a gente costumava fazer. Ainda bem que tem compras aos domingos.

Ela está olhando para os pães agora e está fazendo aquela cara como se estivesse dizendo "Estou profundamente infeliz por dentro, e você é diretamente responsável, mas estou tentando a todo custo esconder isso". Ela faz esse jogo, como se fosse melhor que tudo isso, como se ela achasse a nossa vida vazia ou sem sentido de um modo que eu não entenderia. É claro que eu entendo. Entendo tudo sobre ela, tudo sobre a gente. Eu a conheço e ela não me conhece. Eu a amo.

26

"My heart will go on" tocada em flautas sintéticas, saída dos alto-falantes. Kurt sentado em um café, esperando que sua irmã Loretta apareça. A coxa queimada com o chá quente que escorrera pelo bule quando ele se serviu. Seu cotovelo apoiado em uma poça de leite UHT que havia respingado de um pote de plástico que ele abriu. Comia uma fatia de torta de maçã fria e viscosa que custara 2,50 libras, e a massa parecia algo morto em sua boca. Suas expectativas eram baixas, contudo, e a realidade vulgar não era capaz de romper a luxuriosa promessa presente nas palavras "tarde" e "chá". Como os oito ou dez outros clientes solitários do café, ele sentia que estava se mimando.

Ele e Lottie, como ela preferia ser chamada, geralmente só se encontravam uma vez por ano, num desconfortável cruzamento de caminhos na casa de seus pais em algum momento do Natal. Kurt sabia que sua mãe desejava que voltassem a ter a proximidade que existia entre eles quando crianças, mas ele não se importava muito com isso. A irmã tinha se distanciado da família quando era adolescente e, embora em anos recentes, com o nascimento do filho dela, houvesse conseguido reconciliar-se com a mãe, ela e Kurt nunca chegaram a recuperar verdadeiramente a relação.

Kurt havia se chateado com a espetacular rebelião adolescente de Loretta — em parte pela preocupação que ocasionou aos pais, em parte apenas por ter sido algo tão despropositado e fora de moda. Decepcionou-se com o fato de sua irmã mais velha ter se revelado tão egoísta e tão boba. Era como se ela tivesse lido um manual ao completar 14 anos e começado a preencher cada item do repertório clichê de uma revolta adolescente. Tornou-se algo como uma punk extemporânea de cartão-postal, dez anos depois de os outros desaparecerem. Fez o penteado habitual na cabeça, pôs piercings nos lugares de sempre, abusou dos solventes, roubou dinheiro da bolsa da mãe, transou com cada garoto do bairro antes de se mudar, em seu 16º aniversário, para morar com um homem de 30 anos chamado Cuspe. Kurt o encontrou uma única vez. Uma noite Cuspe havia aparecido na casa atrás de Loretta, e a mãe deles, desesperada de preocupação e tentando com todas as forças fazer a coisa certa, insistiu que ele entrasse para tomar chá. Cuspe sentou-se no sofá e por vinte minutos se engajou com o pai deles em uma análise mútua, enquanto Pat se esforçava em soltar uma bateria de comentários alegres, como se fossem Joanie e Chachi, da série *Happy Days*, que estivessem sentados na frente dela prestes a sair para comer um hambúrguer, e não Loretta e Cuspe saindo para queimar um ao outro com cigarros. Depois, incapaz de ignorar o tremor do lado esquerdo do rosto do pai de Kurt, Pat, desesperada, tentou conversar diretamente com Cuspe. Ela vinha lançando olhares ansiosos na direção da grande garrafa de plástico branca pendurada por uma corrente em volta de seu pescoço.

— Cuspe, não consigo deixar de perguntar sobre o seu colar: o que tem dentro da garrafa?

Sem tirar os olhos do pai, ele respondeu:

— Vômito.

Nesse instante o pai, como se tivesse antecipado a resposta, levantou com brusquidão da cadeira e esbravejou:

— Fora daqui.

Incrivelmente, Loretta e Cuspe (ou Mark, como agora ele se chamava) ainda estavam juntos. Haviam se casado quando ela estava com 17 anos, trabalhavam com tecnologia da informação, criavam lagartos, gostavam de assistir a *Star Trek* e *Buffy, a caça-vampiros*, tendiam a um gótico barato nas vestimentas.

Kurt não sabia por que Loretta combinara esse encontro. Já não havia nenhum desentendimento entre eles; eram apenas estranhos que nada tinham a dizer um ao outro. Voltar a forjar uma relação seria artificial demais e ambos evitavam a estranheza que isso acarretaria.

No exato instante em que Kurt finalmente sentiu a umidade em seu cotovelo, viu Loretta vindo em sua direção, observando-o espremer o leite de sua manga.

Serviu-lhe uma xícara de chá e ela foi direto ao ponto.

— Achei que você deveria saber que a mamãe foi atacada ontem. Estava andando pela High Street. Algum cheirador de cola tentou roubar a bolsa dela e ela não deixou. Ele a jogou no chão e ficou chutando até ela largar. Ela não ia nos contar, é claro. Não queria nos preocupar. Eu liguei ontem à noite para saber se ela gostaria de ir ao cinema e senti o estado dela.

Kurt pensou em sua mãe de olho roxo e seu estômago revirou.

— Queria ver se você podia tentar falar com ela, conversar um pouco. Ela acha que isso não vai mudar nada.

Vai continuar fazendo compras por lá. "Eles não vão conseguir me vencer", ela diz, como se fosse um jogo. Por que ela ainda faz compras naquele campo de batalha tendo Green Oaks na porta de casa? É ridículo.

Kurt ficou olhando o chá, pensando em sua mãe, querendo estar com ela nesse momento.

— Ela poderia vir ao Green Oaks, se quisesse. Não vem por respeito ao papai. Green Oaks é um insulto para ele.

Loretta pareceu intrigada.

— Ele não tem a menor ideia do que acontece em volta... e por que seria um insulto? Nunca houve nenhum fundamento moral na proibição que ele nos impôs de vir aqui.

Kurt sentiu a irritação habitual com a recusa de Loretta de ver as coisas da perspectiva dos outros.

— Não é lógico, não se pode racionalizar. É um sentimento, uma mágoa. É a maneira como ele se sente que afeta a maneira como a mamãe se sente e como eu me sinto. Fico me perguntando se ele se dá conta da decepção que eu sou para ele, trabalhando aqui.

Loretta olhou Kurt por um bom tempo antes de falar.

— Quando eu tinha 14 anos, eu vinha ao Green Oaks. Fora inaugurado havia poucos meses, e eu era crescida o bastante para saber que o banimento do papai era ridículo, sem sentido. Ele mandava na gente como um pai vitoriano, sempre a espinha dorsal da moralidade, sempre rápido em bater na gente se a gente pisava errado. Eu tinha medo dele, mas aos 14 estava começando a pensar por mim mesma e realmente não conseguia entender que mal estaria fazendo ao vir aqui. Aí, um dia, nas férias, eu simplesmente cruzei a estrada e atravessei essa porta.

Cheguei cedo para evitar encontrar qualquer vizinho. Estava um silêncio absoluto, logo depois de abrir. Não conseguia acreditar nessas lojas, todo esse glamour aparecendo de repente na frente da nossa casa. Era como se uma nave espacial tivesse pousado do outro lado da estrada. Lembro-me de ter passado uma eternidade olhando uma jaqueta listrada, rosa e branca, na vitrine da Clockhouse. Eu queria tanto aquela jaqueta. Pensei que, se a tivesse, toda a minha vida mudaria. Olhei tanto que os meus olhos perderam o foco e, em vez de olhar a jaqueta, eu já estava olhando para o reflexo dela, e foi aí que eu vi o papai atrás de mim. Estava de costas. Vestia um uniforme de faxineiro e estava varrendo o chão.

Kurt mantinha o olhar inexpressivo.

— Ele trabalhava aqui, Kurt. Era faxineiro. Nunca houve nenhum trabalho de fábrica do outro lado de Birmingham. Quando Green Oaks abriu, ele conseguiu um emprego aqui, como a maior parte das mulheres do distrito e um punhado de homens.

Kurt não conseguia assimilar aquilo. Era impossível. O pai dele trabalhava no Green Oaks? Era faxineiro?

— Sim, por anos. E qual é o problema? Por que todo aquele fingimento? Quer dizer, que diferença faz? Escravo de fábrica, gerente de banco, faxineiro, limpador de bosta... de que é que alguém pode se orgulhar? Ele tinha umas ideias bem estranhas sobre ser um "verdadeiro homem", sobre o que é um "trabalho de mulher" e todas essas coisas. Eu sabia disso na época, mas, quando você tem 14 anos, pensa que é capaz de mudar as coisas. Você acha que pode dizer "Não se sinta assim" e que vai funcionar. Eu só queria dizer a ele que não importava. Mas — Loretta encolheu os ombros — ele não pensava dessa forma. Lembro que ele apertou meu punho tão forte... — ela parou de falar, aparentemente tendo perdido a lembrança.

A mente de Kurt estava carregada de perguntas.

— Por que você não me contou?

— Ah... ele disse que não aguentaria a família rindo dele e que, se alguma vez eu contasse a você ou à mamãe, ele sairia pela porta e nunca mais voltaria. Muito melodramático. Eu nunca contei, mas comecei a ver aquele orgulho deslocado dele como algo cada vez mais ridículo. Ele passou a me parecer ridículo e eu comecei a cutucá-lo. Na verdade, sou grata: fui a que teve sorte. Ele deixou de ser alguém cujas expectativas eu tivesse que suprir, deixou de ser uma grande sombra sobre mim. Não me arrependo da minha vida ou de mim.

Kurt começou a falar "Coitada da mamãe...", mas Loretta interrompeu.

— Não se preocupe com a mamãe. Acho que ela descobriu muito tempo atrás. Só alguém cego e teimoso como o papai poderia pensar que conseguiria sustentar aquele segredo. Sei que ela se preocupa com você. Ela acha que você o admira muito, pensa que você precisa ser protegido. Tenta ser a imagem que você tem dela, da esposa devotada e corajosa, e é exatamente por isso que ela acaba sendo assaltada. Ela se preocupa em evitar que ele venha a ser uma decepção para você, e você se preocupa com o fato de ser uma decepção para ele, e para mim isso tudo parece uma piada. Você tem vivido um sonho, Kurt, e está na hora de acordar.

*

— Oi, Lisa, pode entrar. Pedi a Dave que a liberasse por um tempinho para a gente poder ter esta conversa. Como você sabe, estou visitando a loja hoje para ter contato com a equipe e para ver se estamos todos no mesmo passo, mas também queria aproveitar a oportunidade para falar com você. Cá entre nós, eu sei que a loja de Fortrell vai abrir vaga para gerente logo, logo, e pensei que Dave ficaria triste em perdê-la. Acho que provavelmente pode ser o momento de você talvez começar a pensar nos desafios do futuro. Não vou falar mais nada sobre isso agora, mas o que vou dizer é que é vital, se você for adiante para conseguir uma loja própria, que você entenda alguns conceitos básicos. Pode parar. Eu sei o que você está pensando: "Mas eu sou gerente de plantão agora. Por que isso seria tão diferente de ser simplesmente gerente?" Aí é que você está completamente enganada, completamente. Estamos falando de planetas diferentes, formas diferentes de ver as coisas, e é por isso que eu estou tirando este tempo para tentar explicar a você. Ao subir na carreira, você vai enfrentar toda uma bateria de novos desafios, vai ter que conduzir uma equipe em novas direções. E você tem de estar no espaço mental certo para segurar bem o volante. É um pouco como vestir um chapéu novo. Entende o que eu quero dizer? Como você sabe, faço muitos treinamentos para a empresa, e uma das primeiras coisas que um treinador precisa aprender é que não se pode cegar os *trainees* com ciência. É só exagerar no jargão que você os perde. Como treinador, você tem de lembrar que aqueles que você está treinando não sabem nada a respeito da ciência do gerenciamento. Isso não quer dizer necessariamente que são idiotas, não quer dizer que não sejam inteligentes o bastante para entender... é mais como... apenas ignorância. Pode ser que eles nunca tenham pensado em gerenciamento antes, que só cheguem e façam o trabalho. Vêm se atrapalhando por aí feito cegos sabe-se lá há quanto tempo. Meu ponto, Lisa, é que eu não estou supondo que haja um conhecimento prévio aqui. Não vou confundi-la com termos que você não entende e com conceitos que seria impossível você assimilar em um dia, não é verdade? O que vou fazer é transmitir dois conceitos muito importantes, mas usando para isso o que a gente chama de "quadro mental". Desculpe o jargão! Quadros mentais são apenas... são uma maneira de simplificar uma mensagem complexa. Remontam ao começo da história: Jesus costumava usá-los na Bíblia. Em alguns sentidos, Jesus também era um gerente. Um líder. Um pescador de homens. OK, então o primeiro conceito a gente chama de "A Escada", que é um jeito de ajudar você a avaliar onde está e para onde está indo. Quero que você feche os olhos por um minuto e imagine uma escada. Imaginou? Não pode ser uma escada portátil com cinco ou seis degraus de alumínio; desculpe, eu devia ter esclarecido isso antes. Espero que não esteja pensando numa dessas agora, porque isso vai ser um problema. Tem que ser uma escada grande e alta, de madeira ou de metal, não importa. Agora imagine você nessa escada. Você não consegue ver o começo nem o fim dela, mas você está em algum lugar da escada. Abaixo de você, você pode ver Jim, abaixo dele Matt, e vai descendo cada vez mais até que a última pessoa que você veja seja, sei lá, algum funcionário qualquer ocupando o último degrau. Acima de você, uns poucos degraus acima, está Dave, e acima dele Gordon, e você pode até perceber que tem algumas pessoas acima deles que você não reconhece, entende? Então esse é o quadro mental que você e eu pintamos juntos. Agora vou deixar esse quadro com você. Não vou tentar interpretá-lo para você. Quero que você pense nele nos próximos dias, nessa escada, e quando a gente estiver conversando na semana que vem, a gente pode estar falando sobre alguma coisa completamente diferente, sobre futebol no terceiro andar, e de repente eu vou virar para você e dizer "Escada", e você vai me contar o que fez com o quadro mental, certo? OK, bem. Pode abrir os olhos agora. Lisa, abra os olhos. Certo, eu vou desenhar uma coisa e quero que você me diga o que vê, está bem? Aqui vai, diga o que vê. Camarão? Um camarão? Um daqueles camarõezinhos de comida chinesa? Não, Lisa, não é um camarão. Vou lhe dizer o que é, é um helicóptero. Nada a ver com camarão. Quero que você se acostume com a visão deste helicóptero, porque logo, logo você vai subir num desses todos os dias. Não se empolgue, o salário não é tão bom assim. Isso, você entendeu: é um outro tipo de quadro mental. Não sei se você já voou num helicóptero, mas eu já voei e posso dizer que de um helicóptero você tem uma visão muito diferente do mundo lá embaixo, sabe? No seu mini-helicóptero você pode ver até o primeiro andar da loja, e do alto dirigir as tropas de formas que eles não conseguem visualizar, atolados como estão nos detalhes mais rasteiros. Quero que pense nisso. Ufa. Bastante coisa para um dia só, não é? Você parece estar de cabeça cheia. Vamos lá fazer a felicidade de alguns clientes.

Comprador misterioso
Estacionamento — Ala Oeste

Código de loja 359. Unidade do Birmingham City Center

Relatório completo a partir de anotações em anexo. Visitei a loja no meio da semana aproximadamente às 11h15. Ao entrar, um membro da equipe de vendas foi avistado em 60 segundos. O funcionário estava conversando com um cliente. Três funcionários do caixa estavam no balcão atendendo uma pequena fila. Fiquei vagando pelo piso de compras por 25 minutos, mas em nenhum momento fui abordado por qualquer membro da equipe se oferecendo para me ajudar. Resolvi então abordar eu mesmo uma funcionária e perguntar onde podia encontrar pulôveres masculinos. A funcionária sorriu e foi educada, mas apenas apontou em direção à seção de pulôveres, sem me acompanhar até lá. Também deixou de me perguntar se havia algo mais em que podia ajudar. Princesinha maldita. Depois de escolher um item, levei-o até o caixa. No caixa, a assistente não me cumprimentou e realizou a transação muito rapidamente. Não me perguntou se eu queria o recibo dentro da sacola. Não me agradeceu por fazer compras ali. Não expressou desejo de voltar a me ver. Vaca frígida. Nota de atendimento ao consumidor: 27%.

Código de restaurante 177. Unidade de Halesowen, interseção A147

Relatório completo a partir de anotações em anexo. Visitei o restaurante no meio da semana aproximadamente às 13h30. Ao entrar, um membro sorridente da equipe me cumprimentou e me conduziu a uma mesa em 17 segundos. A funcionária me deu um cardápio e me assegurou que voltaria em "uns minutinhos" para anotar o pedido de bebidas. Em 76 segundos a mesma garçonete retornou e anotou meu pedido de um Scotch duplo. Nesse momento, também indagou se eu estava pronto para pedir a comida ou se eu precisava de mais alguns minutos. Preferi pedir logo. A garçonete recitou os pratos especiais do dia de uma maneira segura e entusiástica. Optei por um item do menu e a garçonete se certificou de que eu estivesse plenamente satisfeito com todos os possíveis acompanhamentos do prato principal. Certificou-se, também, de que suas tetas estivessem no meu rosto durante esse intercâmbio. A garçonete retornou com a refeição 7 minutos e 35 segundos depois. Serviu o prato corretamente, me ofereceu uma ampla gama de temperos, sorriu e desejou que eu apreciasse a comida. Dois minutos e 50 segundos depois, retornou para perguntar se estava tudo em ordem com a refeição. Informei que a refeição estava satisfatória, mas que meu pau estava muito doloroso e firme, e requeri que ela desse uma olhada nele. Um membro da segurança chegou à mesa em 27 segundos e eu fui escoltado para fora do estabelecimento em 15 segundos. Nenhum membro da equipe expressou desejo de voltar a me ver. Nota de atendimento ao consumidor: 95%.

Código de bar 421. Unidade da passagem Quinton

Relatório completo a partir de anotações perdidas. Entrei no bar por volta das 21h30 em um dia de semana. Andei até o balcão e nenhum babaca me cumprimentou, sorriu *ou trocou olhares comigo durante 11 minutos. Finalmente, fui abordado por uma gorda escrota que não sorria. Anotou meu pedido e não me informou os petiscos disponíveis nem perguntou se havia algo mais que pudesse me trazer. Fiquei sentado em uma mesa suja com um cinzeiro cheio e cercado pelas criaturas mais feias da face da Terra. Uma mal disfarçada adição de bebida trazida na minha própria garrafinha passou despercebida por todos os funcionários. Na segunda ou talvez terceira visita ao balcão, a escrota que não sorria me perguntou se eu não achava que já tinha sido o bastante. Nesse ponto, resolvi checar o banheiro masculino. Os banheiros haviam sido checados meia hora antes pela funcionária Tracey, mas apesar disso me pareceram um ambiente muito pouco convidativo para vomitar. Na ausência da parceira profissional de sempre, a puta ingrata, fui forçado a checar também o banheiro feminino. Marcas de cigarro por toda a louça da pia, meu reflexo parecendo assustado em meio aos jorros de vômito. Dois membros da segurança me ajudaram a deixar o estabelecimento em três minutos. Informei os membros da equipe e os clientes que eles não tinham nenhuma ideia do que significava um bom atendimento ao consumidor e que eu pretendia firmemente atear fogo às dependências. Nota de atendimento ao consumidor: 0%.*

27

Quando veio, era um envelope magro, não um pacote. Ela reconheceu a letra de seu irmão, mas pôde ver que não era uma fita. Esperou um longo tempo antes de abri-lo, tentando não desejar que contivesse uma carta, palavras, uma voz. Pegou uma faca e abriu:

Querida Lisa,
Sinto minha voz um pouco rouca ao tentar falar com você depois de tanto tempo.
Fico imaginando como você é agora. Imagino muito isso. Você ainda tem o cabelo arrepiado? Ainda fica das 9h às 11h perturbando cada fio de cabelo com produtos e pentes até que eles obedeçam à sua vontade? Suponho que não. O tempo passa — ou ao menos deveria passar.
Estou em casa hoje, dispensado. Tive um acidente no trabalho na semana passada e quebrei o pé. Pela janela vejo uma bela árvore florescida que contrasta com um céu azul resplandecente. Não consigo parar de olhar para ela.
Faz quase vinte anos, Lisa, você sabia disso?
Não sei o que você pensa de mim. Não sei sequer se você vai ler esta carta, ou se vai se limitar a jogá-la fora. Você deve me achar um covarde, ou algo pior que isso. Não fiquei para descobrir. Ainda acho que não consigo enfrentar essa descoberta agora.
Passou muito tempo desde que eu parecia capaz de pensar nos sentimentos das outras pessoas. Acho que me fechei

em algum momento... Não sei, lembro-me de sentir algo diferente no passado. Pareço só pensar em mim mesmo — outra razão para eu me manter afastado. Não sou uma pessoa muito boa, Lisa.

Você está casada? Está com alguém que você ama? Espero que sim. Espero que esteja feliz. Espero que eu nunca tenha lhe causado infelicidade. Vivi com uma mulher por alguns anos. Uma mulher legal chamada Rachel. Era boa e cuidava de mim. Disse que me amava. Eu também disse que a amava. Mas creio que não a convenci (acho que tenho problemas em convencer as pessoas). A gente está separado agora, e eu me pergunto quanto disso é culpa do passado.

Venho pensando cada vez mais nisso quando me sento à janela e olho as flores brancas, os galhos escuros e o céu azul. Lembro que, na época dos interrogatórios da polícia, quando era muito ruim e os olhos de todos diziam o mesmo de mim, eu tentava pensar que dali a vinte anos todos olharíamos para trás e riríamos de tudo aquilo. Bem, já quase chegou a isso e eu me pego repensando tudo e imaginando quando é que vai ser diferente.

Tem dias em que acho que talvez seja hora de voltar e enfrentar aquilo de que fugi. Às vezes acordo e penso: hoje eu volto. Mas sempre perco a coragem.

Esta carta não está levando a lugar nenhum, não é? Está tão sem direção quanto eu tenho me sentido ultimamente. Só queria escrever e lhe contar que quero ver você, mas que estou com medo. Por anos tentei enterrar o passado, mas não parece ter funcionado. Espero que você não me odeie, Lisa.

Com amor,
Adrian

*

Kurt saiu da biblioteca e decidiu andar os 8 a 10 quilômetros de volta a seu apartamento. Chovia pesado durante todo o caminho, mas ele queria sentir aquele golpe. Quando chegou em casa, deitou-se no chão da sala ainda de casaco, enchendo aquele pequeno espaço com o cheiro de fora, de molhado. Suas roupas encharcadas o faziam tremer. Sua mente voava.

Algo na história de Loretta da visita proibida ao shopping havia feito com que uma lembrança há muito enterrada ardesse um tanto turva em sua mente. Ficara no café tomando chá frio pelo resto da tarde, tentando decifrar o que era.

Sempre que tentava resgatar algo da memória, Kurt sentia como se estivesse participando daquela brincadeira infantil em que algum chato fica lhe dizendo "Está quente", "Está esquentando", "Ah, está congelando agora", enquanto você fica percorrendo o espaço à sua volta. Uma ocasião, fazendo palavras cruzadas, esqueceu a palavra "pelotão" e passou horas tentando encontrá-la em sua mente. Toda vez que empreendia uma busca mental chegava a um alerta de "fervendo" quando pensava na letra C. Quando finalmente recordou a palavra, ficou incrédulo de que não começasse com C. Teve repugnância de sua própria mente. Não conseguia decidir se era maligna ou inepta.

De modo que ele sabia que raramente havia um momento de "eureca" com sua memória. Para ele era mais como uma lenta escavação arqueológica. Nesse dia, no café, a lembrança havia emergido aos poucos em todos os detalhes desagradáveis e perturbadores. Mas, mesmo quando lembrou, não associou a lembrança a seus sonhos com a garota do monitor. Foi só depois, ao verificar os arquivos de jornal na biblioteca, que ele viu a foto mais uma vez e percebeu que Kate Meaney havia retornado para assombrar seus sonhos.

Ao deitar no chão, as lembranças fluíram por sua mente. Estava de novo na mesa da cozinha da casa onde crescera, vendo o nome dela pela primeira vez.

Tinha visto a menina no shopping. Havia notado que ela tentava passar despercebida, exatamente como ele. Tentava parecer uma criança com um bom motivo para não estar na escola, uma criança acompanhada de um adulto. Percebera o modo sorrateiro como ela se colava aos adultos olhando as vitrines, seguindo-os de perto com muito cuidado. Tinha ficado impressionado: parecia ter prática na invisibilidade. A manhã inteira sentira os olhares de todos os adultos queimando sua pele. Estava fugindo quando a viu, progredindo firme em direção à saída. Essa era a sua tão esperada visita ao Green Oaks, mas ele não havia gostado — era claro demais, muito arriscado. Estava voltando apressado aos platôs das fábricas, onde não seria visto. Parara ao vê-la e observara por um tempo. Percebeu que ela era invisível aos adultos por estar tão compenetrada. Não parecia perdida como Kurt, não parecia ansiosa; parecia aplicada, motivada. Um macaco de brinquedo estava pendurado para fora de sua mochila, e ela fazia anotações em um pequeno caderno, observando alguém a distância. Kurt seguiu o olhar dela justo a tempo de ver a nuca de um homem desaparecer atrás das portas espelhadas. Ela espiara em volta e flagrara o olhar de Kurt. O olhar dela era ilegível; dizia alguma coisa — um apelo ou uma advertência —, mas Kurt não conseguia entender o que era. Tomou-o como uma advertência e saiu dali rapidamente.

A menina da foto na primeira página do jornal alguns dias depois não se parecia muito com ela, parecia um pouco mais nova, de vestido, mas ele reconheceu o rosto. CRESCE A APREENSÃO POR CRIANÇA DESAPARECIDA. Sua mãe estava de costas, então ele cautelosamente deslizou o jornal e o colocou do lado de sua revista em quadrinhos. Continuou afogando seus cereais enquanto lia com o canto do olho.

Kate Meaney foi vista pela última vez ao deixar sua casa para prestar o exame de ingresso no prestigioso colégio Redspoon, ao qual nunca compareceu. Uma porta-voz do colégio confirmou que a prova da menina desaparecida nunca foi entregue. Sua avó, a Sra. Ivy Logan, 77, viúva, acusou o desaparecimento da menina na noite de sexta. A polícia conduziu inquéritos de porta em porta e voluntários se juntaram na busca pelos arredores do colégio e da casa de Kate.

Kurt releu aquela frase algumas vezes. Por que estariam procurando por lá? Alguém mais devia tê-la visto no Green Oaks. Ele não devia ter sido o único.

Admitir que tinha faltado ao colégio não era uma opção. Qualquer outra parecia preferível à ideia de seu pai descobrir não apenas sua travessura, mas sua passagem pelo shopping. Kurt esperou que alguma testemunha se pronunciasse, qualquer um que a tivesse visto no Green

Oaks naquele dia. Tentou esquecer que sabia que só ele a vira. Tentou esquecer o olhar que haviam trocado — o segredo, a linguagem silenciosa das crianças. A cobertura da imprensa arrefeceu logo. A menina não vinha de uma família normal; não era muito indicada para a cruzada dos tabloides. O desaparecimento dela perturbou Kurt, brincou com sua mente, talvez não tanto quanto devesse, certamente não tanto quanto a imagem que fizera da cara de seu pai se descobrisse que ele faltara à escola para ir ao shopping, mas o bastante para que algumas vezes naquela semana se distraísse completamente enquanto assistia a *Superstars*, ou jogava British Bulldog. Quando leu no oitavo dia que um vizinho da garota havia sido convocado para esclarecimentos, convenceu-se de que estava prestes a transmitir a informação, prestes a ser corajoso, a se sacrificar e assumir as consequências, mas que agora já não havia necessidade: um homem estava sendo interrogado; todo mundo sabia o que isso significava. E, se nunca houve prisão, se nenhum corpo foi encontrado, talvez tenha sido ele que não notara. E nos meses que se seguiram talvez ele apenas não tenha associado ao seu pequeno segredo aquela sensação de que a casa o estava observando o tempo todo. Tinha quase certeza de que era novo demais para perceber o que havia feito. Quase certeza de que seu sono não seria perturbado por sonhos estranhos nos anos subsequentes.

28

A tarde era um momento tranquilo. Depois de se acalmar a correria da hora do almoço e antes de chegarem as edições finais, havia tempo para reorganizar, para registrar os jornais devolvidos, para verificar se havia notas suficientes de 5 libras para durar até a próxima visita ao banco.

Às vezes uma hora inteira se passava sem nenhum cliente. O Sr. Palmer se mantinha ocupado. Teria de fazer algumas mudanças na organização de revistas. Ninguém mais comprava as velhas revistas. *Woman's Own* e *My Weekly* jaziam na prateleira intocadas. Dennis, da loja de atacado, havia dito que as revistas masculinas eram a área em expansão.

O Sr. Palmer olhara as capas e dissera:

— Nunca vendi esse tipo de coisa.

— O que você quer dizer? — perguntou Dennis. — Esse tipo de coisa? Essas não são como as suas *Fiesta* e *Razzles*. Essas são contemporâneas, um pouco de diversão para os rapazes.

— Acho que as minhas senhoras não vão achá-las divertidas. Elas vêm para comprar balas, pastilhas herbais ou de menta. Eu não seria capaz de servi-las se uma coisa dessas estivesse nos olhando da prateleira.

O Sr. Palmer olhou pelo vidro da entrada o lixo voando em círculos na calçada. Era um sinal certo de chuva.

Ele não conseguia se importar de verdade com as revistas nesse momento. Sentou-se e ficou observando os detritos em movimento. Não conseguia se importar com nada ultimamente. Esquecia de levar o almoço para o trabalho ou, se o levava, esquecia de comer. À noite sentava na sala e ficava escutando o tique-taque do relógio e algum barulho ocasional de sua mulher se movendo no quarto. A solidão era uma dor física. O ciúme era mais agudo. Ela não precisava ou não queria mais conversar com ele; em vez disso, conversava com Jesus.

Na quarta-feira anterior ele sofrera um choque. Havia quatro ou cinco clientes na loja esperando para serem atendidos. Ele estava se virando para pegar um pacote de Lambert & Butler quando vislumbrou um homem no fim da fila. Era Adrian. Estava mais encorpado e seu cabelo era menos volumoso, mas era seu filho. Olhou-o diretamente nos olhos por uma fração de segundo enquanto virava para pegar os cigarros, mas, mesmo quando seu cérebro funcionou e ele percebeu o que havia visto, não girou de volta para olhar de novo, não gritou o nome dele. O tempo se alongou. Ele olhava o pacote de cigarros. Adrian. Precisava organizar os pensamentos. Precisava dizer a coisa certa. Precisava que seu rosto transmitisse a mensagem certa. Retirou o pacote da prateleira e se virou, mas seu filho não estava mais lá e o homem já lhe entregava o dinheiro correspondente.

Agora a chuva começava a respingar por baixo da porta. Não conseguia deixar de se perguntar por que não correra atrás dele. Por que não jogara os cigarros no chão, correra até a rua e seguira os passos de seu filho? Por que não o trouxera de volta? Por que ficara parado ali, contando as 4 libras e 56 centavos que lhe haviam sido entregues, e depois passara a vender balas de menta ao homem de trás, enquanto durante todo esse tempo o filho estava se afastando? Só esperara e esperara, atendendo a todos menos o último cliente, quando então dissera "Pode me dar licença por um minuto?" e saíra às pressas — tarde demais — para a rua vazia. Ficou lá fora olhando freneticamente em todas as direções e, quando voltou à loja e sentiu as lágrimas em seu rosto, sorriu para o homem e disse: "O vento está forte mesmo hoje."

*

O telhado era frio e molhado, mas não de uma maneira desagradável — ao menos não para Kurt. As roupas colavam no corpo e o vento soprava sobre sua pele umedecida, mas nessa noite isso não o fazia tremer. Apreciou a dureza das condições do tempo, sentindo como se a chuva varresse o sono de seus olhos. Apoiou-se contra o parapeito e ergueu o rosto, procurando em vão as estrelas. Debaixo dele havia quilômetros de estacionamento, um vazio fustigado pela chuva que se iluminava a cada dez vagas por um poste estreito de luz débil. Mais além do estacionamento ficava a baixada do distrito industrial, mais sombriamente iluminado mas não silencioso, pois mesmo a essa distância ele podia ouvir a chuva eclodindo nos telhados de zinco. Em seguida havia a escuridão do terreno de arbustos e poucas árvores que circundava o Green Oaks — uma área ainda a ser desenvolvida. A terra estava sufocada por ervas daninhas, cheia de detritos de metal enferrujado das antigas fábricas ao lado, repleta de bobinas de arame e pedaços ocasionais de maquinaria pesada.

Kurt conhecia bem aquele terreno, mas ele se transformara muito desde que o shopping surgira e tudo ao redor foi voltando sua frente para a energia difundida por aquele polo. Quando dava voltas de carro pela antiga vizinhança, descobria que ruas antes movimentadas agora eram becos, os parques em que brincara foram cortados por novas passagens. O emaranhado complexo de ruas novas recortava a área de maneiras estranhas e ele se surpreendia constantemente com velhos lugares escondidos que de repente saltavam aos olhos de qualquer um, enquanto grandes cruzamentos do passado estavam agora desertos, o capim se infiltrando e tomando o concreto. Em um dia claro, da cobertura do Green Oaks ele podia a ver o topo da casa onde crescera — a casa que ele costumava sentir que o observava quando estava sozinho à noite. Mesmo agora, através da chuva e da escuridão, ele podia sentir que ela ainda o observava.

Kurt vinha pensando muito sobre seu pai desde a conversa com Loretta. Tentava situá-lo em um novo contexto, repassando lembranças para ver quão alteradas elas pareciam agora. Nessa noite recapitulou uma vívida cena de sua infância, os dois parados juntos num ponto de ônibus numa noite quente de verão. Seu pai lia o jornal, e Kurt se concentrava em desejar que o ônibus surgisse na esquina antes que ele terminasse de contar até 100. Atrás deles, dois garotos brincavam de brigar. Fraquejavam nos golpes de Kung Fu e perdiam o equilíbrio toda vez que tentavam um chute mais alto. Riam cada vez mais alto e xingavam um ao outro sempre que erravam. Kurt se concentrava ainda mais no ônibus. Toda vez que soltavam algum xingamento, perdia a conta. Quando disseram "Vai se foder" pela primeira vez ele recuou. Espiou seu pai pelo canto do olho, mas ele estava escondido atrás do jornal. Torcia muito para que o ônibus chegasse. Um palavrão havia brotado inesperadamente da televisão algumas semanas antes. A palavra "bosta". O pai abaixara o jornal, andara até a TV, desligara e mandara Kurt para o quarto. Palavras piores revoavam agora. Algumas das mulheres da fila reclamaram com os meninos. O pai lia o jornal. Kurt tinha 9 anos. Estava sendo levado ao cinema por ocasião de seu aniversário. Os meninos deviam ter cerca de 13 anos. Kurt tentava não olhar para eles. Xingavam-se agora com palavras piores. O ônibus não vinha.

 O pai terminou de ler o jornal, fechou, dobrou e enrolou para que se tornasse um cilindro rígido, sempre espiando o horizonte à espera do ônibus. Em seguida, sem perder o semblante neutro, virou-se lentamente e, com força considerável, fustigou cada um dos garotos no rosto com o rolo de jornal, dizendo em voz bastante alta: "Vocês e suas bocas sujas deviam estar no esgoto. Saiam de perto do meu filho e destas senhoras." E assim eles fizeram, correndo antes que qualquer um pudesse ver suas lágrimas.

 Kurt nunca chegara a decidir se havia ficado com vergonha ou orgulho do ato do pai naquele dia, e mesmo assim a lembrança se gravara em sua mente. Parecia capturar a essência de quem ele pensava ser seu pai: ameaçador, firme, moralista. Percebia agora que estivera errado em pensar que o conhecia, e se iludira ao deixar que esse falso conhecimento moldasse sua própria vida.

 A chuva estava mais pesada agora, mas Kurt não tinha pressa de voltar para as digressões monótonas de Gavin sobre o shopping. Era como se Gavin soubesse muito bem quanto estava sendo desumanamente tedioso e ficasse apenas esperando que Kurt se erguesse em desafio. Apenas esperando que ele acabasse com aquele papo e fosse fazer outra coisa. Gavin o deixava nervoso.

Pensou em Kate Meaney. Pensou em sua própria mente. Recapitulou a primeira noite em que a vira no monitor e se perguntou se era a resolução de deixar o Green Oaks o que precipitara o sonho. Talvez ele achasse que era hora de seguir adiante, mas o shopping não estava pronto para deixá-lo ir. E agora ele não sabia o que fazer. Ir à polícia? Tentar encontrá-la? Com certeza era tarde demais para essas coisas. Perguntava-se se poderia tê-la salvado — ou já teria sido tarde demais se ele tivesse contado à sua mãe assim que viu o jornal? Perguntava a si mesmo se o que ele deixara de fazer teria feito alguma diferença.

Os pensamentos vagaram até Lisa. Gostava da maneira como ela olhava para ele. Fazia-o sentir como se houvesse um sentido nele. Algo nela o fazia querer dizer as coisas, querer se abrir. Queria encontrá-la de novo.

Lá embaixo, no estacionamento do térreo, Kurt podia ver alguns carros espalhados. Toda noite ficavam um ou dois carros abandonados por ali — talvez alguns compradores que resolveram aproveitar a noite e deixaram o carro ali, talvez um que se esqueceu que havia ido de carro, ou outro que tivesse ido para casa numa ambulância, vai saber.

Pouco antes Kurt vira uma luz se acender muito brevemente no carro mais ao canto, mas quando voltou a olhar pensou que podia ser apenas a chuva refletindo no para-brisa. Decidiu conferir de qualquer maneira — talvez alguém estivesse dormindo no carro, e isso não era permitido. A caminhada levaria uns bons dez minutos. Tecnicamente, de acordo com as regras do Green Oaks, o que não era permitido era "acampar". Kurt considerava que aqueles campos de concreto expostos ao vento não seriam um destino de férias dos mais prováveis, mas Darren explicara que obviamente haviam formulado aquilo pensando nos ciganos, nos imigrantes — mendigos, errantes, vagabundos, sujos e ladrões de todo tipo — que podiam se estabelecer, cagar no estacionamento inteiro e roubar todas as lojas quando ninguém estivesse vendo. Logo em seguida ao tímido termo "acampados" viria "baderneiros". Ninguém estava autorizado a se divertir ou "fazer baderna" no estacionamento. Em todo estacionamento comercial seguro e vazio da área eram colocadas correntes e barricadas toda noite, o que forçava os ladrões de carro a vagar em volta pelas ruas estreitas das zonas próximas. As regras ainda proibiam qualquer "presença clandestina" nos limites do shopping.

Kurt estava no térreo agora e andava vagarosamente em direção a cada um dos três veículos estacionados ali. Havia algo de muito triste nos carros abandonados em um estacionamento vazio à noite — pareciam enfatizar a solidão. Tremeu ao experimentar de novo a sensação inequívoca de estar sendo observado. Perguntava-se se Gavin estaria com a câmera apontada para ele. Ao partir em direção ao velho Fiesta parado no canto, pensou talvez ter percebido, através da chuva, alguém sentado no banco do motorista. Foi andando um pouco mais devagar: ficou preocupado de ser um casal, que não queria interromper. Foi só quando chegou a cerca de 10 metros do carro que ele viu o tubo interligando o escapamento e a janela quase fechada do motorista, e começou a correr estupidamente chamando por alguém. Viu o rosto vermelho e inchado do homem dentro e soube que estava morto, mas bateu e bateu com a lanterna na janela até quebrá-la, agarrando e puxando para si a cabeça do homem, chorando lágrimas reais pela primeira vez em muito tempo, enquanto seu rádio crepitava e a voz de Gavin dizia:

— Esse é o terceiro desde que a gente abriu em 1983.

29

Vinha olhando as palavras havia tanto tempo que o sentido delas já se perdera. Passatempos e interesses. O que significavam? Tecnicamente, não era uma pergunta, e eram só os 5 centímetros de espaço vazio embaixo que davam a ideia de que com elas pretendia-se extrair uma resposta. Talvez ela pudesse escrever algo igualmente ambíguo: "Bons", ou "Olá", ou "Sim". Seria um enigma. Era óbvio que ela não tinha passatempos e interesses, ela era uma gerente de plantão... e, no entanto, lá estavam aqueles 5 centímetros vazios, como se quisessem ou esperassem que você tivesse uma vida para além do trabalho. Era uma armadilha, mas nesses casos o melhor a fazer é fingir que você não sabe que é uma armadilha. Lisa sabia que escrever, por exemplo, "Acredito que passatempos e interesses tomam um tempo valioso que pode ser mais bem aproveitado no desenvolvimento de técnicas avançadas de merchandising na loja" seria óbvio demais. Também sabia que, mesmo que tivesse interesses quaisquer, listá-los com honestidade seria desastroso, uma clara desatenção ao seu compromisso com a empresa.

Depois de 23 minutos olhando as duas palavras, teve um rompante de inspiração e escreveu: "Fazer compras e ler revistas." Tão simples. E era verdade! Eles ficariam encantados de que sua vida fosse realmente tão pequena.

Releu o formulário. Mantinha os olhos apertados o tempo todo, como se estreitar a abertura de algum jeito a protegesse das coisas ruins atiradas contra sua retina. Alguns fragmentos ainda se incrustavam em seu cérebro. Era uma declaração de desonra assinada. Cada resposta besta era um apelo por mais besteiras. Imaginou o que Dan diria se lesse aquilo. Mesmo suas paródias de bajulação mais floreadas eram ingênuas se comparadas com essa peça genuína. Virou o papel para ver o verso em branco, não aguentava pensar em Dan. Ele ficara tão chocado quando descobrira que Lisa estava se candidatando a uma vaga de gerente. De repente abriu-se um vão entre a impressão que ele tinha de Lisa e a pessoa que ela havia se tornado, e sua grande decepção cintilou através dele.

— Não consigo acreditar que você realmente vai ser uma gerente de loja. Ficar perdendo tempo em reuniões com aqueles primatas. Chantagear garotos de 17 anos para que façam horas extras de graça. Fazer todo mundo ao seu redor se matar de trabalhar só para que você ganhe seu bônus e compre um carro novo. Não consigo acreditar que isso é o que você quer. Você não acha que aqui já é ruim o bastante? Você está indo na direção completamente errada. O jeito é sair, não entrar ainda mais. Você vai morder a pior isca de todas, morar num loft. Não vê como isso é insípido? Como é pequeno? "Morar em algum lugar legal vai fazer tudo valer a pena." Do que você está falando? Nada faz valer a pena passar 12 horas por dia fazendo uma coisa que você odeia. Lembro-me de você quando trabalhávamos juntos no Cyclops, você costumava ir a festas, se empolgava com discos, tirava umas fotos incríveis. Você se lembra disso? Você se lembra da vida antes de a gente passar todas essas noites malditas no Águia, gritando um com o outro sobre qualquer coisa? Você se lembra dos nossos planos quando a gente veio trabalhar aqui? Eu disse que faria isso por um ano e aí iria viajar. Já se foram dois, porque eu compro almoços caros demais, mas eu ainda vou. O que foi feito do curso de fotografia para o qual você estava juntando uma grana? Como você vai fazer o curso quando tiver de pagar uma hipoteca? Primeiro você entra numa relação tosca e estranha com aquele idiota e agora, por influência dele, você faz isso. Eu não me importaria de ver você vendendo sua alma, ou morando numa porcaria de loft pré-fabricado, ou mesmo morando com o filho de Satã, se eu pensasse que qualquer uma dessas coisas era o que você queria, realmente faria você feliz, fosse de alguma forma consequência da sua própria vontade... mas acho que não é, acho que você parece uma sonâmbula. Você está pior que os malditos clientes.

Lisa ficara calada por um bom tempo, e em seguida disse apenas:

— Acho que talvez eu seja.

E agora, sentada à mesa da cozinha olhando o chão, voltava a pensar isso. Todas as palavras de Dan faziam sentido para ela, mas na verdade não significavam nada. Ela sentia uma dor embotada, distante, por tê-lo decepcionado. Sabia que devia a ele mais do que isso. Ele era a única pessoa que realmente se preocupava com o que ela fazia, mas parecia impossível para ela ganhar alguma perspectiva sobre sua própria vida. O episódio teve pelo menos um desfecho positivo: havia eletrizado Dan. No dia seguinte ele pediu demissão do trabalho e agora estava fazendo os preparativos de suas viagens desde sempre adiadas.

Desde que recebera a carta de Adrian, Lisa sentia-se cada mais distante de seu cotidiano. Ela sabia que deveria parar e refletir sobre o que estava fazendo, mas era incapaz de se concentrar em qualquer coisa a não ser na possibilidade de que Adrian retornasse.

Depois de preencher o formulário, fez um esforço para pensar sobre Ed, no apartamento cujo contrato eles deveriam assinar na semana seguinte, no futuro, mas na maior parte do tempo só conseguia reconhecer o padrão recorrente do carpete e se perguntar se devia comer mais um biscoito. A parte em que ela parava era: "O que sinto em relação a Ed?" Era impossível responder a essa pergunta.

Sabia por que Dan odiava Ed; ele explicava com suficiente frequência. A primeira razão era o fato de Ed ser preguiçoso e, embora fosse fato que a maior parte dos funcionários da Your Music detestava seu emprego, também era fato que quase todos trabalhavam pesado, principalmente porque, se deixassem de trabalhar pesado, outra pessoa teria de fazer isso por eles. Toda vez que Lisa levantava essa questão com Ed, ele a fazia sentir-se como uma escrava da corporação, fazendo seu papel de gerente. Ele dizia "Não me pagam o bastante para trabalhar pesado", com o que Lisa concordava, mas ela também sabia que isso valia para todos. De alguma maneira Ed transformava a preguiça e o egoísmo em um gesto desafiador: se todos fizessem o mínimo, as coisas melhorariam no trabalho. Ela sempre acabava odiando a si própria nessas discussões, odiando a posição que era forçada a adotar, por fim sentindo que ela estava errada e ele certo. Em casa era a mesma coisa. Ed a deixava limpar e arrumar alegando que não se sentia incomodado com a sujeira e a bagunça. Fingia divertir-se com o apreço de classe média dela por pratos limpos. Como se essas coisas menores estivessem abaixo dele, como se ele não fosse classe média.

O motivo mais vago por que Dan odiava Ed era um desdém mais amplo pelo modo como Ed se apresentava. Achava pouco impressionante a maneira como Ed tomava "Scotch on the rocks" (pedindo a bebida com essas palavras), suas constantes e ostensivas referências a Sinatra, o fato de ficar sentimental e autocomplacente quando bebia e aludir a um suposto passado sombrio, suas tentativas variadas de cultivar uma *persona noir*. Dan costumava dizer: "Ele é de Solihull, porra. Que passado sombrio pode ter?" E Lisa, que no início fora levemente cativada por essa *persona noir*, ficara um pouco decepcionada ao descobrir que de fato não havia nada de sombrio no passado de Ed. Pais abastados, uma irmã bonita, uma boa educação, nenhuma escuridão. E, realmente, o entusiasmo recente com a ideia de morar num loft não parecia nem um pouco *noir*.

Ocorreu-lhe que ela sentia o mesmo por Ed que por seu trabalho — algo como uma aceitação adormecida. Pensava quão raramente se viam as palavras "aceitação" e "adormecida" em cartões de Dia dos Namorados, e como talvez ela até poderia comprar um, para variar, se eles ampliassem um pouquinho o vocabulário. As palavras a faziam recordar seu pai em um casaco de lã marrom com mangas de camurça. Ele nunca oferecera a Lisa nenhum tipo de conselho ou orientação paternal, nunca a incentivara a se aprofundar em fotografia, nunca lhe disse que ela era boa demais para estar apodrecendo em um shopping center. Aceitava cada decepção como se já a viesse esperando havia muito tempo, e parecia até ter alguma diversão perversa em descobrir que estava certo. Lisa percebia agora quanto se parecia com ele.

*

— ... e esse foi o quinto. O sexto foi em 1995 e ela sequer sabia que estava esperando. Lembro dela porque parecia jovem, eu achava que devia ter uns 12 anos ou coisa parecida, só que eles disseram que ela tinha 16. Teve no setor de Cartões de Festividades, que naquela época era na unidade 47 mas depois mudou para a unidade 231 e agora se chama "Dias Felizes". Eu estava lá quando saiu de dentro dela. Os bolsos dela estavam cheios de réplicas de presentes roubadas. Como um bolo de aniversário falso, pequenas garrafas de champanhe de plástico, e um ursinho de pelúcia escrito "Alan" na barriga. Eu vinha observando os movimentos dela o dia todo. Parece que o primo era o pai, e eu conhecia o sujeito porque eu já tinha marcado ele antes, e quando o bebê saiu era igualzinho a ele e eu pensei vou te ver logo, logo, não vou? Estarei esperando por você. Mas é claro que não ia porque ele estava morto, mas eu não percebi isso na hora. Natimorto e azul. Mas o primo se chamava Craig, e não Alan. Aí houve uma pausa de uns três anos, acho, deixe eu conferir...

Gavin voltou os olhos para um caderno e folheou algumas páginas antes de continuar. O caderno era uma inovação. Pegara-o em seu armário na noite anterior para registrar os detalhes do suicídio. Na capa, havia uma etiqueta um pouco torta em que se lia: "Green Oaks: Nascimentos, Mortes, Grandes Incidentes". Ele havia interpretado o estremecimento de Kurt ao ver isso como um silencioso pedido para que revelasse seu conteúdo.

A mente de Kurt entrava e saía de concentração. Quando se afastava demais dali, via o rosto do homem no carro, de modo que ele rapidamente se esforçava para voltar, ainda que fosse para Kurt e seu pequeno caderno preto.

O mais desconcertante, Kurt percebia, eram os detalhes que Gavin incluía em cada relato, detalhes que ninguém podia saber: os pensamentos dos cheiradores de cola que caíam do telhado, as últimas palavras ditas por uma mulher à amiga dela, o presente não comprado que uma esposa nunca receberia, o modo como um garoto se sentia quando uma garota se afastou, os verdadeiros sentimentos de uma garçonete em relação a um bêbado obsceno, a voz na mente de um que não o deixava ir embora, a sensação engraçada que outra tivera ao comer uma batata, o medo que sentira emanar do hálito do locutor de rádio, o fato de a loja estar tocando sua canção favorita quando o bebê nasceu, o modo como o rosto dos paramédicos a faziam lembrar de seu pai, a vergonha corrosiva de ter molhado as próprias calças, a súbita lembrança dos cabelos de sua esposa. Talvez Gavin estivesse inventando todos. Talvez inventasse tudo. Talvez o caderno estivesse em branco.

Kurt deixava-se levar para longe. Abatido pela tristeza. O homem parecia abatido pela tristeza. O rosto era a própria agonia da perda, como se deixar esta vida fosse algo pesado demais para se suportar. E se ele tivesse ido rápido, assim que viu a luz se acender, talvez tivesse conseguido conversar com ele, talvez pudesse tê-lo convencido a não dizer adeus ainda. Talvez pudesse ter lhe contado das tantas vezes que ele próprio quisera partir depois da morte de Nancy, mas nunca o fez, e olhe para ele agora, olhe só para ele agora...

— ... mas ele não morreu. Quebrou quase tudo, mas não a cabeça, que acho que era o objetivo dele. Acho que era a cabeça dele o que estava causando problemas, mas ele caiu de um jeito estranho, ou talvez se pudesse dizer de um jeito normal, e agora tudo o que ele quer fazer é tentar de novo, mas de qualquer forma isso fez com que a galeria fosse fechada por três meses e é claro que a casa de chá Mulberry Tree foi substituída em 1997 por...

O rosto de Nancy havia sido diferente, não abatido pela tristeza, nenhuma emoção que ele pudesse nomear, porque simplesmente não parecia que era ela, não parecia nenhuma expressão que ela jamais tivesse feito, então como era possível atribuir sentimentos àquilo? Ele não se chocara com a identificação. Eles a ajeitaram depois da colisão. Ele a identificou, soube que era ela, mas não sentiu a dor do reconhecimento, nenhum grito de encerramento. O encerramento veio aos poucos.

— ... mas naquele primeiro ano ninguém morreu, ninguém nasceu, ninguém tentou se matar, ninguém viu fantasmas, ninguém tentou nos explodir, ninguém ameaçou nos explodir, ninguém passou cola nas nossas fechaduras, ninguém...

Carta anônima
Banco em frente à Next
OK, é isso.
Dez minutos agora, 15 no máximo. Tenho de sair daqui. Se eu não sair daqui, vou bater em alguém, posso sentir isso

subindo aqui dentro. *Agora eu conheço os sinais.* Quinze minutos no máximo. *É melhor que ela tenha saído até lá. Ela sabe como eu sou. Não se espera que eu tenha superado esse problema.* Ela é a primeira a ficar histérica quando as coisas dão errado, mas sempre me põe nestas situações. Eu odeio este lugar.

Por que ela me faz vir aqui? Ela não gosta de vir sozinha, disse que uma vez teve um assalto aqui, então quer que eu a proteja. Às vezes ela quer isso e às vezes ela grita se eu mando outro cara cair fora. Não quero que ela seja assaltada, o que eu posso fazer? Ela diz: "Você vai gostar quando estiver lá. Você pode ir ver uns vídeos na Your Music." Jesus, prefiro incendiar meu próprio rosto a ir lá. Você já viu aquilo? Parece o apocalipse num chiqueiro. Não suporto multidões em volta — ela sabe disso.

Odeio aquele lugar. Odeio o jeito como todo mundo olha para você. Odeio a aparência de todo mundo. Tem um cara sentado no banco da frente que eu gostaria muito de machucar. Ele acha que é alguma coisa, mas eu ia mostrar para ele. O que faz ele pensar que é alguma coisa?

Este prédio é doente. Tem uma síndrome. Realmente me dá nos nervos. São as luzes ou o cheiro ou a música, sei lá. Sempre sinto uma enxaqueca subindo, uma náusea, e depois esses sentimentos que eu estou reconhecendo agora. Sei que não são normais. Sou um homem doente num prédio doente. Reconhecer é o primeiro passo, mas não serve para porra nenhuma se eu não sair logo daqui. A música está matando a minha cabeça. M People, puta que o pariu, me faz ter vontade de quebrar alguém. Queria que aquele cara se mandasse. Eu podia ir até lá agora e pisar na cabeça dele até ele parar de sorrir feito um idiota para qualquer babaca *que passa. Eu já o vi pelo bairro. Ele não é nada lá, absolutamente nada. É por isso que este lugar é tão foda, porque aqui ele pensa que é alguma coisa, e eu quero muito mostrar que ele não é.*

Ela tem cinco minutos agora, e aí todo mundo vai ficar sabendo, eu acho que estou perdendo o controle. Meu Deus, olha aquilo. Por que tem tantos gordos malditos aqui? Não devia ser permitido. Eles me dão nojo. Direto para a praça de alimentação para comprar banha e empurrar para dentro daquelas bocas mínimas no corpo de balão. Gordo, feio e idiota — todo mundo. Olha a cara deles. Inacreditável. Parecem porcos chafurdando na bosta. Meu Deus, se eu tivesse uma arma... Mas onde diabos ela está? Quantas roupas é possível experimentar? Ela acha que eu ligo para o que ela usa? Talvez não seja para mim. Meu Deus, quando eu penso nela no British Oak se insinuando na cara de qualquer babaca quando ela se espreme indo para o banheiro. Às vezes eu acho que ela está comigo só para me punir. Ela é a minha sentença por todas as coisas ruins que eu fiz.

Ai, Jesus, aquele idiota está conversando com uma garota agora — ela está impressionada de verdade com ele — isso para mostrar como as coisas estão mesmo erradas. Vou fechar os olhos.

Meu Deus, se apressa. Dói de verdade ficar aqui.

30

Ed pulava para cima e para baixo no chão da sala vazia. Quando se deu por satisfeito, deitou e encostou a orelha no piso entalhado. Agora ele começava a bater com alegria nas paredes. Lisa não tinha ideia do que ele estava fazendo. E com certeza achava que ele também não.

Sentia-se mal. Tudo no apartamento era novo e o cheiro de plástico e poeira a fazia lembrar de quando ela se sentava no banco de trás do carro do pai nas tardes de verão, quando era criança. A súbita memória de bala de cereja amolecida pelo calor a fez sentir ânsia de vômito.

— Tudo me parece bastante sólido, Lis — disse Ed.

Lisa olhou para ele. Não tinha ideia de onde vinha tudo isso. Ela nunca o havia visto tão animado.

Ele próprio pegara os detalhes com a imobiliária.

— Não consigo parar de ler isto: "Apartamento novíssimo de luxo, em novo e excitante empreendimento, ao lado do canal e a poucos metros do centro comercial de Green Oaks e do shopping center. Grande suíte principal. Cozinha inteiramente equipada ligada à sala de estar e à sala de jantar, e com uma sacada que oferece uma vista espetacular das margens do canal."

Lisa ficou na pequena sacada de metal olhando para uma pasta que flutuava na superfície oleosa do canal. Aquilo era indizivelmente sinistro.

— Com certeza a gente consegue. Você imagina o que seria morar aqui? E a gente pode. Se você aceitar o emprego na Fortrell, vai ser moleza. É claro, você teria que percorrer uma grande distância todo dia, mas você mesma disse que não gostava da ideia de morar do lado do trabalho.

Lisa tentou se concentrar na pasta e não pensar em como seria morar na sombra de um shopping center e gastar duas horas todo dia para ir trabalhar em outro. Quanto mais tempo ela passava olhando para baixo, mais assustada ficava com a vontade crescente de se jogar. Tentou combater a vertigem olhando para o horizonte. Dava para ver a torre espiral da Friends Meeting House, seus tijolos vermelhos no estilo vitoriano fazendo-a destoar dos prédios cinzentos à sua volta. Entrara lá uma vez aos 6 ou 7 anos. Sua mãe a levara para fazer compras ali. Lisa lembrava vividamente a camiseta polo laranja que estava usando. Sempre gostara dela, mas essa era a primeira vez que ela estava usando depois que um garoto da escola havia dito que vestindo aquilo ela parecia um picolé. Era uma coisa estúpida a se dizer, e ninguém riu, porque ela não parecia um picolé ("Acho que picolés não usam jeans, Jason"), mas a verdade é que ela não a queria usar mais. Uma mulher com uma prancheta veio falar com sua mãe.

Depois se agachou.

— Oi, Lisa, sua mãe disse que você podia ser boazinha e responder a algumas perguntas para nós. Não é nada de dar medo. Não é uma prova. A gente só quer que você experimente uma nova sobremesa e depois diga o que achou.

A mãe virou para ela e disse:

— É uma pesquisa de mercado, Lisa.

Lisa não tinha ideia do que significava aquilo. Imaginou uma busca em meio a barracas de frutas e vegetais e homens gritando alguma coisa sobre blusas de poliéster.

A mulher conduziu as duas a uma grande sala da Friends Meeting House. Havia várias mesas compridas colocadas aqui e ali e uma criança sentada tomava com uma colher alguma sobremesa colorida. Parecia um manjar. Eles comiam manjar branco na escola e Lisa detestava. Ocorreu-lhe que a mãe não devia saber disso, já que em casa eles nunca comiam nada parecido.

A mãe sentiu que ela apertava sua mão e falou:

— Olha como você é sortuda! Ter a chance de comer essa sobremesa deliciosa.

A mulher voltou trazendo um pequeno pote de plástico com uma coisa rosa dentro. Lisa sentiu o suor escorrendo por sua testa. Tentou manter-se calma. Já tivera de comer coisas de que não gostava antes. Uma vez, na casa da avó, ela pegara para comer um biscoito com laranja pensando que era só de chocolate. Teve de fingir que achava aquela esponja meio murcha de chocolate amargo misturados com geleia de laranja qualquer coisa, menos asquerosa, até que a avó desse as costas e ela pudesse enfiar aquele negócio horrível no bolso. Agora ela tinha de ser corajosa, tinha de ser educada.

— Vá, Lisa, experimente um pouco e diga o que acha.

Pôs uma pequena quantidade na colher e a levou até a boca. Era horrível, exatamente a mesma coisa da escola, mas com um estranho torrão poeirento. Engoliu o que tinha na boca, tomou outra colherada para terminar logo com aquilo, depois afastou o pote.

— Bom — disse recuando. Pegou o copo d'água e bebeu metade de uma vez só.

— Isso é tudo? — sua mãe perguntou. — Só bom?

— Bom, obrigada — Lisa corrigiu.

— Você gostou, não gostou? — perguntou a pesquisadora.

Lisa hesitou pensando que dizer sim significaria receber mais, mas podia ver que a mulher já estava pegando o pote.

— Bom.

— Que nota você daria de zero a dez?

Lisa pensou que devia dar uma boa nota:

— Oito.

— Oito? Isso é bom, não é?

— Sim, obrigada — repetiu.

A mulher sorriu e levou o pote embora, enquanto Lisa se levantava para também partir.

— Bem, a gente vai ver se esse é o melhor dos cinco sabores, então, não vai?

Aquela fora uma tarde terrível, interminável. Ela se segurava na borda da mesa e vinham emergindo sabores novos e de alguma forma cada vez piores. Sem nunca se desviar de "Bom e "Oito", apesar da crescente frustração da pesquisadora. Indo cada vez mais devagar, apesar da impaciência de sua mãe em ir para casa. Ela havia sido educada, havia feito o que pensava que esperavam dela e ainda assim errara tudo.

Percebeu que Ed vinha falando sobre a sala de ginástica que havia no porão. Olhou-o nos olhos.

— Não gostei.

— Do quê? Da sala de ginástica?

— Do apartamento. Não gostei.

— Bem, Lisa, é um pouco tarde para...

— Espere. Tem outra coisa. Eu não amo você, Ed, nunca amei. — Era mais fácil de dizer do que ela imaginava. — E você também não me ama, não sei nem se gosta de mim. O que a gente está fazendo? Quem a gente está fingindo que é?

— Como você pode dizer uma coisa dessas?

— Porque é verdade, e se a gente não disser agora, só vai piorar. É preciso dizer desde o começo senão eles vão trazendo cada vez mais potes.

*

Kurt observava enquanto Gavin entornava a 7-Up em uma caneca e a colocava no micro-ondas. Gavin murmurava uma canção para si mesmo. Kurt tentava ler o jornal. Acabara de aguentar uma apresentação de três a cinco minutos sobre o Castelo Vestenburgo, na Alemanha. Gavin tinha muitas fotos de corredores de pedra cinza bastante parecidos que ele patrulhava todos os dias, embora mais velhos e mais surrados. Disse que o castelo tinha tantos segredos quanto Green Oaks. Num determinado ponto, Kurt teve de pegar um lenço no bolso porque fora levado às lágrimas de tanto tédio, algo que ele jamais imaginara possível. O micro-ondas apitou e ele observou de novo enquanto Gavin mergulhava um saquinho de chá no refrigerante e, ainda murmurando a canção, retirava de seu armário uma garrafa opaca de leite esterilizado e a entornava em um jorro generoso. Kurt desviou o olhar tão rápido quanto pôde enquanto Gavin se dirigia a sua poltrona giratória favorita, bebia o chá com o saquinho ainda dentro e olhava fixamente para Kurt. Era algo que ele costumava fazer. Kurt descobrira que Gavin era incapaz de despejar seus monólogos se não tivesse contato visual, de modo que começara a manter seu rosto enterrado no jornal, no caderno ou no verso de um pacote de salgadinhos por tanto tempo quanto pudesse. Mas Gavin, sempre mestre naqueles cansativos duelos sem palavras, aprendera a reagir a essa prática fixando o olhar no rosto de Kurt, conduzindo-o sempre ao xeque-mate. Kurt ainda teria de desenvolver alguma defesa contra isso. Conseguia tolerar a vista fria de Gavin por dois, três minutos no máximo, antes de sentir a pressão física do olhar em sua carne. As palavras impressas diante dele começavam a se apagar e, assim que levantava a cabeça para assumir a derrota e retribuir o olhar, Gavin recomeçava.

— Alguma vez você se pergunta o que o futuro reserva para o Green Oaks?

— Nunca — Kurt respondeu sem hesitação.

Gavin preferiu ignorar.

— Isto é Green Oaks Fase 5, e acho que todos nos perguntamos para onde iremos a partir daqui. Quero dizer, para onde dá para ir? A Fase 1, é claro, foi a abertura do shopping em 1983. Ocupando hoje risíveis 19 mil metros quadrados, era na verdade só o átrio norte. As lojas menores embaixo, algumas cadeias grandes em cima. Muito vidro fumê e mármore marrom. Só seis de nós na segurança, dinheiro fácil naqueles dias. Os moleques tinham muito medo de roubar. Estavam acostumados às lojas da High Street, agarrar um produto, sair correndo pela porta e pronto. Aqui, no entanto, se saem correndo pela porta ainda estão dentro. As pessoas costumavam pensar que grades automáticas desceriam e travariam as portas se o alarme tocasse, achavam que era um tipo de estação espacial. Provavelmente pensavam que a gente tinha armas, câmeras por todos os lados, e ficavam aterrorizadas. Foi um trabalho fácil nos primeiros seis meses. Algum pilantra vagabundo, mas nada como nos dias de hoje. Nenhuma gangue, nenhuma faca, nenhum maluco violento.

Nenhuma visão suspeita de garotinhas em casacos de camuflagem grandes demais. Foi o meu primeiro emprego. Eu tinha orgulho do uniforme.

Nesse momento Kurt roncou involuntariamente. Gavin não reagiu.

— Lembre que Green Oaks nos acolheu quando outros não faziam isso. Eu havia tido alguns problemas na escola, e tive de pagar muitas vezes com trabalho social e visitas ao psiquiatra.

Kurt estremeceu. Gavin pronunciara "psiquíatra". Só mais um maneirismo que doía na carne de Kurt. Odiava essas alusões ao passado de Gavin. Sabia que o outro esperava que ele perguntasse o que tinha feito e sabia que, se perguntasse, acabaria recebendo como resposta um dedo na altura no nariz e um papinho do tipo "melhor nem falar sobre isso". Nesse sentido, Gavin era exatamente igual aos outros seguranças cheios de histórias falsas — todos tentavam se passar por maus no passado.

— Doze de março de 1986, o amanhecer de uma nova era. Nascia a Fase 2 do Green Oaks, talvez a fase mais ambiciosa. Nesse dia foi colocado o primeiro tijolo dos três novos prédios. Um design totalmente diferente, dessa vez usando, é claro, a empreiteira C. E. Glasgow e não McMillan e Askey, depois dos problemas de ventilação nos corredores de serviço. Teto de vidro, paredes espelhadas, acabamento de cromo. Uma sensação plena de arejamento inspirada no Müller Einkaufszentrum, na Alemanha. Agora ninguém gosta do átrio norte; mesmo com a restauração, ele ainda parece marrom e velho. Lembro-me de quando puseram os elevadores panorâmicos, vindos direto dos Estados Unidos. Não dava para tirar as crianças de dentro. Você deve ter começado poucos anos depois disso. Tem ideia de quanto eram modernos os banheiros dos seguranças? Tudo era top de linha. Você percebe a sorte que deu?

— Sinto-me abençoado — disse Kurt, as palavras abafadas pelas mãos.

— E agora chegamos à Fase 5, o desenvolvimento do cais, às margens do canal. É um conceito de estilo de vida: compre, more, brinque. É claro que, se você trabalha aqui, dificilmente consegue ter dinheiro para morar aqui... a gente se desloca até aqui, eles se deslocam até lá. É a volta daquele programa *Upstairs, Downstairs*. Bridges, a cozinheira; Gavin, o segurança; Asif, o faxineiro; Sayeed, o estoquista. Eles mantêm todos bem ocupados.

Gavin fez uma pausa e viu os olhos fechados de Kurt.

— Você não gosta de becos sem saída, não é?

Kurt voltou a ficar alerta:

— O quê?

— De becos sem saída. Ruas interrompidas. Corredores de serviço que não levam a lugar nenhum... Sabe, você devia agradecer: hoje há menos becos sem saída do que antes. Agora eles são murados, quando se tem certeza de que não serão necessários, de que nada que precise de acesso vai ser desenvolvido ali, são selados. Então, atrás de algumas dessas paredes por entre as quais a gente anda, há bolsões de ar. Pequenas câmaras de nada. Mas você já sabe disso.

Kurt afastou o olhar.

— Talvez eu já tenha ouvido isso antes. Você pode achar difícil de acreditar, mas eu não guardo esse tipo de detalhe.

Gavin fixou aquele seu olhar perfurante.

— Você tem razão. Eu realmente acho isso difícil de acreditar.

31

Lisa viu Martin do outro lado da loja. Estava prestes a dispensá-lo de sua função no setor de clássicos, cujo vendedor habitual, Ian, tirara o dia de folga. Martin não estava atrás do balcão, mas na porta de vidro do setor, com os olhos piscando nervosos na espera desesperada por sua substituta. Parecia um cachorro aguardando a chance de ir para a rua — era mesmo uma visão de dar pena. Quando a porta abriu, ele escapou antes que ela tivesse tempo de pôr o primeiro pé ali dentro. Lisa suspirou e foi até o balcão. Pelo menos não havia clientes.

Selado por portas de vidro, um papel imitando imbuia revestindo as paredes, poltronas de couro e uma música suave, o setor dava a sensação de ser um refúgio. Um lugar para acalmar os nervos selvagens depois de um dia no balcão de singles. Era, no entanto, uma impressão falsa. A verdade é que setor de clássicos era o inferno encaixotado.

Os outros setores sempre recebiam algum sujeito mais excêntrico, mas o de clássicos atraía a elite deles num apelo que parecia se propagar por toda a cidade. Os mais obsessivos, os perturbados de tão estranhos, os terrivelmente pedantes — todos se aglomeravam naquela caixa de vidro. Lisa ficava imaginando como seria se um dia instalassem uma válvula que permitisse a entrada mas não a saída dos clientes, e, quando o setor estivesse cheio, despejassem uma substância que deixasse todos agarrados numa espécie de geleia.

Começou a arrumar o caos atrás do balcão. De vez em quando, sob as pilhas e pilhas aparentemente desordenadas de CDs da *Deutsche Grammaphon* e cópias da revista *Private Eye*, ela encontrava uma garrafa vazia. Passara despercebido o fato de Ian ser um alcoólatra. Uma garrafa de uísque, um grande conhecimento de discos clássicos, um tino corrosivo para o sarcasmo e um temperamento incrivelmente explosivo eram as únicas coisas que amenizavam os dias naquela caixa de vidro. A aposentadoria que se aproximava, tendo Ian 58 anos, era algo em que ele nem ousava pensar.

Enquanto ia colocando os compositores em ordem alfabética, Lisa pensava com preocupação em seu pai.

Agora que Ed saíra de sua casa, ela finalmente se via começando a cumprir os itens de sua lista. Fizera uma rara visita aos pais no domingo anterior e estava brava consigo mesma por ter deixado passar tanto tempo. Não se preocupava com sua mãe. Ela passara a visita inteira contando a Lisa sobre alguns artigos que havia lido em panfletos xerocados sobre o final dos tempos. Mas havia uma tristeza no rosto de seu pai quando Lisa estava partindo que a deixara mal. Ela sempre culpara um pouco o pai pelo desaparecimento de Adrian, mas recentemente começara a se perguntar por quê. Achava que seu pai havia sido complacente, que devia ter convencido Adrian de que ele tinha de aguentar. Mas agora se perguntava o que de fato ele poderia ter feito. O que ela poderia ter feito? A carta que recebera de Adrian a fizera perceber que partir havia sido uma decisão de Adrian, assim como seria uma decisão dele se alguma vez voltasse. O pai não era responsável. Pensou nele em casa, com a mãe e seus panfletos, e cogitou se não se sentiria sozinho. Decidiu ligar quando estivesse voltando para casa, e perguntar se ele não gostaria de sair para tomar alguma coisa.

Tentava pensar em algum lugar simpático aonde pudesse ir com ele quando ouviu o anúncio inconfundível da chegada do Sr. Wake no setor. O Sr. Wake transitava numa cadeira de rodas elétrica que ele era incapaz de dirigir. Sua chegada era invariavelmente acompanhada por uma buzina alegre e o som de CDs se quebrando à medida que ele ia passando em cima.

— Bom dia, Lisa. Como andam as coisas hoje?

— Bem, obrigada. E com o senhor, Sr. Wake?

— Ah, você sabe, vou sobrevivendo. E então, Lisa, pelo que sei, você receberia uma nova entrega hoje. Tivemos alguma sorte?

Era inacreditável que aquele senhor ainda estivesse esperando por uma fita que pedira havia 23 meses. Mas, de fato, enquanto ele desdobrava um lenço amarfanhado e roto feito especialmente para ele, Lisa pôde perceber que ele ainda aguardava com otimismo que um dia aparecesse a fita cassete dos concertos para trombeta de corno, de Mozart. Amaldiçoou Ian sem que ele percebesse. É claro que a fita nunca viria, tendo saído havia muito do mercado. Ela tentara explicar a ele que as fitas estavam sendo extintas aos poucos, que tudo agora vinha em CD, mas não fazia diferença. O Sr. Wake lera que a fita estava disponível e por isso visitava a loja três vezes por semana para verificar se tinha chegado, sempre com o mesmo otimismo inicial, logo seguido pelo mesmo desapontamento comovente. Ian o adorava. Nunca se cansava de fazer um grande teatro, procurando nas caixas, fingindo que já vira a fita naquele dia, sempre terminando com o mesmo sorriso e com um "Puxa, Sr. Wake, talvez amanhã. Tenho certeza de que não deve demorar muito mais." Deliciava-se com a tortura. Num dia de particular destempero chegara a dizer que a fita havia sido recebida, mas que fora vendida por engano. Lisa, por sua vez, não tinha coragem ou força suficiente para mais uma vez dizer ao Sr. Wake que ela lamentava muito.

Era um homem pequeno com uma cabeça estranhamente pequena, como se a escala tivesse sido levemente modificada acima dos ombros, e nesse dia, para enfatizar ainda mais seu crânio diminuto, optara por usar um grande chapéu de caçador. Lisa se deixou absorver tanto pelo trágico pedido especial, que só agora notava que havia um cartão de ônibus preso no chapéu. Percebeu que isso era provavelmente para liberar as mãos para tentar ter mais controle sobre a cadeira desgovernada ao subir ou descer do veículo. Era uma solução engenhosa para o problema.

Assim que viu o cartão, soube que não devia de forma alguma olhar para a foto ali impressa. Aquela foto certamente exerceria algum efeito sobre ela. Não devia nem sequer olhar de relance, porque só isso já poderia provocar uma reação que ela não seria capaz de controlar. O cartão de ônibus parecia brilhar, mas Lisa mantinha a vista firme na parte inferior ao chapéu. O limite máximo era a linha da testa; acima disso ela visualizaria a foto, e isso não podia acontecer.

Tudo correu bem por alguns minutos enquanto ela checava na tela do computador a inevitável não entrega da fita. Mas, quando ela se voltou, o Sr. Wake tossiu, abaixando a cabeça rápido demais para que Lisa pudesse estar preparada. Devia ter arrastado os olhos para outra parte, mas era tarde demais, ela havia visto a foto. Fixou os olhos nela, incapaz de piscar.

A maior parte era dominada pela parede do fundo da cabine fotográfica. No canto inferior esquerdo, entretanto, estava o Sr. Wake. Parecia encolhido, como se diante de um pelotão de fuzilamento, tentando empurrar com o ombro a lateral de plástico da cabine para escapar das balas. Sua cabeça mínima estava inclinada para cima em direção à câmera, incrustada no meio daqueles ombros curvados, os olhos escancarados de terror. Estava tentando evitar a luz do flash, encolhendo-se para trás para deixar um espaço que a luz preenchesse. Mas o flash o havia atingido, como se evidenciava pelo semblante de horror que se estampava em seu rosto. Acima de sua cabeça havia um ponto resplandecente por reflexo do flash na parede, e o brilho da explosão contrastava dentro do cartão com o chapéu. E no cartão havia uma outra foto, presumivelmente mais antiga, que Lisa não conseguia ver com clareza, mas que imaginava contivesse uma tomada similar, e talvez outras mais, numa série interminável de senhores cada vez menores, o que fazia algo dentro dela se quebrar de dó.

Ficou paralisada por algum tempo contemplando a imagem, até que ouviu o Sr. Wake chamando seu nome e por fim se desviou daquilo.

— Lisa, Lisa, você está bem? Tivemos alguma sorte? Ela chegou?

Lisa voltou a olhar para o Sr. Wake e, sem falar nada, saiu caminhando em direção à seção de CDs e apanhou os concertos para trombeta de corno, 1 a 4, de Mozart, foi até a sala de acessórios para pegar uma fita virgem de sessenta minutos, voltou ao balcão, inseriu os dois no som disponível e disse:

— Teremos a fita em dez minutos.

Era hora de ir embora.

Mulher anônima
Estacionamento do Sainsbury's

Domingo é o pior dia. E cada domingo é pior que o outro. Fico sentada na casa vazia o dia inteiro, indo de quarto em quarto, de cadeira em cadeira. Acho que posso querer uma xícara de chá e aqueço a chaleira. Depois percebo que não e desligo. Acho que posso precisar de alguma coisa da loja da esquina, mas não consigo descobrir o que pode ser. Olho pelas várias janelas e vejo todas as outras janelas da rua, mas ninguém está olhando para fora. Nunca vejo outro rosto. Fico imaginando o que eles fazem aos domingos. Olho através das cortinas vazadas e só vejo outras cortinas vazadas, e o tempo passa muito vagarosamente.

    Pensei em vir ao shopping. É uma coisa que as pessoas fazem aos domingos. Eu as vejo passando nos ônibus. Sabia que ia ter agitação e barulho aqui. É difícil não ter um propósito neste lugar. Fui ao Sainsbury's, o supermercado. Deixei que uma mulher grande desprendesse um carrinho antes de tentar pegar um para mim. Todo mundo me empurrava para passar e pegava carrinhos, mas eu esperei a mulher, não queria passar por cima dela. Enfim ela conseguiu o carrinho dela e trombou direto comigo. Não pareceu me ver. Passou por cima do dedo do meu pé.

Estou parada aqui há um bom tempo agora. Acho que não sou capaz de me mexer. Sei que estou no caminho, posso ouvir as pessoas reclamando. Talvez eu devesse pedir ajuda, mas tenho certeza de que se falasse, ninguém escutaria.

Às vezes acho que seria melhor que eu não existisse, mas também aos domingos, de qualquer jeito, não tenho certeza se de fato existo.

Foi um erro vir aqui. Outro erro. Estou cansada deles, de verdade.

32

Lisa não conseguiu visitar seu pai naquela noite. Dois policiais a estavam esperando quando ela saiu do trabalho e a levaram diretamente à delegacia. Não demorou muito. Estava de volta em casa antes de escurecer. O apartamento estava frio quando ela entrou. Tendo Ed ido embora, ninguém mantinha o aquecedor aceso o dia inteiro todo dia. Estava com fome, mas a ideia de cozinhar ou mesmo de entrar na cozinha parecia inviável. Em vez disso ficou sentada na sala, acompanhando a luz diurna que desvanecia. O anoitecer drenou as cores de tudo e só deixou sombras e contornos. Ela ficou completamente parada e sentiu que se tornava parte do cômodo — nada mais que uma forma. Pensou que podia ficar assim para sempre.

Ficou olhando o contorno escuro do telefone por um bom tempo antes de pegá-lo. As duas primeiras tentativas de discar o número falharam. Na primeira, deu sinal de ocupado; na segunda, atendeu uma mulher aparentemente desnorteada que ficou gritando "Kaz?" no ouvido de Lisa até ela desligar. Na terceira vez e depois de dois toques, Kurt atendeu o telefone:

— Oi, mãe — ele disse.

Lisa ficou um pouco perdida diante disso e, ao tentar falar, percebeu que não pronunciava uma palavra havia horas e que sua voz se tornara um sussurro: "..."

— Mãe? Eu estava tentando falar com você...

— Sou eu, Kurt, a Lisa.

— Ah. Oi. — Houve uma pausa. — Bem, imagino que você não saiba que minha mãe é a única pessoa que costuma me ligar.

Ela ficou sem reação.

— Peguei o seu telefone com o seu chefe. Espero que você não se importe.

— Não, é bom ter notícias suas. Como vão as coisas?

Lisa ficou em silêncio, não sabia o que responder. Pensou que ainda não era tarde demais para sair dessa, não havia nenhum motivo racional para seguir adiante, mas falou:

— Tenho que te encontrar.

*

Ficou aliviado de não ver qualquer rastro do namorado. O odor e a aparência do apartamento indicavam que acabara de passar por uma faxina. Lisa parecia cansada quando abriu a porta e à medida que a noite foi passando Kurt percebeu que ela parecia menos alegre do que nos encontros anteriores. Pensou que talvez fosse a bebida. Ele levara uma garrafa de Dalwhinnie e, embora ela receasse estar ficando doente, os dois vinham bebendo pesado desde sua chegada. Havia levado a bebida para controlar os nervos: não conseguia lembrar a última vez em que se sentara com alguém para tomar alguma coisa. Não conseguia se lembrar de alguma vez recentemente em que houvesse tido vontade de fazer isso. Ainda tinha de saber o que Lisa queria contar a ele, embora fosse algo obviamente muito além da conversa superficial sobre filmes e músicas que vinha se dando até então. A única coisa que os unia era a garota — talvez Lisa tivesse descoberto um novo elemento. Aos poucos a conversa foi se tornando menos neutra e mais pessoal e, à medida que ia ficando tarde, os dois sentados tomando uísque, começaram a intercambiar outras histórias do passado.

*

1H — KURT
— Tinha um velho que tocava violão pela cidade. Acho que era um artista de rua, mas ele nunca deixava nenhum chapéu no chão e nunca recebia dinheiro algum. Não tinha um ponto fixo. Eu sempre dava com ele inesperadamente encostado em qualquer entrada, ou do lado da igreja, ou no ponto de ônibus. Era incrível como ele tocava devagar... incrível. Levava segundos para mudar a posição dos dedos entre as notas. Mas nunca tocava nada simples, músicas lentas que se adequassem à sua mão vagarosa; o repertório dele era de melodias sempre muito elaboradas e de técnica difícil, tocadas tão lentamente que você tinha que ficar ali por uns cinco ou dez minutos para perceber qual era a música. Era como se ele não quisesse mudar de nota até que cada nuance e possibilidade dela tivesse sido plenamente explorada. E eu ficava ali, às vezes por mais de uma hora, só ouvindo. Não estava interessado de verdade na canção, gostava era de me perder em cada nota; cada uma, uma obra por si própria. E o rosto do homem não se deixava deformar pela frustração ou pelo esforço de obrigar os dedos a executar as notas; era um semblante de felicidade, uma felicidade real, transcendente, perdida em si mesma. Eu achava aquela performance a coisa

mais bonita, e ele parecia não perceber a minha admiração, assim como não percebia o escárnio dos outros. Num dia frio eu o vi lá no antigo cinema. Estava tocando algum arpejo enrolado, interminável. Estava usando um capuz de rosto inteiro que não tinha buraco para a boca, e na frente dele, no chão, um cartaz branco anunciava: 'Grande show de Alphonso. Tocando ao vivo, esta noite, às 21h, no Black Horse'. Até aquele momento eu nem sabia seu nome. Só tinha mais uma pessoa no show do Alphonso. Uma mulher de cabelo vermelho-escuro que ficou dançando por duas horas inteiras, durante todo o espetáculo, que acho que consistia em uma única música. Eu sentei numa mesa pequena com uma vela, e do outro lado da sala ficava a única outra mesa com uma cadeira, como se ele já soubesse que só iam aparecer duas pessoas. No fim da música Alphonso balançou a cabeça de leve e pareceu pela primeira vez notar a nossa presença ali. Houve um momento constrangedor em que eu não sabia se devia simplesmente levantar e ir embora, se agradecia ou se continuava sentado até que ele deixasse o palco. A mulher permaneceu do outro lado e a gente continuou fingindo que não tinha percebido a presença um do outro. Foi então que Alphonso começou a falar como se estivesse sendo ouvido por uma grande multidão, "Queria dedicar a próxima música aos dois jovens amantes aqui presentes esta noite", e então se lançou num velho clássico de Django Reinhardt que tocou com fluidez e destreza de tirar o fôlego, saltando rápido de nota em nota naquele *gypsy jazz* e cantando com uma voz bonita e delicada. O que podíamos fazer? Acabamos nos embebedando juntos. Ela se chamava Nancy. Todas as noites dos cinco anos seguintes nós passamos juntos. Nunca mais vimos ou ouvimos o velho Alphonso.

2H — LISA
— Venho pensando nos últimos tempos que meu cérebro está quebrado. Acho que não está fazendo o que os cérebros devem fazer. Percebi isso algumas semanas atrás enquanto esperava o computador liberar as cifras do dia. Vinha olhando a parede havia uns dez minutos quando me dei conta de que tudo o que tinha passado pela minha cabeça nesse tempo eram pensamentos insignificantes demais para se registrar, coisas na linha de "parede", "painel de dados", "cinza", "papel", "mancha marrom". Não dava nem para chamar de pensamentos, eram só funções cognitivas. Aí me esforcei muito para recapitular meus pensamentos de modo geral e percebi que quase já não tenho mais nenhum. Não só pensamentos, mas também empolgações ou sentimentos ou ambições ou qualquer coisa. Não sei ao certo há quanto tempo isso vem acontecendo. Todo dia saio de casa para trabalhar e penso que vou desenvolver na cabeça algum assunto, e talvez chegar pelo menos a definir uma questão central, mas em poucos minutos é só "sinal fechado", "carro azul", "céu cinzento". Acho que não tenho qualquer divagação sináptica ou nível de abstração que me faça melhor que... uma cobra. Isso me lembra as aulas de matemática. Eu era horrível em matemática. Toda vez que tentava me concentrar em algum conceito, minha mente ficava vazia, completa e literalmente vazia. O tempo passava, as provas eram recolhidas. Fiquei no fundo do poço por uns cinco anos e essa imagem diz exatamente

o que era aquilo. Tudo era obscuro no fundo do poço. Mas o negócio é que aquele vazio era esporádico, só era verdadeiro quando eu tinha de pensar em vetores e equações. Agora o vazio se alastrou. E eu tive essa revelação no outro dia. Também me lembrei de como, quando era criança, eu era impossível de conter. Estava sempre ocupada, sempre em alguma missão, sempre sondando uma coisa ou outra... geralmente ligada a música. Meu irmão era bem mais velho que eu, mas não via nenhuma razão para que uma garotinha não estivesse inteiramente a par de todos os passos da carreira de Lee Scratch Perry, ou do exato ponto em que David Bowie se tornara uma porcaria para sempre, ou por que Johnny Cash era fenomenal e o The Doors, uma piada, ou por que Bob Dylan era o inimigo. Costumava preparar para mim umas coletâneas que incluíam deliberadamente algumas músicas ruins, só para testar as minhas faculdades críticas. E nessa altura eu tinha 8 anos. Ele me transformou num monstro. No começo eu só dizia que tinha gostado de tudo na fita, mas depois de um tempo comecei a ser capaz de identificar as faixas ruins, e no final ele já ria porque eu me lançava em ataques ridiculamente pesados e complexos a canções de que ele de fato gostava e às vezes até chegava a convencê-lo de que a música era repetição, era artificial ou uma sombra pálida de algum trabalho anterior. Acho que, quando se tem essa idade, a música pode penetrar em você mais do que nunca. Eu chegava a me perder de tanta imersão numa música ou num disco, ele simplesmente me dominava por inteiro. Pegava o ônibus e ia até a velha loja Virgin, onde passava horas lendo livros sobre música, procurando dicas e indicações, lendo as letras com fervor, procurando indícios. Meu irmão me levava a shows, devíamos formar uma dupla esquisita, ele tinha 22 e eu, 13, mas aquela foi na verdade a época mais feliz, os melhores dias da minha vida. Acho que nunca mais vou me sentir tão concentrada, ou tão engajada em alguma coisa quanto naqueles tempos em que a gente ia ver as bandas. Acho que perdi tudo isso agora e sinto falta. Agora eu trabalho 12 horas por dia e meu cérebro está quebrado e eu quase já não ouço nenhuma música.

3H — KURT

— Eu estava de luto antes de ela morrer. Por três meses antes do impacto do carro. Às vezes penso que o carro estava se aproximando durante esse tempo todo, ganhando velocidade aos poucos, acelerando para fazer com que minha perda fosse completa. Um dia você acorda e tudo é diferente... isso pode mesmo acontecer. Pode mesmo acontecer que à noite, quando os dois estão dormindo, entrelaçados um nos braços do outro, alguma coisa mude para sempre. Pude sentir isso nas curvas das costas dela quando acordei, alguma coisa parecia pouco familiar, angulosa, mudada. Era o aniversário dela, e eu peguei os presentes debaixo da cama e os espalhei em volta dela. Queria que ela acordasse cercada de pacotes, e por isso fui colocando-os delicadamente sobre a manta aquecida pelo sol mesmo havendo algo no jeito em que ela estava deitada que me fazia suspeitar de que ela já estivesse acordada. Sussurrei seu nome e ela não respondeu. O sol batia na cama e ela acordaria em poucos minutos. A gente sempre acordava com poucos minutos de diferença. Mas ela não se mexia. Fiquei pensando na ordem que recomendaria para que ela abrisse os pacotes, guardando o melhor para o final. Acho que se passou uma hora e então, de repente, ela só se virou, com os olhos abertos, e aí tive certeza de que ela estava acordada o tempo todo, talvez por horas, de costas para mim, olhando a parede e obviamente sabendo que eu sabia. Foi isso, desse jeito tão sutil e tão brutal. Não me amava mais. Ela nunca disse nada. Acho que estava tão chocada quanto eu. Continuou fazendo os mesmos gestos de antes, dizendo que me amava, talvez esperando que o sentimento voltasse. Nenhum de nós disse nada. Às vezes, à noite, eu não conseguia me segurar e chorava, chorava, chorava, e ela me segurava nos braços dela, os dois calados, eu me enterrando fundo em seus braços, forçando para que meu corpo ficasse cada vez mais perto, apertando mais forte, tentando sentir aquela velha certeza, aquela completude, e nada, não havia nada lá. Foram três meses assim. Fico me perguntando quanto tempo teria durado se ela não tivesse partido. Por quanto tempo eu continuaria tendo esses pequenos lapsos e esquecendo que ela não me amava mais? Quanto tempo até deixar de precisar das lembranças? Depois de três meses o carro a apagou completamente, e então de repente meu sofrimento era legítimo, e não vergonhoso; trágico, e não banal. E no funeral todo mundo me disse "Ela o amava tanto, você sabe, você era tudo para ela, tudo"; eu só balançava a cabeça e dizia "Eu era, eu sei, eu era. Era perfeito". Aí eu enterrei aquilo, enterrei tão fundo quanto pude em sono e sonhos, pensando que talvez eu tivesse sonhado aqueles últimos três meses, talvez o amor tivesse durado até o fim. Pensava que talvez fosse impossível que uma coisa tão real e tão grande desaparecesse para sempre, tentei mentir para mim mesmo... mas você sabe a verdade agora, e tem que lembrar dela por mim. Às vezes para mim é difícil lembrar, é uma coisa difícil para se lembrar, mas eu não quero que você me deixe esquecer. Você tem de segurar a minha mão desse jeito que está fazendo agora, segurá-la com a sua mão gelada e eu vou saber que era verdade, e não vou dormir no ponto da próxima vez.

4h — LISA
— Eu tinha combinado encontrar meu irmão para comer no Wimpy às oito. Costumávamos passear juntos pela cidade, mas naquela noite ele tinha alguma outra coisa a fazer antes e por isso saiu de casa mais cedo. Meu pai me levou de carro até lá. Eu tinha 13 anos e ele não gostava da ideia de eu pegar o ônibus sozinha àquela hora. O Wimpy era seguro, contudo. O que pode acontecer de mau sob o olhar daquele robusto churrasqueiro? Eu estava sentada ali tomando um refrigerante de laranja, conferindo os ingressos mais ou menos pela centésima vez. A gente ia assistir ao show do Kraftwerk... e parecia ficção científica para mim. Eu estava loucamente excitada, quase passando mal, na verdade, sem conseguir acreditar que a gente ia ver os caras, de carne e osso, ou de fios e cabos, sabe-se lá de que eram feitos. Kraftwerk era um lugar na minha cabeça, uma atmosfera, um certo sentimento. A ideia de que o grupo realmente existisse em algum lugar do mundo e, mais estranho ainda, de que outras pessoas nesta cidade também o conhecessem e o ouvissem era simplesmente inacreditável para mim... chegava a me alarmar. Então eu olhava pela janela e ficava tentando adivinhar quais daquelas pessoas que passavam estavam indo ao show, mas era algo

que estava além da minha capacidade. Eram pessoas com guarda-chuvas e casacos de lã, pessoas de cabelo castanho encaracolado e elásticos nas pernas para impedir que as roupas ficassem presas na engrenagem das bicicletas, pessoas com sacolas de compras. Eram mundos incompatíveis. Minha mente doía ante a improbabilidade daquilo tudo, ou talvez de ansiedade — estava desesperada para ver qual seria o público do Kraftwerk. E realmente foi uma tortura lenta e horrível naquela noite acompanhar o tique-taque do relógio sem que meu irmão se materializasse jamais. Eu só tinha dinheiro para aquela bebida, nem mesmo o bastante para fazer uma ligação. Tem uma certa combinação de refrigerante de laranja e o gosto da embalagem de plástico que instantaneamente me faz lembrar aquele sentimento de desesperança, pânico, decepção. De cinco em cinco minutos eu decidia ir logo por minha conta, mas depois imaginava meu irmão chegando esbaforido à janela de vidro, procurando por mim, e me tornava incapaz de fazer aquilo. É engraçado: ele nunca chegou esbaforido à janela, mas eu tenho essa imagem plantada na minha cabeça como se tivesse acontecido. Posso ver o olhar de pânico e o pedido de desculpas estampados em seu rosto. No fim, no entanto, foi o meu pai quem apareceu para me pegar. Meu irmão estava detido na delegacia. Uma garota pequena chamada Kate Meaney tinha desaparecido próximo ao lugar onde meu irmão estava, e parecia que ele era o maior suspeito, embora nunca tenha sido de fato considerado culpado. Ninguém jamais foi considerado culpado, nunca se encontrou nenhum corpo. Nas semanas que se seguiram, a polícia me interrogou sobre meu irmão, sobre a nossa "relação". O que isso significa? A gente se relacionava... e daí? Me perguntaram coisas horríveis. Ficavam dizendo que eu devia me sentir uma "felizarda" por ter um irmão que me dava tanta atenção, mas não queriam dizer isso, mesmo naquela época eu já sabia. Não entendiam nada de música. Voltei da delegacia querendo contar a ele todas as besteiras que os caras haviam dito, contar que um dos guardas tinha anotado no boletim Craft Work em vez de Kraftwerk, como tinham ficado excitados quando eu mencionei que nós tínhamos comprado o NME juntos porque pensaram que eu tinha dito inimigo; como podem ser tão imbecis? Mas meu irmão mal conseguia conversar comigo, nem sequer me olhava nos olhos. Não conseguia suportar o que aqueles caras podiam ter me feito pensar, e eu devia ter dito a ele explicitamente: eles não me fizeram pensar nada, mas achei que fosse óbvio. Dizer aquilo indicaria a existência de alguma dúvida, e eu nunca duvidei de nada. Nada mudara para mim, mas ele já não confiava em ninguém. Sei que foi difícil o assédio dos vizinhos, e nosso pai de cara fechada, e nossa mãe desgraçadamente chorando o tempo inteiro, mas eu estava lá, companheira dele, e era como se eu fosse invisível para ele. Ele foi embora. Acho que no começo pensou que ficaria longe até que a menina voltasse a aparecer, ou até que alguém confessasse, mas, é claro, isso nunca aconteceu e ele nunca voltou. Não o vejo há vinte anos. Desapareceu exatamente como aquela menina. Ainda me pergunto como ele foi capaz de fazer isso. Como pôde ter confiado tão pouco? Sequer confiou o bastante para olhar nos meus olhos. Como ele pôde retribuir uma confiança completa com a deserção?

*

Eram 5 horas da manhã. Na janela, o céu já azulava e mais uma vez os pássaros tinham algo a dizer sobre isso. Kurt não conseguia olhar para Lisa. Sentia-se mal. Uísque misturado com vergonha e terror. Será que ela sabia? Será que tinha descoberto que o silêncio dele foi o que fizera de seu irmão um suspeito? A cabeça dele girava.

Lisa estava cansada, mas tranquila. Pensava que agora era um bom momento para dizer o que ela queria dizer.

— Na semana passada você encontrou um homem que se suicidou no estacionamento, não foi?

Kurt concordou com a cabeça, mantendo o olhar baixo.

Ela sentia as lágrimas que rolaram pelo seu rosto até o colo, por isso esperou que a voz estivesse firme para falar.

— Um policial me procurou. Parece que você encontrou meu irmão, Adrian.

Kurt empurrou a cadeira para trás e fugiu dali.

Jovem anônimo
Cobertura do Sainsbury's

Os portões do shopping ficam trancados à noite mas é fácil entrar. A gente vai andando pelo estacionamento dos cinemas como se estivesse indo ver um filme, mas passa reto e atravessa os estacionamentos do shopping. É só pular algumas cercas, não é difícil. A gente sabe onde estão as câmeras: só precisa ter cuidado com os guardas. Fui pego por um dos cachorros deles quando eu tinha 7 anos, e o bicho abriu um corte na minha perna. Agora levo uma faca e cortaria o pescoço de qualquer um que voltasse a se aproximar de mim. O Jason tem medo de cachorro, e a gente assusta ele dizendo que tem um pastor alemão ali na sombra, e ele ri e manda a gente calar a boca, mas acaba apertando o passo mesmo assim.

Lembro o dia em que a Tracey escreveu alguma besteira no elevador quando a gente estava indo para o telhado. Alguma coisa sobre ela e o Mark pra sempre, me perguntando que dia era para poder escrever a data embaixo, e eu olhei o relógio para dizer, mas quando olhei de volta o Mark já estava beijando ela. É por isso que eu lembro que eram 19h20.

Os domingos de verão são os melhores porque a gente não precisa esperar escurecer. Os funcionários todos já foram embora lá pelas 18h30. A gente chegou ao telhado e era como se fosse de tarde, e o Rob correu de um lado para o outro para ver se não tinha mesmo nenhum sinal de guardas ou cachorros. O Jason pegou a cola e a gente riu de tanto que ele cheirou. E o Craig pegou o fluido do isqueiro, porque ele não gosta de cola.

Nem sei por quanto tempo a gente ficou deitado ali. Eu estava olhando uma nuvem que parecia um tanque atravessando o céu. Nenhum prédio era mais alto que a gente, ninguém olhava a gente de cima. Aí o Jason veio correndo com o carrinho de compras que ele tinha encontrado do lado do elevador. Todo mundo se divertiu sendo empurrado dentro daquele negócio pelo telhado. Aí o Rob sugeriu que todo mundo subisse no carrinho. O Mark e a Tracey se espremeram na cesta, o Craig e o Jason sentaram nas bordas e o Rob deitou em cima de todo mundo com o rosto para a frente, como aquele cachorrinho que fica na frente dos carros da Jaguar. Não tinha espaço para mim, então o Jason soltou: "Dá uma empurrada aí, Steve." Aí eu comecei a empurrar o *carrinho. Ficava vendo a cara da Tracey apertada na grade de dentro e ela ria e eu lembrava como era quando era eu que ficava com ela. Eu estava com dor de cabeça por causa do sol e da cola e era cansativo ficar empurrando aquilo tudo, mas estava bem porque ficava lembrando como era quando a Tracey me beijava. Ela disse que a gente era pra sempre mas só durou seis semanas. Eu estava correndo com o carrinho e de repente me senti um idiota por estar empurrando aqueles caras, me senti um idiota por ficar andando com a Tracey agora que ela estava com o Mark, me senti um idiota por estar de fora e eles estarem dentro, aí parei. Mas acho que por causa do peso o carrinho continuou andando mais do que eu pensava, e eu tentei chamar a atenção deles porque o carrinho estava indo cada vez mais rápido porque o chão era inclinado, mas eles estavam rindo demais. Dava para ver as rodinhas da frente prestes a bater na beira e eu gritava, e quando bateu tudo virou uma foto. O Mark e a Tracey ainda estavam dentro do carrinho mas agora ele estava de ponta cabeça, o Rob ainda estava na horizontal parado no ar, e tanto o Craig quanto o Jason tinham as mãos tensas no ar como se tentassem segurar alguma coisa. Todos ficaram desse jeito até que a foto na minha cabeça se revelasse, e aí eles desapareceram.*

33

A casa estava impecável, disso tinha certeza. Todo dia ela aspirava e varria e esfregava um pouco, mas uma vez por semana fazia uma grande faxina. Uma limpeza de primavera, porém semanal. Retirava as cortinas e as lavava, limpava o interior do forno, tirava a sujeira atrás da geladeira, esvaziava os potes de tempero, lavava e voltava a encher. Levava umas boas sete horas e agora ela estava sentada na mesa de jantar com uma revista *Puzzler* à sua frente. A casa cheirava a produtos de limpeza e ela observava as toalhas e os lençóis que esvoaçavam loucamente no varal do jardim. Vê-los voar e ondular era algo que a fazia se sentir tão livre: quase conseguia sentir o vento atravessando seu próprio corpo, levando-a para muito longe.

Foi até a cozinha e preparou uma xícara de chá do jeito que preferia. Ainda se regozijava de poder fazer isso. Pôs a segunda colherada de açúcar e ninguém condenou. Cortou uma fatia generosa do bolo de café que fizera na noite anterior. Ia sentar, comer o bolo, tomar o chá e responder a questões sobre celebridades. Ninguém a faria sentir-se mal. A casa estava em silêncio. Ela sentada em sua cadeira habitual, de cara para a janela da frente. Na mesa do fundo da sala, fora do campo de visão dele. Estava perfeitamente feliz.

Logo depois da hemorragia cerebral do pai de Kurt havia sido uma fase difícil. Ela precisava de Kurt em casa para ajudá-la a cuidar de tudo — alimentá-lo, trocar suas roupas, dar banho, acostumar-se àquele olhar fixo. Mas, à medida que o tempo foi passando, tudo foi ficando mais fácil e não demorou muito para que ela percebesse como se sentia mais feliz naquela situação em que ele estava. Por anos ela fora como um pássaro voando nervosa em volta dele, tentando fazer a coisa certa sem nunca conseguir agradar. Agora a sombra de sua desaprovação sumira e ela podia fazer o que bem entendesse — mesmo que fosse apenas a ousadia de colocar mais açúcar no chá ou comprar a revista.

Era verdade que ela ainda não fazia compras no Green Oaks, mas isso não tinha nada a ver com ele. É claro que ela sabia que ele mentia sobre o emprego. Um vizinho o vira no shopping pouco depois de ele começar a trabalhar lá, mas ela tivera discernimento o bastante para não o deixar saber que ela sabia. Ela simplesmente não gostava, não conseguia entender como alguém podia gostar de fazer compras num lugar como aquele. Não conseguia entender por que todo mundo começara a frequentá-lo e abandonara as lojas locais onde os vendedores sabiam seus nomes e perguntavam como estava passando a família. O assalto a havia abalado, mas não a deteria.

Lavou a xícara e o prato e olhou o reflexo dele na janela da cozinha. Igualzinho ao Gregory Peck, era o que ela havia pensado na primeira vez em que o viu. Era alto, sombrio e melancólico. Quando começaram a se cortejar, ela pensava nele como um herói romântico. Achava que a aparência severa ocultava paixões profundas. Acreditava que na noite de núpcias ela seria a chave para destrancá-lo. Sabia quanto seria feliz e quanto se orgulharia de ter aquela figura séria inteiramente devotada a ela, enlouquecida por ela. Mas estava enganada. A aparência severa não mascarava nada além de mais severidade e tristeza. Na noite de núpcias ele se comportou como se estivesse seguindo um manual. Mal conseguia prestar atenção nela enquanto empurrava e manobrava mecanicamente. Depois, o único comentário dele foi que não entendia por que as pessoas faziam tanta confusão com aquilo.

Haviam caído numa rotina em que ela passava os dias tentando desesperadamente lhe agradar, e ele passava os dele sendo agradado. Ela pensou que talvez os filhos fossem mudá-lo, mas os filhos logo aprenderam a também se ajoelhar diante dele. Kurt gaguejava quando era criança e Loretta costumava se esconder debaixo da mesa. Ela não conseguira deixar de ficar exultante quando Loretta se rebelara. Quando outras mães teriam baixado a cabeça de vergonha pela conduta de sua filha, Pat não sentia nada além de orgulho. Preocupava-se com Kurt, contudo: parecia-se demais com ela, preocupado demais com a aprovação do pai, perdendo a vida atrás de uma coisa que não existia.

Como muitas vezes parecia acontecer, ela estava pensando em Kurt quando a campainha tocou e lá estava ele diante dela, parecido com o pai ao longo de todos esses anos.

— Oi, querido, estava pensando em você.

Kurt aguçou o olhar.

— Nossa, mãe, olhe o seu rosto. Por que você não me contou que aconteceu isso?

— O que você podia fazer? Só se preocupar. Para que contar coisas ruins às pessoas?

Esse podia ser o lema da família, Kurt pensou. Olhou para o pai — tinha-o visto através da janela sem cortina, os olhos ferozes examinando o exterior.

— Como ele está hoje?

— Ah, o de sempre. Só fez uma pequena cena no café da manhã.
— Como você está?
— Estou muito bem, meu filho, muito bem. Não se preocupe com os hematomas, eles vão sumir. Não tenho medo de uns meninos. Sei o nome deles, já passei para a polícia. Não tenho medo de nenhum deles.

Kurt sorriu.

— Você é que nem o Joe, o leão da música, feita de aço, não é?
— E você é feito de quê? Serragem e cola, ao que parece. Qual é o problema? Você está com uma aparência horrível. Está comendo direito? Está dormindo pelo menos um pouco?
— Estou bem, mãe. Não tenho dormido direto ultimamente, mas está tudo bem.
— Fico preocupada com você, você sabe.
— Eu sei.
— Eu te amo.
— Eu sei, mãe.
— Você me contaria se tivesse alguma coisa de errado, não contaria?
— Para que contar coisas ruins às pessoas? — Kurt respondeu, imitando a voz da mãe.

Ela riu.

— Tenho de ir até o correio antes que feche para pegar o dinheiro dele. Você fica aqui para tomar um chá?
— Sim, vejo você daqui a pouco.

Pat saiu e fechou a porta, e Kurt puxou uma cadeira para sentar-se em frente ao pai. Olhou nos olhos dele por um longo tempo, mais tempo do que de costume. Depois começou a falar em voz baixa.

— Ela é mais do que você merece, mais do que jamais mereceu. Ouviu o que ela disse? Nada a detém. Ela é feita de aço... e você é feito do quê? Não tenho conseguido dormir nada, pai. Nem uma piscadela. Fico deitado acordado olhando as luzes dos carros que percorrem o teto. Tenho pensado sobre como eu sou e o que me fez assim. Tenho pensado em você também. Sabia que você nunca conversou comigo quando eu era criança? Disse o que eu devia fazer e o que não devia. Deu instruções. Não acho que isso faça de você um bom pai. Não acho que você tenha feito de mim um homem bom e forte. Quer dizer, basta olhar para mim, sou um monte de merda. Vi Loretta outro dia. Ela me contou da sua vida secreta como faxineiro, eu tive que rir. Não posso acreditar que você tenha mentido aquele tempo todo. Você mentiu e escondeu a verdade e sem nenhuma razão. Não odeio você por isso. Odeio por me transmitir essa fraqueza. Por ter me passado os seus genes fracos. Escondi uma verdade por anos, escondi tão profundamente que quase a esqueci. Eu me esqueci de pensar no mal que podia ter causado. Estava sempre mais preocupado em não desapontar você. Fico olhando as luzes laranja voando pelo teto e indagando se devo contar a ela. "Para que contar coisas ruins às pessoas?", pergunto a mim mesmo. "Não vai trazer o irmão dela de volta." Mas não é isso que eu estou pensando de verdade. Na verdade estou pensando em como gosto dela, como ela me faz feliz, e sou fraco e egoísta demais para perder isso. Melhor ficar quieto. Sou igual a você, pai. Mentiroso e covarde. Isso o deixa orgulhoso de mim?

34

Numa sala com cheiro de balas de goma, Lisa olhava para o painel da exposição. Gavin recebera autorização para montar em um braço estagnado do shopping sua exibição comemorativa do "21º Aniversário de Green Oaks". Tinha combinado se encontrar com Kurt na fonte às seis. Ele ligara e dissera que queria falar com ela. Ela também queria falar com ele. Queria contar que havia pedido demissão, dizer que ele devia fazer o mesmo, dizer o que sentia. E agora, para matar o tempo antes do encontro, encontrava-se na exposição de Gavin, que parecia uma forma adequadamente lúgubre de dizer adeus para sempre ao Green Oaks.

Já havia se despedido de Dan. Encontrou-o antes de ele deixar o país e disse-lhe que estava certo a respeito de tudo: o trabalho, o apartamento, Ed. Ele riu quando ela contou que pedira demissão justo no dia em que Gordon Turner finalmente fez sua tantas vezes ameaçada visita à loja. Ela o conduzira pelo tour completo, assegurando-se de que visse as saídas de incêndio bloqueadas e as caixas escondidas no banheiro feminino — onde, como bônus, eles também deram com Graham, o garoto do estoque, que havia sido instruído por Crawford a se esconder enquanto durasse a visita. Dan contou a Lisa que pesquisara muito e estabelecera os países que devia evitar se quisesse eliminar toda possibilidade de voltar para casa com *dreadlocks*, calças listradas ou qualquer tipo de adorno étnico. Disse que evitaria a margem do Pacífico inteira, para permanecer nas partes mais seguras. Prometeu que nunca nadaria com golfinhos.

O local onde a exibição estava montada havia sido antes uma loja de doces chique, onde se podia comprar doces horríveis por um preço 15 vezes maior, que eram colocados em sacolas com listras cor-de-rosa brilhantes. Mas as únicas pessoas que visitavam aquele beco mal iluminado eram os que estavam perdidos, que jamais pagariam 25 centavos por um cogumelo de coco — em geral estavam procurando o banheiro. Lisa sentiu que pisava algo macio e percebeu que tinha um velho camarão de goma grudado na sola de seu sapato. Preferiu deixá-lo onde estava para ver quantas peças de confeitaria adeririam a seus sapatos no tempo que passasse ali. Gostava da ideia de andar pelos corredores sobre uma camada de restos disformes de animais e discos voadores.

Gavin estava sentado num canto, tendo tirado folga para vigiar sua coleção. Kurt já alertara Lisa sobre ele, de modo que ela levara um walkman para se proteger de comentários indesejados enquanto observava os intermináveis projetos e fotos. Sabia que ficar parada por tempo demais em frente a um item seria um convite para que Gavin viesse e começasse a falar. Estava ouvindo Smog, e o desespero amargo da voz de Bill Callahan combinava bem com as imagens gélidas.

A morte do irmão trouxe um novo tipo de sofrimento que Lisa tinha de tentar avaliar. Estava aprendendo que havia graus diferentes de perda — gradações sutis invisíveis para a maioria. A morte por suicídio acarretava um tipo diferente de perda em relação ao desaparecimento. Ela queria conversar com alguém sobre isso. Queria conversar com Kurt. Não sabia por que ele tinha saído tão subitamente de seu apartamento na outra noite. Sentia como se estivesse recomeçando, como se acordasse pela primeira vez em muitos anos. Apesar de tudo, sentia uma luz forte, brilhante, queimando dentro dela sempre que estava com Kurt e agora, enquanto cantarolava baixo para acompanhar a voz de barítono de Bill, parecia a primeira vez em muito tempo que ela de fato escutava música.

Ia passando de foto em foto. Algumas eram tomadas publicitárias oficiais, outras claramente de um arquivo pessoal de Gavin. Chegou a uma seção particularmente estúpida que consistia em fotografias dos corredores de serviço. Notou que originalmente essas áreas eram ainda mais rústicas, com portas e canos não pintados. Pensava que era típico o fato de as passagens de serviço serem deixadas sem terminar por algum tempo depois de o shopping ter sido inaugurado. As letras maiúsculas um tanto infantis de Gavin soletravam os detalhes mais ínfimos: ENQUANTO A ÁREA DE COMPRAS PASSOU POR SETE DEMÃOS DE PINTURA ATÉ O MOMENTO, AS ÁREAS DE SERVIÇO FORAM PINTADAS UMA ÚNICA VEZ, EM 1984. Um homem de macacão branco aparecia pintando um corredor cinzento. Lisa pensou na tinta cinza que manchava a parte de trás do macaco de pelúcia que havia encontrado. Ficou chocada ao perceber que o macaco devia estar lá havia vinte anos esperando que alguém o encontrasse. Olhando as fotos, começou a sentir uma crescente revolta contra Green Oaks. Imagem após imagem capturando as facetas infindáveis de sua malevolência. Um paramédico segurava nos braços uma criança logo à frente de um tipo de gruta natalina. A primeira-dama da cidade, trajando um terninho azul, cortava o laço da segunda ala. Fita policial no telhado de onde alguns trombadinhas haviam caído. Um Pernalonga de mais de 2 metros de altura abraçava crianças logo em frente à loja da Warner Brothers. A foto distante de uma figura nebulosa dentro do elevador. Keith Chegwin, de polegares para cima, cercado de trabalhadores vestidos de lixeiras. Uma foto granulada, provavelmente a imagem paralisada de uma câmera de TV, de Kurt atravessando um estacionamento escuro.

Ela queria estar lá fora, à luz do dia. Queria sair naquele instante e nunca mais voltar. Virou-se para fugir dali e nem sequer percebeu que Gavin também não estava mais lá.

35

Kurt notou que na parte de baixo de todos os prédios da rua havia manchas desbotadas de mijo de cachorro. Ficou contente de nunca ter percebido isso antes. Alguém passou com um cachorro que esticava o fio da coleira para cheirar uma mancha mais fresca, e Kurt se perguntou se alguma vez o cão olhava para o alto e notava os prédios acima das manchas.

Sentou no café em frente à delegacia para tomar chá, adiando sua entrada.

Fazia dois dias que ele encontrara Lisa e lhe contara sobre ter visto Kate no dia de seu desaparecimento. Não chegara a se decidir por fazer isso: a luz mudara e as palavras simplesmente foram saindo de sua boca. Ligara e pedira para encontrá-la. Estavam andando pelo Sutton Park quando o sol se escondeu atrás de uma nuvem e sombras cobriram todo o chão do bosque. Kurt parou e beijou Lisa. Disse que estava apaixonado por ela. Disse que o tempo todo queria estar com ela e depois contou que era responsável pela morte de seu irmão. Sentia uma estranha combinação de euforia e terror. Sentaram-se sobre uma pilha de troncos. Ele segurou a mão dela, mas ela olhou para o outro lado. Viu como as sombras dos galhos se moviam sobre a pele dela.

Enfim ela falou.

— Então ela foi vista depois que Adrian a deixou. Se você tivesse contado a verdade, Adrian teria deixado de ser suspeito, em vez de ter de viver debaixo dessa nuvem. Provavelmente estaria vivo. — Ela afastou uma formiga de seu próprio braço. — Não sei o que dizer. Não consigo ficar com raiva. Não sei por quê. Gostaria de ficar, de verdade. Escutei o que você tinha para dizer e fiquei esperando a chegada dos sentimentos, mas não sinto nenhuma raiva. Não sei se é porque você era uma criança ou se eu simplesmente não consigo imaginar qualquer outro passado. Ou porque, depois do que você disse quando me beijou, eu não quero imaginar qualquer outro futuro. Estou triste. Queria que a gente tivesse sabido disso um mês atrás. Queria que a gente tivesse sabido vinte anos atrás. Mas eu sabia que isso aconteceria algum dia, que a prova chegaria. Não parece mudar nada para mim.

Kurt observou as formigas que marchavam sobre seu tênis.

— Quero procurar a polícia. Pode fazer algum bem.

Lisa suspirou.

— Pode ir, se quiser, mas eu não esperaria uma recepção calorosa. Eles estão bastante convictos da hipótese atual.

Agora ele estava sentado em uma sala branca pensando quanto ela estava certa. Não era como na televisão. Ninguém lhe ofereceu chá. Ninguém sentou à frente dele com um gravador. Esperara por horas para ser ouvido por um investigador e, quando finalmente chegou um para conversar com ele, parecia ocupado e distraído. Depois de um tempo, deixou de parecer entediado e começou a se mostrar incomodado e insinuante.

— Então você está, com muito atraso, informando que viu Kate Meaney no dia de seu desaparecimento?

— Isso mesmo.
— E você diz que esse macaco é a prova de que ela estava em Green Oaks.
— Sim, foi encontrado lá, nos corredores de serviço.
— E como a gente sabe que esse macaco tem qualquer coisa a ver com Kate Meaney?
— Eu me lembro de tê-la visto com o macaco naquele dia.
— E o macaco foi encontrado por Lisa Palmer, irmã do principal suspeito no caso?
— Sim.
— E Lisa Palmer é sua amiga?
— Sim.
— E todo mundo gosta de ajudar os amigos, não é?
— Que ajuda seria essa? O irmão dela está morto. Não estou mentindo.
— Olhe, a morte do irmão faz tudo voltar, não faz? Faz mexer nos papéis outra vez. É claro que ela não quer isso pesando sobre ela para sempre. Imagino que você também não queira.
— Você sempre trata as testemunhas desse jeito?
— Sempre verifico se não estou perdendo o meu tempo.
— Não estou fazendo você perder tempo. Pegue o macaco, faça alguns exames com ele, verifique as marcas, as digitais, use carbono 14... Não sei o que você faz, mas você deve ser capaz de descobrir se eu estou mentindo.
— Ah, a gente consegue descobrir.
Ficaram olhando um nos olhos do outro até que o policial se levantou abruptamente.
— Espere aqui. Vou buscar uns formulários para preencher.

A porta bateu às suas costas e Kurt bateu a cabeça contra a mesa com força. Odiava a si mesmo por ter se mantido em silêncio por tanto tempo. Odiava o fato de ter ajudado a alimentar as mentes pérfidas dos investigadores. Odiava acima de tudo o que fizera a Lisa.

O policial voltou parecendo ainda mais furioso.

— Bem, Kurt, sinto dizer que você vai ter de ficar esperando aqui um pouquinho mais. Hoje fomos abençoados. Parece que a inspetora-chefe ficou sabendo das suas alegações, só Deus sabe como. Está vindo para cá. Quer falar com você.

1984

Ficando na cidade

36

— Já passou quanto tempo?
Kate olhou o relógio. Era o presente que o pai lhe dera no último Natal antes de morrer. Era digital. Tinha 24 funções. No escuro, os números vermelhos brilhavam sobre o fundo preto. Kate pensou que era perfeito para inspeções noturnas.

— Vinte e sete minutos.

Adrian suspirou.

— O 966. A gente devia ter pensado isso melhor. Siga o meu conselho, Kate: nunca planeje pegar um ônibus com um número acima de duzentos.

— Por que não?

— Porque eles só passam duas vezes por dia. Porque vão a lugares aonde ninguém quer ir. Lugares onde moram pessoas estranhas. Vão para o campo, Kate.

Kate torceu o nariz.

— Acho que não gosto do campo.

— Você seria louca se gostasse. É marrom e deprimente. Campos enlameados. Céu cinzento. Pessoas de cara fechada. Portões.

Kate pensou naquilo por um tempo.

— Acho que assassinos que usam machado também moram no campo. Acho que li isso em algum lugar, talvez no meu livro.

— É provável que sim. Assassinos que usam machado. Proprietários de armas. Pessoas que usam chapéu. Vacas. É um lugar horrível. E quer saber do pior? Eles não têm lojas.

Kate pensou por um momento e disse:

— Alguma loja eles têm de ter. Como conseguem as coisas?

— Não, não têm lojas. Têm um negócio chamado armazém. Parece uma loja, mas não vende nada a não ser talvez um pouco de repolho e um pote de pudim de ovos. O dono aponta uma arma na sua cara se você pede algo mais.

— Acho que isso não é verdade — disse Kate.

Adrian não se deu ao trabalho de responder, havia deprimido demais a si mesmo. Esfregou as mãos para tentar aquecê-las.

Kate olhou o relógio mais uma vez. E se ela se atrasasse para o exame? Ou faltasse de vez? Isso resolveria todos os seus problemas. Mas dissera à avó que iria, e ela não quebrava promessas. Era sexta-feira e o exame tomaria a manhã inteira. Kate ardia de ansiedade. Vinha passando todas as noites durante a semana e todos os sábados esperando ou observando o suspeito. Avanços muito excitantes haviam ocorrido na semana anterior — ela sabia que o cerco estava se fechando. Decidira não voltar à escola depois do exame. Diria que havia perdido o ônibus. Tinha de ir ao Green Oaks. Nessa manhã saíra de casa vestindo o velho casaco de camuflagem de seu pai. Sabia que o padrão do tecido não era propriamente para alguém que quisesse se camuflar num shopping center, mas precisava dos bolsos para a câmera, o gravador, o caderno e muitas canetas. Mickey estava seguro ao lado dela na mochila de pano. Adrian insistira em ir com ela ao ficar sabendo que ela faria sozinha o percurso de três ônibus. Em geral Kate protestaria pela insinuação de que ela não era inteiramente independente, mas ficou feliz de ter companhia. Só não deixou, no entanto, que ele esperasse por ela durante o exame. Queria ir direto ao shopping depois e essa informação devia ficar restrita a ela e a Mickey. Insistiu com Adrian que ela conseguiria voltar tranquilamente por conta própria.

Depois de mais uns 15 minutos, o ônibus finalmente apareceu. Adrian e Kate escolheram o banco da frente do andar de cima, mas a ampla vista só serviu para desanimá-los ainda mais. Kate observou como a cidade ia perdendo densidade e gradualmente ia se convertendo em funestos campos marrons. Sabia que estava perdendo pistas vitais sentada naquele ônibus num trajeto interminável. Imaginou como seria morar numa escola. Imaginou-se morando longe das lojas e dos blocos de prédios. Imaginou-se morando longe de Adrian e Teresa. Fechou os olhos para conter as lágrimas e depois de um tempo adormeceu no ombro de Adrian. Sonhou com o suspeito. Estava seguindo-o pelo corredor. Ele estava carregando um saco grande, do qual o dinheiro ia caindo e, a cada vez que ela se abaixava para pegá-lo, as notas se transformavam em páginas de seu caderno. Ela ia de um lado para outro tentando recolher todas as provas e o suspeito estava escapando. De repente ela sentiu que algo a puxava e acordou para ver Adrian de pé, puxando-a com suavidade pelo braço.

— Venha, Kate. É aqui.

37

Adrian se despediu no início da ladeira que levava à escola. Na verdade não disse tchau, disse:

— Continue na luta, companheira. Lembre-se: a revolução não será televisionada.

Kate não fazia ideia do que aquilo significava, mas tomou as palavras como um tipo de despedida. Sorriu sem muita vontade e andou até o portão. Enquanto ela subia pé ante pé a longa ladeira na chuva, o contorno da escola gótica foi ficando cada vez maior e mais opressivo. Carros passavam e espirravam água nela, aparentemente ignorando sua existência. No estacionamento, Kate hesitou e se protegeu dentro de um galpão para bicicletas. Ficou assistindo aos grandes carros que estacionavam. Pais agitados se emocionavam de estar conduzindo seus filhos em direção ao hall da escola e a um futuro de ouro. Kate olhava as outras garotas em seus tons pastel e em seus trejeitos animados e se sentia de uma outra espécie. Será que não podiam ter pegado o ônibus por conta própria? Olhou aqueles rostos vazios e obteve a resposta. Pela décima vez pensou em fugir, mas o caso era que fizera uma promessa. Bem, fora forçada a fazer uma promessa, e agora não podia quebrá-la.

Kate entrou para se deparar com o caos. Vozes estridentes e confiantes de pais ressoavam no piso de madeira e se confrontavam na acústica distorcida do saguão. As crianças pareciam constipadas ao lado dos pais que marchavam de um lado para outro furiosamente tentando encontrar o nome de cada uma nas mesas. Kate andou até a primeira fila e viu que os nomes estavam dispostos em ordem alfabética. Escolheu deliberadamente uma rota tortuosa e lenta até chegar ao M. Cund, Duck, De'Ath, Earwaker, Onions, Spammond. Imaginou como seria a chamada, todas as manhãs, cercada por essas extraterrestres. Seus pensamentos foram interrompidos quando finalmente chegou às mesas de Mauld e Mongah, sem encontrar Meaney entre elas.

Todos em volta da pequena fiscal, os pais empurravam para passar à frente de Kate e gritavam para chamar atenção.

— Minha filha não tem lápis.

— É O'Nions, e não Onions.

— Ela tem de levantar a cada hora para ir ao banheiro, você tem de lembrá-la disso, ela própria não vai dizer nada.

— Onde eu posso esperar?

Pouco antes do horário em que a prova devia começar, Kate conseguiu falar com a fiscal:

— Não consigo encontrar minha mesa.

— Você procurou?

— Sim, foi assim que descobri que não consigo encontrar. Meu nome é Meaney, mas as mesas passam de Mauld a Mongah.

— Bem, certo, você não é a única.

— Ah, tudo bem — Kate podia perceber que a mulher estava lhe dando uns 5% de sua atenção.

— Sim, alguma coisa deu muito errado nos registros deste ano e a Sra. Breville vai ter de dar explicações sobre isso. Temos uma lista de escolas que estão inscrevendo candidatas, mas não o nome das candidatas, o que seria mais útil, não é? De que escola você é?

— St. Joseph.

A mulher olhou a lista.

— Sim, a gente tem uma candidata do St. Joseph.

— Certo.

— OK.

Houve uma pausa até que Kate perguntou:

— Então onde eu me sento?

— Bem, você vai ter de fazer o que fizeram as outras garotas, que é sentar na última fila e preencher um formulário agora. Ele vai ser anexado à sua prova.

Kate andou devagar até a última fila. Já não havia pais na sala e, enquanto ela percorria o caminho até a última mesa que restava, as outras garotas se concentravam muito em preencher seus nomes.

Ela não queria ir para Redspoon. Imaginou-se assistindo a um triste jogo de hockey no campo enlameado enquanto Tamara Onions tentava encontrar seu lápis. Imaginou-se lendo as manchetes sobre o roubo multimilionário no Green Oaks. Lembrou-se de sua promessa à avó de fazer o melhor que pudesse e sentiu-se mal. Depois de ver as outras meninas ela teve mais certeza do que nunca de que, ao fazer o melhor, conseguiria uma vaga naquela escola. Pegou a caneta para preencher o formulário de registro. Escola atual. Nome do candidato. Endereço. E então, ao escrever o nome St. Joseph, tudo ficou claro para ela. A solução era óbvia desde o início. Não quebraria a promessa, não iria para Redspoon, faria a melhor coisa para todo mundo. Ao lado do Nome do Candidato escreveu em letras garrafais: Teresa Stanton.

2004

A espreita

38

Uma vez ela acordou no meio da noite e foi encontrar Kate sentada na ponta da cama olhando em direção à penteadeira com uma expressão intrigada. Teresa quase seria capaz de estender o braço e tocá-la, mas em vez disso preferiu acordar o marido para conferir se ele também a via. Não via, é claro.

Ele se levantou em seu pijama de seda um tanto ridículo e disse:

— Você não acredita em fantasmas, acredita?

Era uma evidência das mais claras de que não dava certo eles ficarem juntos. Já fazia um tempo que ela vinha assimilando isso.

Não acreditava em fantasmas. Eles é que acreditavam nela.

Kate estava sempre com ela. Sentava-se no banco de trás quando ela ficava presa no congestionamento do anel viário elevado. Ficava em algum lugar à esquerda, bem ao lado do foco da luminária de sua escrivaninha, quando ela lia relatórios. Era o cheiro de lápis apontado que Teresa sentia sempre que estava cansada. Kate acreditava nela.

Deixou a cabeça apoiar no encosto do banco e ficou olhando a cidade deslizando na superfície do carro. Formas e luzes atravessavam as janelas: quadrados iluminados em escuros quarteirões comerciais, pessoas jorrando dos bares, guindastes abandonados, relógios quebrados. Via essas coisas e elas passavam direto através dela. Não precisava pensar nelas para processá-las. Queria sempre ser uma passageira.

O carro descia pela Queensway e as luzes sujas do túnel se refletiam de modo fugaz em seus olhos até que eles vagarosamente se fecharam. Pensou no homem de rosto vermelho encontrado no carro. Não suportava mais olhar no espelho. A verdade podia tê-lo salvado, mas a verdade não era amiga dela, não fora a verdade que a levara aonde ela agora estava.

Sempre soubera que a versão dos fatos de Adrian Palmer era verdadeira.

Os investigadores que trabalhavam no caso pensavam que ele era o culpado. Pensavam que o caso estava encerrado. Olhara os arquivos uma centena de vezes e a cada uma delas ficava mais incomodada com a negligência deles, com a incompetência, com as suposições. Eles haviam deixado Kate cair em um enigma e Teresa tinha de mascarar sua fúria e seu desprezo toda vez que via os mesmos investigadores nas máquinas de café ou vagando pelos corredores.

É claro que sempre estivera em vantagem em relação a eles, uma evidência que eles não haviam processado, uma evidência que ela escolheu reter. Sabia que Kate havia prestado o exame de Redspoon.

O carro seguiu o forte declive do anel viário de Birmingham, lançando-se em túneis e depois voltando às passarelas elevadas. Teresa estava cansada mas zunia, acesa pela entrevista que tinha adiante.

Era uma vez uma garota com hematomas, uma garota que comia restos, uma garota que não conhecia as regras.

Kate dera àquela garota uma oportunidade e ela a tomara em suas mãos, correndo e correndo com ela até que não houvesse mais ninguém ao seu redor. Depois da escola pública veio a universidade, e em seguida a carreira na polícia. Jornalistas vinham entrevistá-la. Ela era uma história. A cor de sua pele. Seu sexo. Seu posto. Eles achavam aquela combinação infinitamente interessante. Ela era uma inspiração, uma luz brilhante. Ninguém na Inteligência tinha resultados como os da inspetora Stanton, mas os jornalistas nunca perguntavam sobre o único resultado que importava — esse continuava oculto. Perguntavam o que a levara até ali, mas ela nunca dizia que haviam sido fantasmas. Perguntavam de que ela era feita, mas ela nunca dizia que era feita de segredos. Perguntavam quem, mas ela nunca dizia Kate. Em vez disso as entrevistas se resumiam a um monótono evento de relações públicas para mercenários locais vestindo jaquetas de couro ordinárias. Teresa pensava que podia poupar a todos eles um bom tempo e as dores nas costas se contasse a verdade. Era uma história de uma linha só: ela tinha um propósito, um objetivo, uma dívida a pagar — iria encontrá-la.

Mas nunca teve a oportunidade. Havia pesquisado, questionado, espremido os informantes, mas ninguém a tinha visto: Kate era a menina invisível. Teresa vinha seguindo a trilha para o mesmo beco sem saída fazia vinte anos. Kate soltara a caneta no fim do exame e se dissipara no ar.

Até esse dia. Teresa recebera a dica. Um homem havia entrado na delegacia carregando um macaco de pelúcia. Escondera a verdade por todo esse tempo e Teresa realmente não podia odiá-lo por isso. O motorista esperou que a cancela do estacionamento se levantasse e Teresa sentiu um surto de adrenalina, sabendo que a verdade seria revelada. Kate estava voltando à tona.

39

A investigação focou-se nas pessoas que trabalhavam no Green Oaks na época do desaparecimento de Kate. A nova testemunha ocular reportara que Kate parecia estar seguindo alguém nos corredores de serviço, de modo que os registros da segurança foram revisitados, nomes nos arquivos criminais foram revistos, portas foram derrubadas. Uma desafortunada dupla de policiais foi enviada para entrevistar o pai de Kurt e acabou vivendo uma experiência tão ingrata quanto Pat alertara que seria.

O nome de Gavin se destacou desde o início. Ele tinha um histórico de delinquência juvenil, remoto demais para que o impedisse de trabalhar como segurança no shopping. Quando era adolescente, fizera uma sequência de invasões em casas particulares. Nunca roubou nada ou provocou qualquer prejuízo: só gostava de estar na casa dos outros, gostava de ver como eram. O que era mais significativo, tirara uma folga não autorizada do trabalho no dia do desaparecimento de Kate.

Quando Teresa o viu, os cabelos de sua nuca se arrepiaram, como sempre acontecia quando ela sabia. Antes de interrogá-lo, assistiu ao vídeo que ele havia feito sobre os corredores de serviço. Levou a fita e assistiu em sua própria casa. A câmera tremida se movia pelos corredores cinzentos. Às vezes a respiração de Gavin era audível, às vezes ele fornecia um fragmento de comentário, mas a maior parte do tempo só se ouvia o som de seus passos ecoando no chão duro. Teresa se viu colada à tela. As imagens não pareciam mais de corredores de concreto, sugando-a para dentro de um grande organismo. As pegadas pareciam ser as dela, e ela era incapaz de controlar para onde a levavam.

Ainda estava petrificada diante da TV depois de o filme ter acabado e só restar a estática na tela. Pensamentos de quando ela e Kate tinham 10 anos preenchiam sua mente. Agora parecia-lhe que, naquela época, elas queimavam como o sol — tinham tanta luz e energia que nada ou ninguém seria capaz de extingui-las. Um pouco ausente, ficou observando as formas que emergiam da tela embaçada e cinza e percebeu que era ela a garota que havia desaparecido, a garota que vinha desaparecendo havia anos. Como uma estrela, Kate podia ter morrido muitos anos antes, mas sua luz vacilante ainda chegava a Teresa, ainda a guiava.

Ficou perdida em pensamentos talvez por uns vinte minutos até que a estática da tela se transformou em linhas que rolavam e uma figura irrompeu em meio à névoa. Era mais uma vez o corredor de serviço — algum canto impossível de identificar — mas dessa vez Gavin estava na frente da câmera. Estava deitado no chão de concreto, um lado de seu rosto encostado no piso, os olhos abertos, olhando para a frente. Teresa observava tudo com lágrimas nos olhos, sabendo que havia encontrado Kate.

40

— Já tinha sentido os olhos dela sobre mim antes. Não estava acostumado àquilo. Passei minha vida observando outras pessoas. Ninguém nunca me observava. Eu sentia um olhar na minha nuca e sabia que ela estava lá, sentada em algum lugar atrás de mim. Não sabia quem ela era ou o que queria, mas sabia que tinha me escolhido. Acho que nunca cheguei a pensar do mesmo jeito que as outras pessoas. Mesmo quando eu era um menino, estava sempre em conflito com todo mundo. Isso tornava a vida difícil na escola. Espionar é um ponto em questão. Você ouve as pessoas falando de "vítimas" de perseguição e assédio, ou de caçadores e presas. Eu não vejo dessa maneira. Quando você espiona alguém, não controla para onde vai. O outro pode fazer o que quiser e tudo o que você pode fazer é ficar à sombra e assistir. É uma sensação de impotência. Mas quando alguém está espionando você, você está no comando. Se você se mexe, o outro se mexe. Alguma vez você já foi espionada assim? Conhece a sensação que dá? Ela parecia estar lá sempre. Eu ficava sentado na área de brinquedos observando as crianças. Ficava observando por horas, ninguém parecia ligar. Depois de um tempo sentia os olhos dela sobre mim. Sentia que eu era observado de perto, que meus movimentos eram notados, que eu já não era invisível. Ela começou a me seguir pelo shopping. Eu descobria os olhares dela pelo reflexo dos espelhos e das vitrines. Parecia que o meu poder sobre ela crescia gradualmente. A cada dia ela me seguia mais de perto e por mais tempo. Até que um dia ela me seguiu para além das portas espelhadas, pelos corredores de serviço.

Houve uma longa pausa, mas Teresa se manteve em silêncio e esperou que ele continuasse.

— Eu não fazia a menor ideia de por onde estava andando. Não pensava em nada, só sentia que a puxava como se fosse por um cordão virando as esquinas do emaranhado de corredores. Ouvia os passos dela atrás de mim. Nunca me virei; isso quebraria o feitiço. Eu não queria que aquilo terminasse. Passei pela saída de incêndio e fui dar na ala oeste superior, e ela ainda me seguia. Hesitou um pouco na saída, e houve um momento terrível em que eu achei que tinha terminado, mas agora penso que ela estava deixando o boneco para trás, aquele que a mulher encontrou. Eu devia ter prestado atenção naquilo, mas a verdade é que não prestei. Você talvez não saiba, mas naquela época toda aquela ala estava em construção. Era uma área demarcada para a expansão do shopping, mas os trabalhos mal tinham começado. Era uma terra difícil para se construir. Algumas partes tinham de ser escavadas para colocar os alicerces, outras tinham de ser preenchidas para haver um nivelamento. As obras haviam sido totalmente paralisadas porque o shopping não parecia estar dando tanto lucro quanto se esperava no início, e os proprietários estavam com medo de gastar demais nessa ampliação. Era estranho estar ao ar livre e ainda saber que ela estava atrás de mim. Ela não conseguia se esconder atrás de nada, não tinha aonde ir. Se eu me virasse, veria a menina com certeza, mas eu não queria fazer isso. Queria continuar indo e tê-la sempre atrás de mim. Fui descendo pela beirada da construção, até chegar ao térreo. O chão estava muito escorregadio e desnivelado, mas ela continuou vindo. Não tinha escolha. O térreo era amplo e no meio havia algumas plataformas mais baixas que ainda seriam elevadas. Desci em uma delas e lembro que tinha uma tábua de madeira e algumas pedras dispostas em cima. Algo me levou até lá e, quando cheguei, afastei a tábua com o pé e vi que estava cobrindo um espaço ainda mais baixo, um porão inferior da velha fábrica. A fossa tinha uma escada fixa na lateral e conduzia à total escuridão. Acho que eu queria ficar no escuro, queria ver se ainda conseguia sentir os olhos dela no escuro, mas talvez isso seja o que eu penso agora. Àquela altura, não tenho certeza de que estava pensando alguma coisa. Era como se os dois estivéssemos programados. Ela programada a seguir, eu a conduzir. Acho que eu não tinha escolha. Desci pela escada e tropecei um pouco até encontrar uma parede. Sentei com as costas apoiadas e esperei que ela descesse. Gostava da ideia de que poderia vê-la descendo pela escada, de que nesse ponto seria invisível a ela. Ouvi os passos dela se aproximando da entrada. Sabia que ela desceria, o elo entre nós era inquebrável. Vi o pé direito dela se movendo devagar na beirada em direção à escada e depois o outro que chegava ao segundo degrau. Mas, de alguma maneira, o pé esquerdo falhou. Essa imagem volta muito à minha cabeça. O pé tentando pisar em alguma coisa no meio do ar. Houve um breve instante em que eu vi claramente o corpo dela caindo pelo vão iluminado, e depois desaparecer na escuridão de baixo. Alguma coisa no som que ela fez ao cair no chão me permitiu saber que ela estava morta. Fui até ela. Sentei do seu lado. Tinha uma luz fraca no lugar onde ela estava. Ela não respirava, mas eu ainda sentia o olhar. Deitei minha cabeça no concreto ao lado da dela e soube que ela sempre estaria me espiando. Olhei nos olhos dela e o tempo parou. Tive consciência de que escurecia e algum tempo depois começou a amanhecer. Foram as horas mais felizes da minha vida.

Gavin mantinha os olhos perdidos no vazio, esquecido da sala do interrogatório.

Teresa esperou uns tantos minutos antes de perguntar:

— Por que você não contou a ninguém?

Gavin olhou para ela por um bom tempo e em seguida disse:

— Ela tinha vindo até mim. Ninguém a levaria embora. Ela estava lá me olhando, comigo. Ela era minha. Nunca vi o que aconteceu como um acidente. Ela caiu por alguma razão. Eu a levei até lá por alguma razão. Mesmo quando vieram as escavadeiras e preencheram os níveis mais baixos, eu continuei sentindo que ela estava comigo. Foi só depois de isso ter acontecido que as pessoas começaram a frequentar o Green Oaks aos milhares. A expansão prosseguiu e as vendas estouraram. Os analistas pensaram que era decorrência do *boom* de consumo, mas eu vi que era uma coisa diferente. Sabia que na Alemanha, na Idade Média, quando tentavam construir a Igreja de Vilmnitz, os construtores nunca conseguiam terminar o trabalho? O que quer que erguessem de dia acabava caindo à noite. Então pegaram uma criança, deram-lhe um pão e uma lanterna e a deixaram sentada na cavidade da base, tapando com cimento em seguida. Depois disso o prédio ficou firme. Também no Castelo Vestenburgo, separou-se um espaço especialmente para uma criança. Ela chorava tanto que tiveram de lhe dar uma maçã enquanto selavam. Há crianças sepultadas em prédios de toda a Europa, trazendo prosperidade, segurança, felicidade. Este lugar me escolheu. Soube disso quando comecei a trabalhar aqui: senti que tinha um propósito especial, uma missão. Eu andava pelos corredores e sentia como se o lugar tivesse sido construído para mim. Tudo tinha o tamanho certo, tudo se mostrava certo ao toque. As paredes pareciam me escutar, os espelhos conversavam comigo. Eu ouvia todos os sussurros, conhecia todos os segredos. Escolheu a mim e escolheu a ela.

41

ULTRASSECRETO. CADERNO DE DETETIVE.
PROPRIEDADE DA AGENTE KATE MEANEY.

Quarta-feira, 5 de dezembro
— DIA MUITO IMPORTANTE
Fiquei no Green Oaks até mais tarde esta noite uma vez que o horário de funcionamento foi ampliado.

Suspeito no lugar habitual entre 16 e 17 horas. Depois que saiu, andei pelo shopping procurando quaisquer outros sinais de atividade suspeita — vi homem em cadeira de rodas destruindo cartaz promocional de bebida energética, aparentemente sem querer. Às 19h, vislumbrei o suspeito emergindo de uma porta espelhada do lado do Burger King — disfarçado de segurança! Mickey ficou sem palavras.

Quinta-feira, 6 de dezembro
Nenhum sinal do suspeito esta noite — estará preocupado? Ainda não acredito naquele disfarce, exatamente o que o livro previa. Estou muito perto do crime agora. Mickey é meu único confidente. Papai ficaria orgulhoso de nós.

Sexta-feira, 7 de dezembro
Cheguei ao shopping o mais rápido que pude depois do exame de Redspoon. Às 14h vi o suspeito patrulhando o

4º andar com o disfarce de segurança. Nós o seguimos com discrição, mantendo-nos tão afastados quanto possível. Quando será que se aproximará dos bancos?

15 horas — Acabo de testemunhar o sumiço do suspeito atrás das portas espelhadas bem ao lado dos bancos. Acho que tenho de segui-lo — ele pode tentar invadir por trás. Pensei que tivesse visto meu reflexo ao passar pela porta, mas ele não se virou. Detetives têm de ser corajosos. Mickey está comigo e será meu guardião. Vou entrar.

42

Se fecho os olhos, ainda estou na delegacia. Entrevistas, papelada, xícaras escuras de chá em salas iluminadas por luzes fluorescentes que zunem. Apertando "stop", apertando "record", ouvindo a fita chiar ao ser rebobinada, tentando antecipar o salto brusco que revela sua detenção.

Vi o segurança saindo de mãos dadas com Lisa Palmer. Pensei em chamá-lo para agradecer por seu depoimento, mas acho que ele não teria se virado.

Também preciso ir embora, nada me detém aqui agora. Faz tempo que estou cansada. Quero ir para algum lugar distante no norte onde a noite nunca chega e o frio faz qualquer um se sentir novo.

Trânsito lento, mas eu não ligo. Tenho uma confissão assinada. Tenho o seu caderno. Tenho o seu leal parceiro selado em uma sacola de provas. Vou dirigindo para casa ao pôr do sol. Pela M5, os raios mais baixos atravessam o para-brisa. Estou inteiramente cercada de luz.

Sobre a autora

Catherine O'Flynn nasceu em 1970 em Birmingham, onde cresceu dentro e nos arredores da confeitaria de seus pais. Trabalhou como professora, editora de site, cliente misteriosa e agente dos Correios — seu primeiro romance baseia-se em sua experiência trabalhando em lojas de discos. Depois de passar alguns anos em Barcelona, vive agora em Birmingham.

Agradecimentos

Agradeço a Peter Fletcher, Luke Brown, Lucy Luck, Emma Hargrave, Carl, o segurança, a muitos amigos e a minha família.

Este livro foi composto na tipologia Minion-Regular,
em corpo 12/15,5, impresso em papel off-white 80g/m²,
no Sistema Cameron da Divisão Gráfica
da Distribuidora Record.